Tod im Netz

von

Andreas Adlon

Kriminalroman

W0372199

Titelbild: fotolia.com

Covergestaltung: Tom Winter

Die vorliegende Handlung ist frei erfunden. Übereinstimmungen mit lebenden oder toten Personen wären zufällig und sind nicht beabsichtigt.

Prolog

Der Körper fühlte sich schwer an, schwerer als gedacht. Es war Anfang Februar, und der Boden war leicht gefroren, es lag aber noch kein Schnee, sodass es keine Fußspuren geben würde. Für die nächsten Tage waren noch viel niedrigere Temperaturen angekündigt worden. Zum Glück war die tote Frau nicht übergewichtig, sondern eher zierlich gebaut.

Wie hatte es nur dazu kommen können? Es hatte sich alles irgendwie hochgeschaukelt, sodass es am Ende unvermeidlich geworden war. Dieses arrogante Miststück hatte es allemal verdient. Hielt sich für was Besseres, für unwiderstehlich, für viel attraktiver als alle anderen. Die kleine Schlampe zog sich immer so aufreizend an. Diese freizügigen Bilder konnten zwar von der Festplatte, aber nicht aus dem Gedächtnis gelöscht werden.

Um diese Uhrzeit war das Risiko, entdeckt zu werden, sehr gering. Und wenn doch jemand von Samstag auf Sonntag um zwei Uhr nachts im Schlosspark in Rastede unterwegs sein sollte, würde er nur jemandem mit einem Müllsack sehen, in dem alles Mögliche hätte drin sein können. Und im beschaulichen Rastede, einem Vorort von Oldenburg, hätte man sicherlich zuerst an illegale Müllentsorgung, aber nicht an Mord gedacht.

Mord. Diese Tat setzte nach juristischer Definition niedrige Beweggründe wie Habgier, Mordlust oder Befriedigung des Geschlechtstriebes als Motiv voraus. Außerdem musste sie heimtückisch oder grausam sein, oder sie musste begangen worden sein, um eine andere Straftat zu ermöglichen, beziehungsweise eine andere Straftat zu verdecken.

Gewiss, heimtückisch und geplant war es gewesen. Daran bestand kein Zweifel. Aber damit ein Mörder bestraft werden konnte, musste man zunächst einmal einen Verdächtigen haben, und man musste es ihm auch zweifelsfrei nachweisen können, um ihn zu verurteilen. Soweit würde es nicht kommen.

Der Körper fiel zu Boden, unsanfter als ursprünglich geplant. Nachdem er vollkommen mit feuchtem, leicht gefrorenem Laub bedeckt worden war, lohnte sich kein mitleidiger Blick mehr zurück. Erleichterung. Es war vollbracht.

Kapitel 1

Sein täglicher Weg zur Arbeit in der Polizeiinspektion nach Oldenburg verlief, wie fast immer, ohne große Verzögerungen. Kein Vergleich zu den überfüllten Straßen auf seinem früheren Dienstweg von Mainthal Bischofsheim nach Frankfurt am Main. Die Autobahn 66 verstopfte morgens regelmäßig drei Kilometer vor dem Hessen-Einkaufscenter. Bei der Frankfurter Polizei galt Paul Schweigert als einer der erfolgreichsten Ermittler, seitdem er den sogenannten 'Cabriolet-Killer' zur Strecke gebracht hatte. Monatelang ermittelte die Sonderkommission gegen einen Serientäter, der wie ein Phantom zu sein schien und es auf reiche Frauen, die bevorzugt in Luxuscabriolets unterwegs waren, abgesehen hatte. Kriminalhauptkommissar Schweigert überzeugte seinen Vorgesetzten davon, dass sie mit der Ankündigung, einen Massengentest durchzuführen, an die Öffentlichkeit gehen sollten. Die Sonderkommission kündigte diesen Test an, obwohl dieser sinnlos war, da am Tatort gar keine DNA-Spuren sichergestellt worden waren. Der mutmaßliche Täter, der bis dahin jeden Fehler vermieden und keinerlei verwertbare Spuren am Tatort hinterlassen hatte, fühlte sich unter Druck gesetzt. Anstatt sich ruhig und unauffällig zu verhalten, meldete er sich selbst freiwillig als Zeuge, um so den Verdacht – wie er glaubte – von sich abzulenken. Während seiner Zeugenaussage gab er eine Information preis, die nur der Täter selbst wissen konnte. Der Bluff von Paul Schweigert war aufgegangen.

Der Liebe wegen, wie es immer so schön heißt, war er nach Varel in den Landkreis Friesland gezogen. Seine damalige Freundin und jetzige Frau

Wiebke war in dieser Kleinstadt nördlich von Oldenburg zur Schule gegangen, hatte ihre Banklehre absolviert und konnte sich von ihrer Heimat einfach nicht trennen. Drei Jahre pflegten sie eine Fernbeziehung, bis es Paul mit der ständigen Fahrerei zu bunt wurde, und er sich schweren Herzens aufmachte, um vollständig in den Norden zu ziehen. Mittlerweile waren sie zu viert. Der vierjährige Tom und die erst elf Monate alte Levke raubten ihm zwar den Schlaf, aber um nichts in der Welt hätte er die Zwerge eintauschen wollen. Sein Familienglück überstrahlte einfach alles, selbst den im Vergleich zu Frankfurt langweiligen Dienst in Oldenburg, das auf ihn wie tiefste Provinz wirkte. Spektakuläre Tötungsdelikte gab es hier selten. Kaum ein Mordfall schaffte es, bundesweit Aufsehen zu erregen. Dafür konnte man - von der Tagespresse weitgehend unbehelligt - in Ruhe seinem Tagwerk nachgehen.

Meistens tauchte Paul als Erster im Büro auf und setzte erst einmal frischen Kaffee auf. Er genoss es, vor den Kollegen dort zu sein, um ungestört liegengebliebenen Papierkram zu erledigen. Seine dampfende Kaffeetasse stand vor ihm auf dem schlichten Schreibtisch, als das Telefon klingelte. Er ließ seinen langweiligen Bericht fallen und griff so ungeschickt in Richtung des Hörers, dass er den Becher samt stimmungsaufhellendem Gebräu umstieß.

»Scheiße!«

Die braune Brühe ergoss sich über den Bericht. Das Papier färbte und wellte sich. Seine Kollegin Lisbeth Eicken betrat in diesem Augenblick das Büro, sah das Malheur, grinste und fragte:

»Willst du nicht rangehen?«

»Oh ja, doch!« Paul versuchte jedoch zunächst, das Schriftstück irgendwie zu retten.

»Lass mal, ich mach schon, du bist ja beschäftigt.« Lisbeth ergriff den Hörer, während Paul sich die Hände mit einem Papiertaschentuch abwischte. Während des Telefonats erkannte Paul bei Lisbeth einen eigentümlich Zug um die Augen, der Überraschung verriet. Mit einem Mal war ihre gute Laune verflogen.

***

Nicht mit heulender Sirene, wie man es aus amerikanischen Krimiserien kannte, sondern mit dem Zivilfahrzeug fuhren sie gesittet zum Tatort. Schließlich war das Opfer ja schon tot, es würde nicht weglaufen. Während Kriminalhauptkommissar Schweigert am Steuer saß, kaute Lisbeth hektisch ihr Kaugummi und spielte gedankenverloren an ihren langen schwarzen Haaren.

»Ich glaube das einfach nicht. Eine junge blonde Frau liegt tot hier bei uns in Rastede im Wald, wo sonst nie was passiert.«

»Oh, Lissi, wir wissen doch noch fast nichts. Wie du gesagt hast, soll die Tote noch bekleidet sein. Wir können noch nicht mal davon ausgehen, dass es sich um ein Verbrechen handelt.«

»Ach nee, und sie ist dann an einem Herzanfall gestorben, mitten im Wald, oder wie? Das glaubst du doch selbst nicht. Bei euch in Frankfurt mag das ja an der Tagesordnung gewesen sein, aber hier passiert so etwas sehr selten.«

»Wer hat die Tote denn gefunden?«, fragte Paul Schweigert, um vom Thema abzulenken und seine junge Kollegin zu beruhigen.

»So ein alter Sack, der mit seinem Hund spazieren war.«

»Dann lassen wir erst einmal die Spurensicherung ihre Arbeit machen, und dann kannst du immer noch spekulieren und Mutmaßungen anstellen. Ich dachte, du bist zur Polizei gegangen, um gerade solche Sachen - wenn es denn ein Verbrechen war - aufzuklären.«

»Bin ich auch. Ich verstehe gar nicht, wieso dich so etwas kalt lassen kann. Eine junge Frau, die hatte doch ihr ganzes Leben noch vor sich.«

»Mich lässt so etwas überhaupt nicht kalt. Aber zu unserem Beruf gehört immer auch eine Distanz, und wir müssen professionell sein.« Paul lenkte den Passat auf einen Parkplatz nahe der Akademie. Das rot-weiße Flatterband, das den Tatort absperrte, war schon von weitem zu erkennen, genauso wie die Streifenwagen.

Mit einer Bemerkung hatte seine Kollegin allerdings nicht recht gehabt: Ein Tötungsdelikt an einer jungen Frau war selbst in Frankfurt nicht an der Tagesordnung. So kühl Paul auch nach außen hin wirkte, so nahm ihn das Betrachten einer so jungen toten Frau jedes Mal mit. Als Paul einmal eine besonders übel zugerichtete Mädchenleiche im Frankfurter Stadtwald sah, musste er sich sogar übergeben. Wie durch die Rechtsmedizin später festgestellt wurde, musste der Täter wie im Blutrausch 19mal auf das vorher erwürgte Opfer eingestochen haben. 'Übertötet' nannte es der Arzt. Nach quälenden sechs Monaten konnten sie schließlich den Täter ermitteln. Ein Gerichtsgutachter stellte eine schwere Persönlichkeitsstörung aufgrund einer schwierigen Kindheit fest. Paul konnte und wollte sich nie damit abfinden, dass Täter schnell als Opfer dargestellt wurden. Wer kümmerte sich um die trauenden Eltern, deren Leben nie wieder so sein würde wie vorher?

Lisbeth Eicken stieg aus dem Wagen und ging energisch auf einen Streifenpolizisten zu.

»Moin, Kollege. Ich bin Lisbeth Eicken. Wir sind von der Kripo.« Der Angesprochene nahm die ausgestreckte Hand der Kriminalkommissarin an und schüttelte sie.

»Moin, ich bin Polizeiobermeister Delius. Ich führe Sie zum Fundort.«

»Sind Sie als Erster am Fundort der Leiche gewesen?«

»Ja, zusammen mit meinem Kollegen Brenner. Um 7.59 Uhr sind wir alarmiert worden. Der Körper, genauer gesagt der Plastiksack, in dem die Leiche verschnürt wurde, war fast vollständig mit nassem Laub und Moos bedeckt. Der Hund des Spaziergängers muss daran geschnüffelt haben.«

»Wissen wir schon, wer die Tote ist?«

»Nein, sie trug keinerlei Papiere bei sich, auch keine Handtasche oder Schlüssel. Vielleicht kann Ihnen Doktor Janssen mehr sagen. Wollen Sie den Spaziergänger noch befragen?«

»Wenn Sie seine Aussage aufgenommen und seine Personalien festgestellt haben, reicht mir das erst einmal.«

Lisbeth und Paul erreichten gemeinsam den Ort, an dem die Leiche lag.

»Moin, Doktor Janssen, was können Sie uns bisher sagen?«

»Moin zusammen. Die Tote weist Spuren am Hals auf, sie wurde stranguliert. Ob das todesursächlich war, kann ich noch nicht sagen, ist aber wahrscheinlich.«

Das Ermittlerduo sah sich das Opfer, das von den Mitarbeitern der Spurensicherung bereits von dem Plastiksack befreit worden war, genau an. Trotz des Schreckens in ihren Augen konnten sie erkennen, dass die langhaarige blonde Frau ausgesprochen schön war. Ihr Gesicht wirkte blass. »Woher wusste der Spaziergänger, dass es sich um eine Leiche handelte? War die Frau nicht vollständig in dem Müllsack verpackt?«

»Laut seiner Aussage hat der Hund so lange an dem Müllsack gezerrt und ihn aufgerissen, bis eine Hand zu sehen war. Danach verständigte der Spaziergänger mit seinem Handy die Polizei.«

»Wie alt schätzen Sie die Tote?«, fragte Paul

»Zwischen 18 und 25 Jahren.«

»Und wie lange liegt sie schon dort?«

»Noch nicht lange, also keine 24 Stunden, genaueres kann ich erst nach der Obduktion sagen.«

Wie ein Armeisenhaufen schwirrten die Mitarbeiter der Spurensicherung um den Leichenfundort herum, aber jeder schien genau zu wissen, was er zu tun hatte. Ein Fotograf schoss mit Blitzlicht aus verschiedenen Blickwinkeln Fotos von der Leiche und der näheren Umgebung. Sowohl er als auch seine Kollegen trugen einheitlich weiße Anzüge aus Vliesstoff. Angesichts des kühlen Schmuddelwetters erschien die Farbe dieser 'Ganzkörperkondome' – wie sie oft unter Kollegen genannt wurden – als Karikatur, aber sie würden nach dem Einsatz eh weggeschmissen werden.

Lisbeth Eicken schien ziemlich aufgekratzt zu sein. Paul Schweigert hatte sie noch nie so erlebt. Alle ihre Sinne waren geschärft. Ihr entging auch nicht, dass die Frau sich herausgeputzt hatte, als wäre sie zu einem Rendezvous verabredet gewesen. Hatte sie eine Verabredung mit dem späteren Täter? Oder war es gar ihr Freund? Fast übertriebene Schminke, knallroter Lippenstift, der ihre Lippen betonte, eine dunkelblaue

Seidenbluse und eine eng anliegende Jeans. Falls sie sich zu dieser Jahreszeit mit jemandem treffen wollte, wo war ihr Mantel oder ihre Winterjacke?

Für Lisbeth Eicken war es der erste Mordfall an einer so jungen Frau. Vor drei Jahren kam die frischgebackene Kommissarin von der niedersächsischen Polizeischule aus Hannoversch Münden ins Fachkommissariat für Kapitaldelikte. Es war ihr Erstwunsch bezüglich der Verwendung gewesen.

»Herr Schweigert?«

»Ja?«

»Eines kann ich Ihnen schon einmal versichern: Der Fundort ist nicht der Tatort.« Ehe Janssen die rechtsmedizinische Begründung nachschieben konnte, setzte Paul Schweigert ein:

»Das klingt logisch. Falls ich jemand hier im Wald bei diesem kalten Wetter töte, habe ich doch keinen Müllsack dabei, um die Leiche anschließend noch zu verpacken. Dr. Janssen, wann können wir mit Ihrem Bericht rechnen?« Der Mediziner machte ein genervtes Gesicht.

»Sie wollen immer alle Ergebnisse sofort, aber das dauert seine Zeit.«

»Ich habe doch nur gefragt. Ein solcher Fall wird hohe Wellen schlagen. Vor der Presse werden wir es nicht lange geheim halten können. Und diese Journalisten wollen noch schneller Ergebnisse als ich von Ihnen, am liebsten gleich den Täter.«

Doktor Reinhard Janssen pfiff durch die Zähne. »Vor morgen Mittag ist da nichts zu machen. Und falls Sie fragen wollen, ob es sich um ein Sexualdelikt handelt…?«, Kriminalhauptkommissar Schweigert signalisierte mit einem Nicken, dass er weiterreden sollte, »…das kann ich Ihnen mit Bestimmtheit erst *nach* der Autopsie sagen.«

»Aber welcher Täter vergewaltigt eine Frau und zieht sie dann wieder an?«

»Soll es alles schon gegeben haben, ist aber eher die Ausnahme. Es gibt allerdings sexuelle Handlungen, auch erzwungene, die man *mit* Kleidung durchführen kann.«

»Okay, okay, schon gut. Wir warten auf Ihren Bericht.«

***

Lisbeth Eicken schloss ihre Wohnungstür auf, warf ihre Daunenjacke achtlos in die Ecke und drehte die Heizung im Wohnzimmer auf die höchste Stufe. Regenwetter und diese nasse Kälte hasste sie noch mehr als den Winter an sich. Sie wohnte relativ zentral in Oldenburg im Stadtteil Donnerschwee, nahe der Weser-Ems-Halle. So brauchte sie nur 20 Minuten zur Arbeit, wenn sie das Fahrrad benutzte, 5 Minuten mit dem Auto. Aufgewachsen war sie in der Wesermarsch in Jaderberg, also auf dem wohlbehüteten und konservativen Land. Spätestens seit der Pubertät hatte es sie genervt, dass sie nicht dort hinkam, wo etwas los war.

Nach diesem aufregenden Tag brauchte sie dringend ein Vollbad. Während sie das Badewasser einließ, sah sie ihre Post durch und fand nichts, was sich zu öffnen lohnte. Sie ging zurück ins Badezimmer, zog ihre Socken aus und fühlte die angenehme Wärme der Fußbodenheizung an ihren Fußsohlen. Nachdem sie sich ihrer Kleidung entledigt hatte, löste sie ihren Zopf, und ihre schulterlangen, glatten und schwarzen Haare fielen nach unten. Kritisch betrachtete sie sich im Spiegel. Sie fand, dass sie durchaus ein paar Kilos verlieren könnte, obwohl sie wusste, dass ihre weiblichen Rundungen ihre anziehende Wirkung auf Männer selten verfehlte. Mit einem Seufzer stieg sie ihn das wohlig knisternde Schaumbad.

Nachdem sie zurück in die Polizeiinspektion gefahren waren, wurde eine Sonderkommission gebildet, die 'Soko Schlosspark'. Zunächst musste die Identität der Toten festgestellt werden. Routinemäßig verglichen die Kollegen alle Vermisstenmeldungen aus Oldenburg und der Umgebung. Erst wenn diese Überprüfung keine Ergebnisse brächte, würde man sich mit einem Foto an die Öffentlichkeit wenden. Diese weit aufgerissenen blauen Augen, die sie anflehten, quasi um Hilfe bettelten, hatten sich in ihr Gedächtnis eingebrannt. Hoffentlich würde sie heute Nacht überhaupt einschlafen können. Alle Vorbereitungslehrgänge und psychologischen Schulungen der Polizei hatten sie nicht ausreichend vorbereiten können. Real war es doch etwas ganz anderes.

Wer war diese schöne Frau, die doch noch ihr ganzes Leben vor sich hatte? Kannte sie ihren Täter, oder hatte dieser sie zufällig ausgewählt? Wie waren die letzten Stunden vor ihrem Tod abgelaufen?

Lisbeth tauchte mit dem Kopf unter, als könnte sie damit die Geschehnisse des Tages abschütteln. Als sie auftauchte, hörte sie den vertrauten Klingelton ihres Smartphones, den Beginn des Titels 'Wrong' von Depeche Mode. Sie trocknete sich notdürftig ab und fiel fast auf die Fliesen, als sie in Richtung Flur hastete. Der hartnäckige Anrufer ließ es ziemlich lange klingeln. Schließlich hatte Lisbeth ihr Telefon aus der Jackentasche befreit.

»Ja?«

»Lisbeth, ich bin's, Paul. Wir wissen jetzt, wer die Tote ist: Elena Wagner, 19 Jahre alt, Jurastudentin.«

»Wer hat sie als vermisst gemeldet?«

»Eine Irina Stojkov, die sich Sorgen um ihre WG-Mitbewohnerin machte, da Elena ihr immer Bescheid gab, wenn sie über Nacht wegblieb. Sie wurde von dem Beamten, der die Anzeige aufnahm, zu uns geschickt. Ich komme gerade von der Rechtsmedizin, wo sie ihre Kommilitonin zweifelsfrei identifizierte.« Lisbeth Eicken fror im kalten Flur.

»Sind die Eltern schon informiert worden?«

»Nein, das müssen wir jetzt machen, ich bin in 15 Minuten bei dir.«

Die Anzeige auf ihrem Smartphone verriet ihr, dass es jetzt 19.28 Uhr war. Eine Kondolenzmitteilung an die Eltern – manchmal hasste sie ihren Beruf.

***

Paul benötigte nur zehn Minuten bis zu Lisbeths Wohnung. Als er klingelte, föhnte sie sich gerade die Haare, sodass er eine SMS schrieb, als sie nicht reagierte. Während der kurzen Fahrt in die Kastanienallee unweit des Botanischen Gartens der Universität schwiegen die beiden Ermittler.

Bevor Lisbeth ausstieg, sagte sie, den Blick geradeaus ins Leere gerichtet:

»Okay, ich mach's. Ich rede mit den Eltern und überbringe die traurige Nachricht.«

»Bist du sicher?«

»Ja, einer muss es ja tun. Und Empathie ist ja nun nicht gerade eine ausgeprägt männliche Eigenschaft.«

Der Anblick auf die Stadtvilla im Jugendstil sagte einiges über die finanziellen Verhältnisse der Familie Wagner aus. Entschlossen drückte Kriminalkommissarin Eicken auf die Klingel.

»Ja?«, fragte eine Frauenstimme aus der Gegensprechanlage.

»Wir sind von der Kriminalpolizei und müssen mit Ihnen sprechen. Es geht um Ihre Tochter Elena.« Die Tür des Gartenzauns summte, und die Polizeibeamten gingen zur Haustür.

»Ich bin Kriminalkommissarin Eicken. Das ist mein Kollege Kriminalhauptkommissar Schweigert.«

Johanna Wagner bat die beiden Beamten herein und schloss die Tür hintern ihnen. Trotz ihrer blassen Gesichtsfarbe und der grauen Haare konnte man erahnen, wie schön die Frau einmal gewesen sein musste. Die Krähenfüße an ihren Augen machten sie nicht älter, sondern interessanter. Ihre dunklen Augen verrieten die Sorge einer liebenden Mutter.

»Was ist los? Haben Sie Elena gefunden?«

»Frau Wagner, ist Ihr Mann auch zu Hause?« In dem Augenblick kam ein schlaksiger Mann um die 50 Jahre aus dem Wohnzimmer, bekleidet mit einer eleganten Stoffhose und einer nicht minder feinen weißen Strickjacke, und begrüßte die Beamten mit Handschlag.

»Ich bin Oberstudiendirektor Wagner. Edgar Wagner. Sie sind von der Kripo?«

»Ja.«

»Bitte kommen Sie doch ins Wohnzimmer, ich hoffe, unsere Älteste hat nichts ausgefressen?«, lachte er. Scheinbar unterschätzte er die Lage, im Gegensatz zu seiner Frau.

»Nun sagen Sie schon, was los ist.«

Im Wohnzimmer angekommen, bat Lisbeth:

»Wollen Sie sich nicht lieber setzen?«

Elena Wagner hielt sich nach einem kurzen Aufschrei die Hand vor den Mund, als hätte Lisbeth Eicken die Nachricht schon ausgesprochen.

»Herr und Frau Wagner, Ihre Tochter Elena ist tot. Es tut uns leid.«

»Nein!«, schrie Frau Wagner, »das ist unmöglich, das muss eine Verwechslung sein. Vorgestern war sie doch noch…«, Johanna Wagner schien sich selbst mäßigen zu wollen, »…wer hat Elena identifiziert?« Bei der Frage brach ihr fast die Stimme weg.

»Irina Stojkov, ihre Mitbewohnerin.«

»Ja, ja, schon gut, ich weiß, wer diese Person ist«, zischte Edgar Wagner und übertönte mit seiner sonoren Stimme das Wimmern seiner Frau.

»Wie ist sie gestorben?«

»Sie wurde vermutlich stranguliert. Wir gehen davon aus, dass ein Verbrechen vorliegt«, übernahm Paul Schweigert das Gespräch, während Lisbeth Eicken mit Frau Wagner in die Küche ging.

Edgar Wagner goss sich einen Scotch ein und leerte ihn in einem Zug.

»Wollen Sie auch einen?«

»Nein, danke.«

»Wo hat man sie gefunden?«

»Im Schlosspark hinter der Akademie in Rastede.«

»In dem Wald. Was hat sie denn da gemacht?«

»Das wissen wir noch nicht. Herr Wagner, Ihre Tochter hat studiert?«

»Ja, Jura, seit einem Jahr. Sie hätte auch hier wohnen bleiben können. Ihr großes Zimmer hat sie noch, aber sie wollte unbedingt in die WG ziehen, zu dieser Russin. Ich habe gleich gesagt, das ist ein Fehler. Heute Morgen rief sie an und meinte, Elena wäre nachts nicht in die WG zurückgekommen. Normalerweise sagt sie dann immer Bescheid. Daraufhin haben wir unseren Sohn Jens angerufen, der einen guten Draht zu ihr hat. Er wusste auch nichts von ihr. Wann ist sie gestorben?«

»Vermutlich in der letzten Nacht.«

Edgar Wagner holte tief Luft und rieb sich mit der rechten Hand über die Stirn. Er rang um seine Fassung.

»Herr Wagner, ich möchte jetzt nicht pietätlos klingen, aber gab es irgendwelche Anzeichen, Unregelmäßigkeiten oder Drohungen gegen Ihre Tochter?«

»Was?«, empörte sich der Oberstudiendirektor. «Wovon sprechen Sie? Wer sollte meiner Tochter drohen? Sie war beliebt bei den Studenten, hatte viele Freundinnen…«

»Hatte sie einen festen Freund?«

»Ja, Alexander, von dem hat sie sich aber vor zwei Monaten getrennt. Der Stress an der Uni machte ihr ganz schön zu schaffen. Sie schien in den letzten Monaten verunsichert zu sein, glaubte, dass sie das Studium vielleicht nicht schaffen könnte.«

»Das war aber nicht der Grund für die Trennung, oder?«

»Das weiß ich gar nicht so genau. Fragen Sie am besten meinen Sohn. Er ist nicht nur ihr Bruder, sondern auch ihr bester Freund. Wenn sie es einem erzählt hat, dann ihm.« Paul Schweigert griff sich seinen Notizblock.

»Wie heißt er und wo wohnt er?«

»Jens Wagner, Masurenstraße 14, hier in Oldenburg, ist nicht weit weg. Er steht kurz vor seinem Betriebswirtschaftslehre-Diplom.«

»Danke, Herr Wagner.«

»Ich würde jetzt gerne allein sein und mich um meine Frau kümmern.«

Kriminalhauptkommissar Schweigert fuhr seine Kollegin nach Hause, um sich danach auf den Weg nach Friesland zu seiner Familie zu machen. In den nächsten Tagen würde genug Arbeit auf ihn warten, inklusive der Wochenenden, die ihm eigentlich heilig waren. Auf der Autobahn 29 trat er mächtig auf das Gaspedal.

Wenn er Glück hatte, turnte sein 'Großer' noch herum, obwohl er um diese Zeit eigentlich schon schlafen sollte. Im Wohnzimmer fand er Wiebke lesend in eine Wolldecke eingepackt. Er küsste sie auf den Mund.

»Schlafen die Zwerge schon?«

Wiebke grinste ihn verstohlen an.

»Klar, im Gegensatz zu dir sind sie ganz brav.«

Er schlich ins Zimmer seiner Tochter. Nur das Nachtlicht schaffte etwas Helligkeit. Es tat gut, sie regelmäßig ein- und ausatmen zu sehen.

Kapitel 2

Die Kollegen vom Kriminaldauerdienst hatten bereits das WG-Zimmer von Elena Wagner durchsucht, Spuren und Gegenstände gesichert, wie zum Beispiel den Laptop und ihr iPad. Sie gingen davon aus, dass der oder die Täter ihr Handy, ihre Papiere sowie ihre Handtasche an sich genommen hatten. In ihrem Zimmer konnten diese Gegenstände nicht gefunden werden.

Paul Schweigert und Lisbeth Eicken wollten sich einen persönlichen Eindruck von der Wohnung und von Elenas Mitbewohnerin verschaffen. Die Wohnung lag unweit der Universität im Dachgeschoss eines Klinkerhauses. Im Treppenhaus roch es muffig und nach altem Holz. Die Treppenstufen quietschten beim Betreten, als hätten die Ermittler 50 Kilo Übergewicht.

Nach zweimaligem Klingeln öffnete Irina Stojkov mit tiefen Augenrändern, die fast so dunkel waren wie ihre glatten schulterlangen Haare. Entweder hatte sie die Nacht nicht eine Minute geschlafen, stundenlang geweint - oder beides.

»Frau Stojkov, meine Kollegin und ich würden uns gerne mit Ihnen unterhalten.« Wortlos trat sie zur Seite und deutete in die Wohnung.

»Dürfen wir uns zunächst ihr Zimmer ansehen?« Irina ging vor, öffnete die schlichte weiße Holztür, verschränkte die Arme vor ihrer Brust.

»Bitte, schauen Sie sich nur um. Ihre Kollegen haben gestern ja schon einiges mitgenommen.« Irina hatte einen harten osteuropäischen Akzent in ihrer Stimme. Paul Schweigert überlegte, ob es Zufall oder Trauer war, dass sie einen schwarzen Rollkragenpullover und eine dunkelblaue Jeans trug.

»Wie lange wohnen Sie schon zusammen in dieser WG?«, fragte Lisbeth Eicken, während sie an ihr vorbei ins Zimmer ging. Irina seufzte und schnäuzte sich die Nase.

»Seit ziemlich genau einem Jahr.«

An der Wand stand ein zweckmäßiges Regal eines schwedischen Möbelhauses, in dem sich Aktenordner und jede Menge Gesetzesbücher befanden. Das orange gemusterte Schlafsofa ersetzte ein Bett, das in dem ohnehin kleinen Zimmer zu viel Platz weggenommen hätte. Ein überdimensionales Poster der Brooklyn Bridge und der Skyline von New York zeugte nicht nur von Fernweh, sondern auch davon, dass Elena typische Teenager-Träume hegte.

»Kam es öfter vor, dass Frau Wagner über Nacht wegblieb?«

»Nur, wenn sie bei Alexander übernachtete, aber das war ja seit zwei Monaten vorbei. Sie hatte einfach keine Zeit mehr für eine Beziehung, da ihr das Studium über den Kopf wuchs.«

»Dann hat Frau Wagner sich von ihm getrennt?«, wollte Hauptkommissar Schweigert wissen.

»Ja, sie tat sich ziemlich schwer damit, wollte ihn nicht verletzen. Sie hat es ihm hier im Zimmer erklärt. Er ist dann ziemlich laut geworden. Hat rumgebrüllt und sie als Schlampe bezeichnet. Er wollte wissen, ob sie einen neuen Typen hat. Der war von Anfang an sehr eifersüchtig, meckerte schon, wenn wir abends einfach nur was trinken gehen wollten.« Irina ging in Richtung Küche. »Ich setze Teewasser auf, wollen Sie auch einen?«

»Für mich nicht, danke«, antwortete der Hauptkommissar.

»Och, wenn Sie so lieb fragen, ich trinke gerne eine Tasse mit.« Lisbeth folgte ihr in die Küche. Nachdem Irina den Wasserkocher eingeschaltet hatte, zeigte sie auf den Küchentisch, an dem vier Stühle standen:

»Bitte, setzen Sie sich. Ist Früchtetee okay für Sie, Frau Kommissarin?«

»Ja, ganz wunderbar. Hat Elenas Freund Alexander sich denn dann nachher nochmal gemeldet?« Irina hängte zwei Teebeutel in die blaue Porzellankanne.

»Ständig rief der hier an, sogar nachts. Ich durfte gar nicht mehr an das Festnetztelefon gehen, wenn die Nummer nicht angezeigt wurde. Einmal, so vor zwei, drei Wochen, hat er sie vor dem Haus abgepasst und ihr eine Szene gemacht.«

»Ist er auch Student?«

»Ja, er steht kurz vor dem ersten Staatsexamen.«

»Sahen Sie Elena Wagner eigentlich lediglich als Mitbewohnerin oder auch als Freundin?«

»Als Freundin. Ich studiere Meeresbiologie im sechsten Semester«, Irina goss das kochende Wasser auf, «konnte ihr also mit ihrem Jurakram nicht weiterhelfen. Mit ihren Kommilitoninnen hat sie selten etwas unternommen. Sie hockte oft vor ihrem Laptop, hing bei Facebook und anderen Chats rum. Machen heutzutage ja fast alle. Aber sie hat es übertrieben, finde ich. Immer, wenn ich mal ins Zimmer kam, hat sie hektisch die geöffneten Fenster auf dem Bildschirm geschlossen.«

»Haben Sie sie darauf angesprochen?« Lisbeth probierte den heißen Früchtetee.

»Mehr als einmal. Aber sie war dann schnell genervt, hat mich angeraunzt und gemeint, ich sollte mich lieber um meine eigenen Sachen kümmern.«

»Hat sie über das Internet Männer kennengelernt, oder wollte sie mal jemanden treffen?«, wollte Paul Schweigert wissen, während Irina den Tee in ihre Tasse schenkte.

»Keine Ahnung, wenn, dann hat sie es mir nicht erzählt.«

»Was hat sie Ihnen denn erzählt, wo sie hin wollte, vorgestern Abend?«

»Das ist es ja gerade, sie erzählte, dass sie eine alte Schulfreundin träfe. Einen Namen sagte sie nicht.«

»Den Treffpunkt hat sie auch nicht verraten?«, hakte der Kriminalhauptkommissar nach.

»Sie wolle noch eine alte Schulfreundin *'in der Stadt'* treffen, hat sie gesagt.«

Lisbeth Eicken legte ihre Visitenkarte auf den Tisch: »Vielen Dank für den leckeren Tee. Falls Ihnen noch etwas einfällt, das uns weiterhelfen könnte, rufen Sie mich bitte an.«

***

Paul Schweigert parkte den zivilen Dienstwagen im Innenhof der Polizeiinspektion. Für 11.30 Uhr hatte er als Leiter der 'Soko Schlosspark' zu einer Lagebesprechung gebeten. Die Soko setzte sich aus verschiedenen Beamten unterschiedlicher Kommissariate und Abteilungen zusammen, die extra für diesen Fall von ihren eigentlichen Aufgaben abgezogen wurden. Neben Paul, der die Soko leitete, und Lisbeth Eicken, bestand sie aus dem

Computerfachmann Arne Claaßen, dem Profiler Axel Meyerhoff, der von der Abteilung für Fallanalyse des Landeskriminalamtes Niedersachsen abgeordnet war, und sechs weiteren Mitarbeitern.

Oberstaatsanwalt Kai Rentz und der Leiter der Rechtsmedizin, Dr. Janssen, nahmen ebenfalls an der Besprechung teil. Paul Schweigert wollte den extrovertierten und karriereorientierten Oberstaatsanwalt früh in die Ermittlung einbeziehen, um gerade in einem solch sensiblen Fall Rückendeckung zu haben. Nach den einleitenden Sätzen über die Wichtigkeit und die Medienwirksamkeit dieses Falles von Oberstaatsanwalt Rentz gab Paul Schweigert nach einer kurzen Vorstellungsrunde das Wort weiter an den Rechtsmediziner.

»Liebe Kollegen, unsere Tote heißt Elena Wagner und wurde 19 Jahre alt, nächste Woche wäre ihr 20. Geburtstag gewesen. Der Todeszeitpunkt liegt zwischen zwei Uhr und vier Uhr nachts. Sie wurde stranguliert, wahrscheinlich mit einem Schal oder einem ähnlichen Stoff. Wir haben schwarze Acrylfasern am Hals der Toten sicherstellen können.« Dr. Janssen betätigte eine Taste auf dem Laptop, sodass ein Bild dieser Faser durch einen Beamer an die Wand geworfen wurde. »Das Abschnüren der Venen und Arterien zum Kopf führt gewöhnlich innerhalb von zehn bis fünfzehn Sekunden nur zur Bewusstlosigkeit, und auch nur dann, wenn die Strangulation nicht unterbrochen wird, etwa durch die heftige Gegenwehr des Opfers.«

»Hat sich Elena Wagner denn gewehrt?«, fragte Lisbeth Eicken.

»Wir konnten diesbezüglich keine Spuren feststellen.«

»Sie sagten gerade: bewusstlos. Dann ist sie nicht daran gestorben?«

»Nein, Herr Schweigert. Die Strangulation war nicht todesursächlich.«

»Woran ist sie dann gestorben?«

»Sie starb an starker Unterkühlung. Landläufig würde man sagen: Sie ist erfroren.« Ein wildes Gemurmel ging durch den Besprechungsraum.

»Das muss doch aber ein hohes Risiko für den Täter gewesen sein?«

»In der Tat, das war ein Risiko. Sie hätte ja wieder zu sich kommen können, nachdem er sie im Wald abgelegt hatte. Ich vermute, ihr Täter hielt sie für tot, ohne ihren Puls gefühlt zu haben, geriet in Panik und wollte sein Opfer nur einfach loswerden.«

»Aber so schnell erfriert man doch nicht, oder? Wir hatten Temperaturen um die null Grad«, fragte Paul Schweigert.

»Wenn Sie bei Bewusstsein sind, nicht. Unser Opfer war aber bewusstlos. Zudem stellte ich einen Blutalkoholgehalt von 0,9 Promille fest, zurückgerechnet auf den Zeitpunkt der Strangulation, der zwischen 20.30 Uhr und 23.00 Uhr gewesen sein dürfte. Dadurch wird das Auskühlen des Körpers sogar noch beschleunigt.«

»Was hatte sie denn getrunken?«

»Rotwein, wir haben entsprechende Rückstände in ihrem Magen gefunden.«

»Bleibt es bei Ihrer Einschätzung, dass der Fundort nicht gleich dem Tatort ist, Dr. Janssen?«

»Nach der Spurenlage müssen wir davon ausgehen, ja. Sie hat Druckstellen am Bauch. Wahrscheinlich hat der Täter sie über die Schulter gelegt und getragen.« Er nahm seine Brille ab, rieb sich die Augen. »Abschließend möchte ich noch sagen, dass Elena Wagner nicht das Opfer eines Sexualdeliktes wurde.«

Kriminalhauptkommissar Schweigert schaute zum IT-Fachmann Arne Claaßen. Rein äußerlich verkörperte Arne alle Vorurteile eines Hackers. Bestimmt 20 Kilo zu viel auf den Rippen, fettige, nach hinten gekämmte Haare, ein aus der Mode gekommener Schlabberpulli und eine Jeans, die mächtig spannte. Paul schätzte Arne aufgrund seiner Fachkompetenz außerordentlich, nur vom Fußball verstand er nicht viel, jedenfalls zog Paul ihn immer damit auf. Er wohnte wie er in Büppel, einem Ortsteil von Varel, und sie trafen sich regelmäßig zur Fußballbundesliga-Konferenz am Wochenende im Dorfkrug. Während es für Paul nur die Eintracht aus Frankfurt gab, feuerte Arne Werder Bremen seit der Kindheit an. Wenn Eintracht Frankfurt in Bremen zu Gast war, fuhren beide meistens zusammen ins Weserstadion.

»Arne, was haben wir bisher?«

»Ich habe die mobile Rufnummer von Elena gecheckt. Am Abend vor ihrem Tod hat sie zweimal telefoniert. Um 16.49 Uhr rief sie ihren Bruder an. Das Gespräch dauerte drei Minuten. Um 18.24 Uhr wurde sie angerufen.«

»Von wem?«

»Unbekannte Nummer, habe das schon überprüft: Prepaid Handy. Die angegebene Adresse existiert nicht. Dieses Gespräch dauerte knapp fünf Minuten.«

»Was ist mit dem Laptop und dem iPad?«

»Für die Auswertung brauche ich noch mehr Zeit. Sie hatte Profile in den sozialen Netzwerken: Facebook, Google+ und Xing. Außerdem benutzte sie Skype, einen Messenger und zwei Chatrooms. Über den Provider muss ich die Logfiles anfordern. Die Auswertung ihres Email-Kontos dauert noch. Während der letzten fünf Tage konnte ich keine verdächtige Mail mit Terminvereinbarungen, fremden Männerbekanntschaften oder Ähnlichem finden. Ich werde den Zeitraum noch erweitern und über den Browser nach weiteren Email-Konten, die sie zusätzlich benutzt haben könnte, forschen.« Arne Claaßen hob den Blick und schaute den Profiler Axel Meyerhoff an.

»Dazu wäre es sehr hilfreich zu wissen, nach wem wir eigentlich suchen.« Meyerhoff winkte mit der rechten Hand ab. »Viel zu früh, dazu brauche ich mehr Informationen, um auch nur ein vorläufiges Täterprofil erstellen zu können. Bisher gehe ich von einem männlichen Einzeltäter aus.« Meyerhoff wirkte durch seinen gezwirbelten Bart und seine randlose Brille wie eine intelligente Mischung aus Horst Lichter und Jean Pütz.

Paul Schweigert nickte zustimmend, fasste die bisherigen Erkenntnisse zusammen und erklärte die Lagebesprechung für beendet. Murmelnd verließen die Teilnehmer den Besprechungsraum, als der Oberstaatsanwalt auf Paul zukam. Wie immer war er tadellos gekleidet. Er trug einen dunklen maßgeschneiderten Anzug, ein weißes Hemd und eine dunkelrote Krawatte. Schwarze Haare, an den Schläfen grau unterstrichen, betonten sein charismatisches Gesicht. Paul Schweigert war sich sicher, dass dieser Mann auch eine große Karriere vor der Kamera hätte machen können.

»Herr Hauptkommissar, ich muss Ihnen ja nicht erklären, wie wichtig und wie sensibel der Fall zu behandeln ist.« Schweigert sah fast demütig zum Oberstaatsanwalt auf. »Sie ermittelten bereits in ähnlichen Fällen in Frankfurt. Ich möchte, dass Sie mich jederzeit über wesentliche Veränderungen bezüglich der Ermittlungen zeitnah informieren.«

»Wann wollen Sie vor die Presse treten?« Die Augen von Oberstaatsanwalt Rentz blitzten wie die eines fünfjährigen Kindes kurz vor der Bescherung zu Weihnachten. Er zupfte seine mit silbernen Manschettenknöpfen verzierten Hemdsärmel zurecht.

»Sie werden mich heute Abend um 18.00 Uhr auf den neuesten Stand bringen. Bis dahin haben Sie hoffentlich mehr als eine dürftige Spurenlage. Suchen Sie Zeugen in Rastede. Auch wenn es dunkel war, jemand muss doch was gesehen haben, wenn ein Mensch in einem Plastiksack in den Wald getragen wird. Werten Sie die Computerdaten aus. Die jungen Leute geben heutzutage alles von ihrem Privatleben preis. Drehen Sie den Laptop und das iPad des Opfers auf links.« Oberstaatsanwalt Rentz klopfte ihm auf die Schulter und grinste ihn mit einem unechten Lächeln an. »Ich freue mich auf Ihre Ergebnisse heute Abend. Ich verlasse mich auf Sie. Dann kann ich morgen gegen Mittag zur Pressekonferenz einladen.« Mit diesen Worten ließ er den Leiter der ‚Soko Schlosspark' allein im großen Besprechungsraum zurück.

Paul Schweigert sah aus dem Fenster, es war kälter geworden und fing leicht an zu schneien. In einem Punkt musste er seinem übereifrigen Vorgesetzten recht geben: Bisher hatten sie wirklich noch nicht viel ermittelt. Keine Zeugen, keine Täterbeschreibung, keine DNA, kein Tatwerkzeug, kein Motiv. Ein paar Faserspuren und eine junge Frauenleiche. Aber konnte man nach so kurzer Zeit denn mehr erwarten? Anders als im Fernsehkrimi wurde ein Mord schließlich nicht in 90 Minuten aufgeklärt. Es brauchte Zeit, akribische Auswertung der Spuren und gute Ermittlungsarbeit von guten Beamten. Er hatte die Soko sorgsam zusammengestellt. Die Kollegen mochten noch zu wenig Erfahrung in einem solchen Fall haben. Aber es waren von ihm handverlesene, gute Leute, sehr gute Leute.

So nah am zugigen Fenster wurde ihm kalt.

Kapitel 3

Der ‚Club Leonardos' wurde vor langer Zeit in den USA aus guten Gründen ins Leben gerufen. Das Leitmotiv »We network – wir netzwerken« entstand lange vor dem Internetzeitalter, in einer Zeit, als die persönliche Beziehung, das sogenannte 'Vitamin B', noch zählte und sich nicht über Facebook-Freunde definierte. Mittlerweile hatte die Organisation weltweit Millionen von Mitgliedern, die sich zusammengeschlossen hatten, um Gutes zu tun, anderen Menschen zu helfen. Als Vereinsgebäude diente eine alte Villa aus der Gründerzeit gegenüber dem Schlossgarten im Herzen von Oldenburg. Mehrere unterschiedliche Dachgiebel, die an Türme erinnerten, gaben dem weißen Sandsteingebäude einen edlen Glanz.

Die konservativen, ausschließlich männlichen Mitglieder des Vereins trafen sich regelmäßig mittwochs und samstags zu Besprechungen für die anstehenden Projekte. Ihr Präsident Kai Rentz saß im braunen ledernen Ohrensessel und hob ein Glas Merlot an. Neben ihm schwenkte sein Vize-Präsident Henning Werdemann einen Cognac Voyeur, während das heimelige Feuer im Kamin knisternde Geräusche von sich gab.

»Wünschen die Herren heute Abend noch zu speisen?«, fragte die ausschließlich für diesen elitären Club tätige junge, schlanke Bedienung mit langen blonden Haaren und ausgeprägten weiblichen Rundungen.

»Nein, danke, Frau Meissner, heute nicht. Bringen Sie uns bitte die Cohibas.«

Sie nickte eifrig und verließ den Raum.

Die neugierigen Augen von Henning Werdemann, der ein erfolgreiches IT-Unternehmen, die Norten GmbH, seit 20 Jahren leitete, richteten sich auf den Oberstaatsanwalt.

»Die Pressekonferenz war der Hammer. So einen Fall gab es ja schon lange nicht mehr. Wisst ihr denn schon Näheres?«

»Du weißt doch, dass ich dir über ein laufendes Verfahren nichts sagen darf.«

»Na, aber in welche Richtungen gehen denn eure Ermittlungen?«

»Kein Kommentar. Lass uns lieber auf unsere erfolgreiche Wiederwahl und auf die nächsten zwei Jahre anstoßen.«

»Na ja, komm, mein Lieber, jetzt untertreibst du aber. Selbst die Zentrale in Berlin spricht in höchsten Tönen von unserer Regionaleinheit im hohen Norden. Seit du vor zwei Jahren die Führung des Vereins übernommen hast, stieg das Vereinsvermögen so stark wie in keinem anderen Lokalverband in Deutschland.« Kai Rentz genoss die Schmeicheleien und nahm einen weiteren Schluck Wein. »Erst durch dich ist wieder Leben in den Laden gekommen, und unsere erstklassigen Kontakte reichen bis nach Hamburg in die altehrwürdige Hanse-Kaufmannschaft.«

»Da hast du ohne Zweifel recht.«

Die Bedienung kam mit dem Humidor und einer Zigarrenguillotine herein, öffnete sie und sah die Männer mit fragendem Blick an.

»Danke, Frau Meissner, stellen Sie die Sachen einfach auf den Tisch, wir machen das dann schon.« Kai Rentz köpfte routiniert zwei der edlen Zigarren und gab eine seinem Vize-Präsidenten. Dieser schnippte sein goldenes Zippo und sah, wie sein Chef seine Cohiba durch kräftiges Ziehen zum Glühen brachte.

»Mein lieber Henning, wir sollten mal wieder einen Zug durch die Gemeinde machen.«

Der Angesprochene verdrehte die Augen, zündete sich seine eigene Zigarre an.

»Wenn ich an das letzte Mal denke, bekomme ich jetzt schon fürchterliche Kopfschmerzen.«

***

Paul Schweigert fühlte sich völlig ausgelaugt, als er in die Spielstraße des Neubaugebietes in Büppel fuhr. Die letzten Tage hatten viel Kraft gekostet. Zunächst hatten die Eltern von Elena Wagner darauf bestanden, ihre Tochter noch einmal sehen zu können. Er hatte daneben gestanden, als die Mutter einen Heulkrampf bekam, während ihr Mann, der Leiter des städtischen Gymnasiums, versuchte, ihr im wahrsten Sinne des Wortes Halt zu geben. In Momenten wie diesen hatte sich der Kommissar immer schon ohnmächtig gefühlt. Es nützte überhaupt nichts, in solchen Augenblicken zu versichern, dass sie alles Menschenmögliche tun würden, den Täter zu finden und ihn seiner gerechten Strafe zuzuführen. Scheinbar emotionslos, ohne jegliche Höhen und Tiefen in der Stimme, fragte Edgar Wagner:

»Hat Elena lange leiden müssen?«

»Unser Rechtsmediziner sagte, sie wäre nach ca. zehn Sekunden bewusstlos geworden.« Dass sie daran nicht starb, sondern im feuchten und kalten Wald erfror, verschwieg Paul.

Das Hupen und eine Lichthupe rissen den Ermittler aus seinen Gedanken. Sein Tachometer verriet ihm, dass er genau 20 km/h fuhr, also schon zu schnell war für eine verkehrsberuhigte Zone. *Was will der blöde Affe?*

Paul bremste abrupt, stieg aus dem Auto und riss die Tür des braunen Geländewagens auf, dessen Fahrer ihn genötigt hatte.

»Haben Sie ein Problem, oder was?«, fauchte er den bärtigen Fahrer, der eine Sonnenbrille trug, an.

»Du schleichst hier lang wie eine Schildkröte, ich will vorwärts kommen.«

»Das ist eine Spielstraße, da fährt man Schrittgeschwindigkeit!«

»Was geht dich das denn an, wie schnell ich fahre?«

Paul zückte seinen Dienstausweis und brüllte:

»Meister, kannst du lesen? Ich vertrete das Gesetz. Und das, was du hier machst, ist Nötigung!« Der brummelige Fahrer sah ihn an, als hätte er überraschend eine Fünf in Mathe bekommen.

»Oh, Entschuldigung, das kann ja kein Mensch ahnen.«

»Erwische ich dich noch einmal, gibt es eine Anzeige.« Paul knallte die Tür des fremden Autos zu und schaute auf das Kennzeichen WST, das für Westerstede stand. *Auch noch einer von auswärts, der hier neue Regeln aufstellen will.*

Paul parkte seinen dunkelblauen Passat Combi im Carport. Durch die gestrige Pressekonferenz war die breite Öffentlichkeit informiert worden. Die Nordwest-Zeitung titelte:

19jähriges Mädchen in Rastede erdrosselt aufgefunden

Neben dem Bericht fanden die Leser ein Foto, das Oberstaatsanwalt Rentz und ihn als Leiter der ‚Soko Schlosspark' zeigte. Paul Schweigert war nicht grundsätzlich gegen das Einschalten der Presse. Er hätte es aber lieber gesehen, dass sie noch ein paar Tage Zeit gehabt hätten, um die Spuren und die Hinweise gründlicher auswerten zu können. Auf der anderen Seite konnten sich durch die breite Öffentlichkeit neue Aussagen oder Hinweise ergeben. Es erhöhte nicht zuletzt den Druck auf den Täter.

Wiebke empfing ihn an der Tür und gab ihm einen Kuss.

»Na, mein Schatz, wie war dein Tag, haben…« Der laute Jubelschrei von Tom unterband die Frage. Sein Sohn rannte im Schlafanzug mit ausgestreckten Armen auf ihn zu.

»Hey, Sportsfreund, du bist ja noch wach.« Tom antwortete mit einem breiten Grinsen.

»Er wollte nicht eher schlafen, als bis du da bist.«

»So, so hast du denn schon die Zähne geputzt?« Voller Stolz nickte Tom drei Mal und zeigte seine blitzenden Milchzähne.

»Liest du mir gleich noch was voohoor, Papi?«

»Aber sicher, geh schon mal vor und such dir eine Geschichte aus.« Paul setzte Tom ab, gab ihm einen Klaps auf den Hintern, und er sauste los.

»Ich sag's dir, diese Presseleute rauben mir den letzten Nerv. Fünf Radiosender riefen an und sogar das Fernsehen. Zum Glück habe ich den Polizeisprecher erst einmal zugeteilt bekommen, der als Puffer dient und das meiste abfängt. Was macht denn unsere Prinzessin?«

»Ich habe sie vor einer halben Stunde gestillt, vorhin hat sie noch versucht, die Spieluhr zu hypnotisieren.«

»Und, hat sie es geschafft?«

»Schau doch selbst.« Als er an das Babybett trat, fand er Levke friedlich schlafend vor. Ihre Fingerchen versuchten im Schlaf nach etwas zu greifen. Paul streichelte ihr die Wange.

»Sieht aus, als hätte die Spieluhr diesmal gewonnen«, sagte Paul und grinste zufrieden, während Wiebke ihn mit beiden Armen umschlungen hatte.

Paul fragte sich, was passiert wäre, wenn sie ihn damals in der Bar im Taunus nicht angesprochen hätte. Sie war auf einem Seminar für Immobiliengutachten und wollte den Tag zusammen mit einer Kollegin ausklingen lassen. Er wurde häufiger von Frauen angesprochen, aber dieser freche Satz hatte selbst ihn sprachlos gemacht:

»Sagen Sie mal, sind Sie etwa der ältere Bruder von Matthias Schweighöfer?« Als er sich verwundert umgedreht hatte, um zu sehen, wer zu dieser Stimme gehörte, legte sie gleich nach: »Der viel ältere Bruder.« Neben dieser spitzen Bemerkung schenkte sie ihm ein strahlendes Lächeln. Sie war auffallend unauffällig geschminkt, nämlich gar nicht. Ihre schönen blauen Augen sowie ihre wilden braunen Locken waren von einer natürlichen, umwerfenden Schönheit. Heftig nach Worten schnappend, hatte er schließlich doch einen ganzen Satz herausgebracht:

»Ich habe zwar keine Ahnung, wie Sie heißen, aber egal: Was wollen Sie trinken?«

»Wiebke und ich trinke Pina Colada.« Paul Schweigert hatte nicht angenommen, dass dieses Lächeln noch breiter und strahlender werden konnte.

Er fand überhaupt nicht, dass er dem Schauspieler ähnlich sah, außer vielleicht wegen der blonden Lockenmähne. Hätte sie ihn damals nicht angesprochen, würde er mit Sicherheit noch in Frankfurt ermitteln und vermutlich ein mehr oder wenig glückliches Singleleben führen. Es hatte damals gar nicht zu seinem Lebensentwurf gepasst. Eine Frau, zwei Kinder, ein spießiges Häuschen auf dem Land, dazu noch in der tiefsten Provinz. Eins stand jedenfalls fest: Von seinem Gehalt hätte er sich niemals in Frankfurt oder der näheren Umgebung ein eigenes Haus leisten können. Allein die Grundstücke in der Rhein-Main-Region waren für einen Beamten im gehobenen Dienst schlicht unbezahlbar.

Sie hätten die ganze Nacht durchgequatscht, wenn der Wirt sie nicht um zwei Uhr nachts rausgeschmissen hätte, weil er endgültig schließen wollte. Ihr Hotel befand sich nicht so weit weg, als dass es nicht zu Fuß erreichbar gewesen wäre. Er hatte ihr angeboten, sie noch zu begleiten. Am Hoteleingang angekommen, sagten beide gleichzeitig:

»Normalerweise mache ich so etwas…« und konnten sich vor Lachen kaum halten.

Er ging mit ihr ins Hotelzimmer, und als sie am nächsten Morgen das Frühstückbuffet einnahmen, fielen sie beide durch ein nicht mehr aus dem Gesicht zu bekommendes Grinsen auf. Sie wussten schon damals, es würde noch viele gemeinsame Frühstücke geben, sehr viele.

»Soll ich dir noch das Essen warm machen, während du Tom die Geschichte vorliest?«, riss sie ihn aus seinen Gedanken.

»Gerne, ich habe großen Hunger.«

Während Paul den leckeren Auflauf aus Nudeln, Hackfleisch, Paprika und Tomaten im Esszimmer aß, liefen im Hintergrund die Nachrichten auf dem großen Flachbildschirm. Er drehte die Lautstärke auf, da über seinen aktuellen Fall berichtet wurde. Es wurde wild spekuliert, ob es eine Beziehungstat gewesen sei oder ob das Opfer nur rein zufällig ausgewählt worden war. Paul schüttelte nur mit dem Kopf. Bisher konnten sie sich nicht mal sicher sein, dass es sich um einen Einzeltäter handelte. In Absprache mit Oberstaatsanwalt Rentz hatte Paul auf der Pressekonferenz auch gezielt eine falsche Information verbreitet und behauptet, die junge Frau wäre mit einem Seil erdrosselt worden. Diese Taktik wurde von der Polizei in Frankfurt schon oft angewendet, um Trittbrettfahrer und Wichtigtuer, die behaupteten, die Tat begangen zu haben, frühzeitig aussortieren zu können.

Paul Schweigert stellte das Fernsehgerät aus und kroch zu seiner Frau auf die Couch unter die flauschige weiße Wolldecke. Es war Freitagabend, und er hoffte, dass er am Wochenende genügend Zeit für seine Familie haben würde.

***

Lisbeth Eicken stand auf dem schmalen Balkon und inhalierte den Rauch ihrer Zigarette. Als sie Torsten vor ein paar Tagen den Laufpass gegeben hatte, hatte sie wieder angefangen zu rauchen. Gleichmäßiger Schneefall bedeckte die Straße und den Gehweg wie Zuckerguss. Lediglich die vorbeifahrenden Autos sorgten dafür, dass keine geschlossene Schneedecke zu sehen war. Sie zog ihre eilig angezogene Daunenjacke, deren Reißverschluss noch offen war, enger zu und drückte auf die Kurzwahltaste ihres schnurlosen Telefons.

»Ja?«

»Sanne, ich bin's. Sind eigentlich alle Männer so scheiße?«

»Süße, was ist denn los?«

»Ach, ich weiß auch nicht…«

»Hat Torsten sich nicht mehr gemeldet?«

»Der Arsch kann mir mal gestohlen bleiben.«

»Er schreibt eine SMS, er habe zurzeit viel um die Ohren und keine Zeit. Dabei sehe ich doch auf Facebook, dass er postet und dass er Frauenbilder mit 'gefällt mir' versieht. Hält der mich für blöde oder wie?«

»Nun mal der Reihe nach, seid ihr nun noch zusammen oder nicht?«

Lisbeths beste Freundin Susanne Klein wohnte in Hamburg und arbeitete als Dozentin an der Hochschule für bildende Künste. In jeder freien Minute malte sie in ihrem eigens in ihrer Wohnung eingerichteten Atelier. Die beiden Freundinnen hatten zusammen in Oldenburg Abitur gemacht, sich nach der Schulzeit nie aus den Augen verloren.

»Ich habe ihm vor vier Tagen gesagt, dass es aus ist. So einen, der von Blume zu Blume fliegt, brauch ich nicht.«

»Und warum interessiert es dich dann, was er auf Facebook treibt?«

»Ja, weil er vorher immer, wenn ich mal mit ihm was unternehmen wollte, sich rausgeredet hatte. Keine Zeit und so.« Sanne lachte kurz auf.

»Was ist denn daran so witzig?«

»Süße, wenn das so ein Hallodri ist, wie du immer gesagt hast, dann wundert es mich nicht, dass er keine Zeit für dich hat, der kommt bei so vielen Damen vermutlich in Terminschwierigkeiten. Warum hast du dich überhaupt auf ihn eingelassen?«

»Warte mal kurz…«, Lisbeth drückte die Zigarette im Aschenbecher aus, ging in die Wohnung und verriegelte die Terrassentür, »…so, bin wieder in der Wohnung.«

»Hast du etwa wieder angefangen zu rauchen?«

»Und wenn schon, ist doch jetzt auch egal.«

»Lissi, wir müssen uns dringend mal wieder treffen.«

»Ich habe doch auch mit dem aktuellen Fall so viel um die Ohren.« Lisbeth zog die Jacke aus, wechselte dabei den Telefonhörer von der einen in die andere Hand.

»Na und? Dann komme ich eben nach Oldenburg. Was ist mit nächstem Wochenende?«

»Echt? Nächstes Wochenende passt, da freue ich mich.«

»So, und nun erzähl mal, weißt du, dass Torsten was mit anderen Frauen hatte oder bist du nur eifersüchtig darauf, dass er keine Zeit für dich hatte?« Lisbeth klemmte den Hörer zwischen Schulter und Wange, als sie Wasser in den Kocher goss und ihn einschaltete. Sie nahm zwei Früchteteebeutel aus dem Schrank und hängte sie in die gläserne Kanne.

»Dass er was mit einer anderen hatte, während wir in den letzten zwei Monaten zusammen waren, glaube ich nicht einmal. Aber seine Ex-Freundin tauchte immer mal wieder auf, als wir im 'Loft' waren und hat ihm schöne Augen gemacht.«

»Wie hat er darauf reagiert?«

»Ihm scheint es gefallen zu haben. Er sagt, sie seien nur gute Freunde.«

»Was hast du ihm dann gesagt?«

»Ich habe versucht, souverän zu reagieren.«

»Was heißt das?«

»Ich habe ihm einen Vortrag gehalten, warum echte Freundschaften zwischen Mann und Frau nie funktionieren, dass es so etwas nur im Film gäbe.«

»Während sie daneben stand?«

»Ja.«

»Äußerst souverän.« Lissi überhörte die Spitze und goss das kochende Wasser in die Kanne.

»Und dann so eine naive Antwort von ihm. Also entweder ist er doof oder er tut nur so. Er meinte, dass die beiden so viel verbinde, und man sich freundschaftlich verbunden bleiben solle und so einen Müll.«

»Was hast du darauf gesagt?«

»Dass ich es ihm, wenn wir uns mal wiedersehen in zwei, drei Jahren, gerne mal aufmalen könnte, und zwar so, dass selbst er es verstehen kann.« Susanne lachte fast hysterisch in den Hörer.

»Du bist echt der Knaller, weißt du das? Also wieder einer, den du versenkt hast?«

»Scheint so«, Lissi nahm einen Schluck des heißen Früchtetees, »Sanne?«

»Ja?«

»Werde ich in diesem Leben noch einen Mann finden, der mich liebt, mich versteht, der mich will, und zwar nur mich?«

»Aber sicher. Nun zerbrich dir mal nicht deinen hübschen Kopf. Eigentlich müssten die Typen bei dir doch Schlange stehen, so, wie du aussiehst.«

»Warum tun sie das dann nicht? Ich meine, wenn ich mich dann mal auf einen einlasse, dann erledigt sich die Geschichte ziemlich schnell wieder.«

»Süße, du versenkst in den meisten Fällen die Männer in der Nordsee, nicht umgekehrt.«

»Ja schon, aber…«

»Kein *aber*, es stimmt alles mit dir. Du bist eine tolle Frau, und die Typen, die das nicht merken, die willst du sowieso nicht. Wir besprechen das in Ruhe am nächsten Wochenende. Ich will gleich noch ins Theater und muss mich schnell noch aufhübschen.«

»Sanne?«

»Ja?«

»Schön, dass es dich gibt und dass du mir immer zuhörst.«

»Dir immer gerne, weißt du doch. So, ich muss Schluss machen.«

»Tschüss.«

Lissi zündete ein Teelicht an und stellte die Kanne auf das Stövchen. Ihre Tasse mit dampfendem Tee nahm sie in beide Hände, nachdem sie sich auf die schwarze Ledercouch gesetzt hatte. Eigentlich hatte Sanne ja recht. Ihr ging es gut. Sie war gesund, sie hatte einen Job, den sie mochte, und eine schöne Wohnung. Zu ihrem Vater hatte sie keinen Kontakt mehr, *nach dieser Geschichte*, nach deren Ende er nach Hannover gezogen war, um dort ein hohes Amt zu bekleiden. Ihre Mutter lebte noch in ihrem Elternhaus in

Jaderberg, einem Ort in der Wesermarsch, keine 15 Kilometer vom Meer entfernt.

Und doch fehlte etwas in ihrem Leben. Ein guter Mann und eine richtige Familie. Als sie kürzlich 30 geworden war, hörte sie ihre biologische Uhr ticken. *Was bildest du dir eigentlich ein? Elena Wagner wäre froh, wenn sie so alt hätte werden dürfen. Also Schluss jetzt mit diesen trüben Gedanken.* Lissi klappte ihren Laptop auf und rief ihr Facebook-Profil auf. Obwohl die Regeln des amerikanischen Unternehmens echte Namen forderten, nannte sie sich dort Lisbeth Salander, nach der Romanfigur von Stieg Larssons Millenium-Trilogie. Eine Identitätsprüfung durch einen Personalausweis sah Facebook nicht vor.

Ihr Profilbild zeigte eine Zeichnung, die Sanne gemalt hatte. Aus einer Weinlaune heraus hatte sie ihre Freundin gebeten, die Romanfigur zu malen. Schwarze Haare, ein Lippenpiercing und dunkel geschminkte Augen. Dieses Bild zog eine Menge Männer an. Sogar aus dem Ausland bekam sie eindeutige Angebote in schlechtem Deutsch, und sogar Heiratsanträge von Männern, die sie noch nie kontaktiert hatte. Nur wenige ihrer Freunde und Freundinnen kannten ihr Profil.

Sie wechselte in den Chat, einem elektronischen Treffpunkt für Singles im Oldenburger Raum, bei dem sie sich vor Monaten registriert hatte. Unter ihrem Nicknamen 'MissesSophie' loggte sie sich ein. Nachdem sie die ersten zehn Minuten Belanglosigkeiten ausgetauscht hatte, erregte ein User ihre Aufmerksamkeit, der sie privat anschrieb, dessen Nachricht also nur sie lesen konnte. Sie hatte den Namen zuerst falsch gelesen und wollte ihn zunächst ignorieren. Er hieß gar nicht 'MrPerverser'. Eine Übersetzungsseite zeigte ihr, dass 'Preserver' Retter hieß.

MrPreserver: hallo misses, ich habe dich hier noch nie gelesen.

MissesSophie: hallo mr, bin nur selten hier.

MrPreserver: samstag abend, geht eine misses da nicht auf tour?

Misses Sophie: offensichtlich nicht. du hast dir einen seltsamen nick ausgesucht.

MrPreserver: gefällt er dir nicht?

MissesSophie: hatte zuerst was anderes gelesen.

MrPreserver: lol, das höre ich oft.

MissesSophie: wen willst du denn retten?

MrPreserver: du hast gegoogelt, gib's zu.

MissesSophie: ok, erwischt, also wen?

MrPreserver: die, für die es sich lohnt, hunderte km zu fuß zu gehen.

Was für ein Schleimer!, dachte sich Lissi, und trotzdem gefiel ihr der Satz. Ein Klick in das Profil machte sie auch nicht viel schlauer. Er hatte kein Bild von sich eingestellt – sie vorsichtshalber auch nicht -, war angeblich 33 Jahre alt, wohnte in Oldenburg, und unter Beruf stand lediglich das Wort: Akademiker. Lissi tippte hastig eine Antwort.

MissesSophie: hast du so eine frau denn noch nicht gefunden?

MrPreserver: ich bin ein suchender…

MissesSophie: sorry, muss los. Lissi loggte sich aus und rieb sich die Stirn. *Wahrscheinlich einer von den üblichen Spinnern. Vielleicht war er in Wirklichkeit 60 Jahre alt, hatte einen Bart und einen großen Bierbauch, und ihm machte es Spaß, sich online an junge Frauen ranzumachen. Virtuell war es ja auch so einfach.*

Eine DVD »Zwei an einem Tag« fiel ihr ins Auge. Den Film hatte sie sich schon seit längerer Zeit mal anschauen wollen. Sanne hatte ihn wärmstens empfohlen. 'Ein Muss für kalte Wintertage, wenn du dich einsam fühlst.‘ Lissi nahm sich die DVD-Hülle von ihrem Fernsehtisch, begutachtete das Bild, klopfte es nachdenklich mit der rechten Hand gegen die Innenseite der linken Hand und sah dabei durch die Balkontür. Es wollte einfach nicht aufhören zu schneien. Sie hatte einen Entschluss gefasst, den sie hoffentlich nicht bereuen würde.

Kapitel 4

Laut Melderegister wohnte Alexander Hoffmann im Artillerieweg, der bequem über die Ammerländer Heerstraße zu erreichen war. Der lieblose dreistöckige Bau sah aus der Ferne aus wie ein zu hoch geratener Container, passte jedoch zu den militärischen Straßennamen. Paul Schweigert konnte sich nicht vorstellen, hier 'einkaserniert' zu sein, nicht mal als Student. Von vorne mutete das Gebäude futuristisch an, wie ein überdimensionales Tetris-Spiel, das ausschließlich aus weißen Steinen und Glas bestand, während einige Elemente herausgezogen zu sein schienen. Auf der Rückseite führte eine durchgehende Treppe zu den Wohnungseingängen der vier Stockwerke.

Lisbeth musste die Klingel mehr als einmal betätigen, bevor sich in der Studentenbude überhaupt etwas regte. Zunächst polterte es, dann hörte man einen Fluch, und schließlich ging das Licht an. Neun Uhr morgens mochten die meisten Studenten als unchristlich empfinden.

»Ja, ja, ich komm ja schon«, hörten die beiden Ermittler aus der Wohnung. Der Schlüssel wurde von innen zweimal herumgedreht, und ein verschlafener junger Mann in Boxershorts und verwaschenem T-Shirt setzte sich gähnend seine Brille auf.

»Herr Alexander Hoffmann?«

»Ja, richtig, der bin ich, und wer sind Sie?«

»Schweigert von der Kripo Oldenburg, das ist meine Kollegin Eicken. Dürfen wir reinkommen? Wir haben ein paar Fragen an Sie.« In seinem hübschen, fast jugendlichen Gesicht spiegelte sich in diesem Augenblick der schmerzliche Verlust eines geliebten Menschen wider. Es war für ihn nicht schwer zu erraten, warum die Polizeibeamten ihn sprechen wollten.

»Bitte, kommen Sie rein.« Der durchtrainierte Student war etwas kleiner als Paul, durfte etwa 1,80 Meter messen. Er ging in Richtung Fenster, zog die Jalousien hoch und öffnete es. Eine kräftige Stoßlüftung tat der abgestandenen Luft gut. Alexander Hoffmann räumte seine achtlos auf die Stühle geworfenen Trainingsklamotten eilig weg, um den Beamten Sitzplätze anbieten zu können.

»Nehmen Sie doch Platz, ich bin gleich bei Ihnen«, sagte der Jurastudent und verschwand im Badezimmer. ‚Kleine Nasszelle' wäre eine bessere Beschreibung gewesen. Anstatt sich hinzusetzen, sahen sie sich lieber im Wohn- und Schlafraum um. Unter dem offensichtlich aus Platzgründen aufgestellten Hochbett befand sich eine durchgesessene Schlafcouch. Ihr gegenüber stand ein schlichter, aber breiter Schreibtisch, dessen Arbeitsfläche man allerdings nur erahnen konnte, da sich Gesetzesbücher, Aktenordner und lose Blätter türmten. Inmitten des Chaos stand ein aufgeklappter Laptop, der nicht eingeschaltet war. An der Wand zeugte ein übersichtlicher Jahreskalender von bevorstehenden Prüfungen. *Hier ist aber schon länger nicht mehr gesaugt worden,* dachte Paul, als er sich den flauschigen blauen Teppich ansah. Einige Party- und Kaffeeflecken verrieten, dass er seine beste Zeit schon deutlich hinter sich gelassen hatte.

Die Fotos an der Pinnwand zeigten nicht nur seine Familie, sondern auch, dass er sich nie mit der Trennung von Elena abgefunden hatte. Offensichtlich im Urlaub an einem Strand wirkten beide glücklich und verliebt.

»Wollen Sie einen Kaffee trinken?«

»Nein, danke. Sie können sich denken, warum wir hier sind?« Alexanders Gesicht nahm wieder diese düsteren Züge an. Er setzte sich und nickte.

»Elena.«

»Wo waren Sie in der Nacht vom Samstag, den 4. Februar auf den 5. Februar, zwischen 21.00 Uhr und 2.00 Uhr nachts?«

Der Jura-Student sprang auf. »Sie verdächtigen mich? Ich habe sie geliebt!«

»Reine Routine, wir müssen das fragen«, beschwichtigte Lisbeth Eicken, »also, wo waren Sie?« Alexander rieb sich die Hände und überlegte.

»Oli hatte Geburtstag, ist am 5. Februar 24 Jahre alt geworden. Wir haben mit ein paar Jungs reingefeiert. Ich war gegen acht Uhr abends dort, ging ziemlich lange, so gegen drei, halb vier bin ich gegangen.«

»Keine Frauen auf der Party?«

»Nee, ein reiner Herrenabend.«

»Wo hat die Party stattgefunden?«

»Hier im Wohnheim bei ihm. Er wohnt Nummer 38.«

»Geben Sie uns bitte die Namen und Adressen der *Jungs*, die noch auf der Geburtstagsfeier waren.« Lisbeth notierte die Daten.

»Haben Sie die Party zwischendurch verlassen?«

»Nein.«

»Wurde auf der Feier Alkohol getrunken?«

»Ja, Bier, aber keine harten Sachen. Zum Anstoßen um zwölf tranken wir Sekt.«

»Und Elena hatte sich von Ihnen getrennt?«

»Ja, angeblich, weil sie wegen des Studiums keine Zeit mehr für mich hatte. Ich bin mir sicher, dass sie nie aufgehört hat, mich zu lieben. Sie war abgelenkt, aber deswegen trennt man sich doch nicht, oder?« Keiner der beiden Polizisten beantwortete diese Frage.

»Hatte Elena einen neuen Freund, vielleicht sogar während Ihrer Beziehung?«

»Wie reden Sie eigentlich von ihr?«

«Herr Hoffmann, beantworten Sie einfach unsere Fragen. Desto schneller sind wir fertig.«

»Glaube ich nicht. Aber als wir zusammen waren, auf keinen Fall, das schwöre ich.«

»Wie lange waren Sie denn zusammen?«

»Zehn Monate, ich war ihr Tutor, als sie an die Uni kam. Vor zwei Monaten hat sie Schluss gemacht.«

»Wann haben Sie Elena zuletzt gesehen?«

»Vor drei Wochen. Ich wollte eine Aussprache. Ich passte sie vor ihrer Wohnung ab. Aber das brachte nichts. Sie fertigte mich mit ein paar Sätzen einfach ab.«

»Haben Sie einen Verdacht, wer sie umgebracht haben könnte?«

»Ich habe nicht die leiseste Ahnung.« Paul stand auf. «Danke, das war es schon, Herr Hoffmann. Wir werden die Angaben zu Ihrem Alibi überprüfen.« Er überreichte ihm seine Visitenkarte. »Bitte kommen Sie morgen zu uns, damit wir Ihre Aussage zu Protokoll nehmen können.«

Außer Oliver Leitholdt bestätigten weitere zwei Kommilitonen, die auch auf der Party waren, die Aussage von Elenas Ex-Freund unabhängig voneinander in allen Einzelheiten und somit das Alibi. Ein Motiv hatte er, doch durch das wasserdichte Alibi kam er als Täter nicht in Frage.

Paul fädelte den Dienstwagen in den fließenden Verkehr ein. Das stetige Bevölkerungswachstum der Stadt Oldenburg hatte dazu geführt, dass die gängigen Ein- und Ausfallstraßen den zunehmenden Verkehr nicht mehr aufnehmen konnten. Noch immer kein Vergleich zu den Dauerstaus in Frankfurt, aber nervig, wenn viel befahrene Straßen nur einspurig waren.

»Mit dem Alibi fällt Alexander Hoffmann ja wohl als Täter aus?«, fragte Lisbeth nachdenklich.

»Du meinst, es ist ausgeschlossen, dass alle Teilnehmer der Party sich abgesprochen haben könnten?«

»Genau.«

»Das denke ich auch. Das müsste ja schon eine Schauspieltruppe sein, die es so perfekt und konsistent abspricht. Und vor allem, was hätten so viele Leute denn für ein Motiv, ein falsches Alibi zu bestätigen? Ich habe ja schon erlebt, dass einer oder zwei Leute lügen, um mit einem falschen Alibi einen geliebten Menschen zu schützen. Aber eine ganze Gruppe, das kann ich mir nicht vorstellen.«

»Wenn es also keine Beziehungstat war, wie bei der Mehrheit der Tötungsdelikte, was war es dann?«

»Wir können eine Beziehungstat immer noch nicht ausschließen. Vielleicht gibt es jemanden, der Monate um Elena geworben hat. Sie hat einmal nachgegeben, traf sich mit ihm, vielleicht sogar in seiner Wohnung, und sie erteilte ihm eine Abfuhr. Es hilft nichts, wir müssen uns jede einzelne Telefonnummer aus den Einzelverbindungsnachweisen vornehmen, sowohl Handy als auch Festnetz. Außerdem alles, was wir auf dem Laptop und Tablet finden können, jede E-Mail, jeden Chat, jeden Facebook-Eintrag, im Grunde jeden Tastendruck von Elena, den wir nachvollziehen können. Inzwischen sollte Arne auch die Protokolle vom Provider haben. Das schöne für uns ist ja, dass die jungen Leute heute ständig im Netz hängen und damit Spuren hinterlassen.«

»Jungen Leute? Sooo alt bist du nun auch noch nicht«, bemerkte Lisbeth süffisant.

»Nein, aber als ich so alt war wie unser Opfer, gab es weder Facebook noch einen Messenger. Da schrieb ich gerade mal meine erste E-Mail.«

»Stimmt schon, die Jugendlichen schreiben heutzutage kaum noch E-Mails, nicht mal SMS, das läuft alles über 'WhatsApp'. Wenn du als 19jährige nicht in den sozialen Netzwerken bist, bist du isoliert, bekommst nicht mit, wenn irgendwo eine Party steigt oder andere Sachen abgehen.«

Lisbeth sah Paul schmunzelnd an. »Wann warst du denn zum letzten Mal auf einer spontanen Feier?«

»Oh, da muss ich mal überlegen. Unsere Weihnachtsfeier, aber die war ja nicht spontan, sondern geplant. Ich habe ehrlich gesagt auch nicht mehr das Bedürfnis, wegzugehen, bin froh, wenn ich nach der Arbeit noch was von meinen Kindern und von Wiebke habe. Also außer Samstag nachmittags zum Fußball gucken im Dorfkrug, das ist Pflicht.«

»Das Leben bei uns auf dem Land gefällt dir also doch ganz gut?«

»Jetzt fang du auch noch an. Wiebke will mir das auch immer einreden.«

Als Lisbeth Pauls Frau noch nicht persönlich gekannt hatte, mochte sie sie nicht besonders. Vielleicht kam es daher, dass Wiebke genau das verkörperte, wonach sie sich sehnte, eine Familie, Kinder, ein Häuschen auf dem Land. Doch als Lisbeth sie dann kennenlernte, änderte sie ihre

Meinung. Lisbeth wollte damals eigentlich nur etwas bei Paul abholen, als dieser Urlaub hatte. Wiebke öffnete mit Schürze die Tür und begrüßte sie herzlich, als würden sie sich schon Jahre kennen, und führte sie direkt in die Küche.

»Ich bereite gerade den Seelachs und die Bandnudeln in der Auflaufform vor, du isst doch bestimmt was mit, oder?«

»Äh, eigentlich…«, setzte Lisbeth an.

»Keine Widerrede. Paul erzählt so viel von dir, jetzt will ich dich endlich richtig kennenlernen. Du kannst schon mal den Salat anmachen, geschnippelt ist schon alles. Und dabei können wir dann mal schön schnacken. Du kommst ursprünglich aus Jaderberg?«

»Ja, ich bin da aufgewachsen.«

»Und ich bin dort auf das Jade-Gymnasium gegangen, immer schön brav mit dem Fahrrad hingefahren.«

»Echt? Das ist ja nur zwei Straßen von meinem Elternhaus entfernt. Ist da schon Salz und Pfeffer dran?«, fragte Lisbeth und zeigte auf die durchsichtige Salatschüssel.

»Nee, noch nichts. Und du wohnst jetzt in Oldenburg?«

»Ja, direkt in der Stadt. Gerade als ich noch keinen Führerschein hatte, kam ich ja nirgends hin.«

»Oh ja, das kenne ich, war ich damals froh, als ich den Lappen endlich hatte und selbst fahren durfte.«

»Wenn die Eintracht so weiterspielt, sind wir bald europaweit erfolgreich«, tönte es aus dem Wohnzimmer.

»Sehr schön, du kannst gleich mal erfolgreich den Tisch decken!« Lissi konnte ein hysterisches Lachen nicht unterdrücken.

Es wurde sehr viel geschnackt und gelacht an jenem Abend. Lissi warf ihre anfängliche Skepsis über Bord und fing an, Wiebke richtig gut leiden zu können.

***

Der Besuch bei Jens Wagner hatte die Ermittler keinen einzigen Schritt weitergebracht. Er war viel zu geschockt unter dem Eindruck des plötzlichen und gewaltsamen Todes seiner Schwester, die gleichzeitig auch seine beste Freundin war. Als wenn er unter Beruhigungsmitteln stand, gab er nur einsilbige Antworten auf ihre Fragen und starrte dabei die ganze Zeit auf ein Urlaubsfoto, das ihn und seine Schwester an einem Strand zeigte. Fast schien es so, als wollte er sie mit seinem Blick wiederbeleben. Den einzigen vollständigen Satz, den er rausbrachte, war die Bitte, ihn einfach alleine zu lassen. Sie würden ihn zu einem späteren Zeitpunkt erneut befragen müssen.

Paul und Lisbeth hatten an einer Imbissbude gehalten, um sich zu stärken, als das Handy klingelte.

»Schweigert.«

»Paul, hier ist Arne.«

»Was gibt es?«

»Ich sitze gerade über den Logfiles, der Provider hat sie heute Morgen elektronisch zur Verfügung gestellt, ellenlange Chatprotokolle.«

»Arne, wir essen gerade, und ich habe in meinem Leben schon x-mal Chatprotokolle gelesen.«

»Paul, glaub mir, so eines hast du noch nicht gesehen.«

Kapitel 5

Soziale Netzwerke im Internet nutzte er zwar auch, aber die echten Kontakte von wichtigen Persönlichkeiten wurden im realen Leben geknüpft. Nur einem erlesenen Personenkreis war es vergönnt, zu einer intellektuellen und wirtschaftlichen Elite zu gehören. Im Gegensatz zu Facebook, wo einfach ein Kontakt per Anfrage zustande kam, wurde man im ‚Club Leonardos' lediglich durch eine persönliche Empfehlung Mitglied, das hieß dann zunächst 'vorläufiges Mitglied'. Nur wer die Bewährungszeit erfolgreich absolvierte, bekam in einer feierlichen Zeremonie die permanente Mitgliedschaft übertragen. Dieser 'Permanent-Member-Status' öffnete dann jede Menge wichtige Türen.

Kai Rentz gönnte sich dennoch zwei Profile bei Facebook, eine Fanpage, die bereits über 2.000 User mit einem 'gefällt mir'-Klick bedacht hatten, und ein privates Profil, das den Namen *Mr. R.* zierte. Unzählige weibliche Nutzer schrieben ihn an, da sie ‚Mr. Right' vermuteten. Als Profilbild hatte er das Bild eines extrem gut aussehenden glatzköpfigen und in Deutschland weitestgehend unbekannten US-Sportlers ausgewählt. Er hatte aufgehört zu zählen, wie viele Frauen ihn unbedingt kennenlernen wollten.

Grinsend beantwortete er die Anfrage einer jungen Blondine aus Hamburg - wer weiß, ob sie überhaupt ihr echtes Foto hochgeladen hatte - mit den Worten: »Sorry, keine Zeit die nächsten Wochen, beruflich sehr eingespannt«, als sein Handy klingelte. Das Display verriet ihm, dass sein Vize-Präsident anrief.

»Henning, was gibt es?«

»Moin, Kai, ich sollte wirklich mal meine Rufnummer unterdrücken«, der Anrufer lachte gekünstelt ins Telefon, «weswegen ich anrufe: Du kommst doch heute Abend ins Staatstheater?«

»Natürlich, wie könnte ich so eine Veranstaltung vergessen?«

»Prima, der Bürgermeister und hat mir gerade eben telefonisch zugesagt.« Kai Rentz lehnte sich zufrieden zurück in seinen ledernen Bürostuhl. Ein weiteres Puzzleteil fügte sich nahtlos ein in seinen Plan. Sicher, diese Veranstaltung war nicht billig. Aber die Förderung von Kunst und Kultur ließ sich nicht nur medienwirksam vermarkten, es intensivierte auch den guten Draht zur Politik.

»Perfekt, ich wusste, ich kann mich auf dich verlassen. Ist denn alles für die Rede vor dem Stück vorbereitet?«

»Selbstverständlich, alles nach deinen Vorgaben.« Kai Rentz konnte es kaum erwarten. Besonders großen Wert legte er auf das Ankündigen seiner Person:

»...spricht gleich zu Ihnen unser Club-Präsident und jüngster Oberstaatsanwalt in der Oldenburger Justizgeschichte: Kai Rentz!« Er sah vor seinem geistigen Auge schon den Jubel des Publikums und hörte sich selbst das Publikum beschwichtigen: »Danke, danke, ich bitte Sie, meine sehr verehrten Damen und Herren, hören Sie doch auf. Sie sind ja verrückt!«

Ein zweiter Anruf riss ihn aus seinen schönen Gedanken. 'KHK Schweigert' zeigte sein Display an. *Das wurde aber auch Zeit,* dachte der Oberstaatsanwalt, *hoffentlich präsentiert er mir jetzt mal ein paar Antworten, anstatt neue Fragen aufzuwerfen,* und betätigte die Taste mit dem grünen Telefonhörer.

***

Nachdem Paul fast einen Auffahrunfall verursacht hatte, parkte er den Dienstwagen im Hof, und die beiden Ermittler hetzten die Treppenstufen hinauf ins Fachkommissariat 1 der Polizeiinspektion Oldenburg-Stadt/Ammerland. Arne Claaßen saß vor seiner PC-Tastatur und zwei großen Flachbildschirmen. Zusätzlich stand dort noch ein aufgeklappter Laptop, dessen Lüftungsmotor brummte. Entweder hatte Arne ihr Reinkommen gar nicht bemerkt, oder er ignorierte einfach ihre Anwesenheit, er hämmerte hektisch auf den Tasten herum.

»Arne, schieß los, was hast du entdeckt?«

»Da«, sagte der IT-Spezialist und zeigte mit der ganzen Handfläche Richtung Bildschirm, als wäre es für jeden klar, was er genau gefunden hatte. Paul sah nichts außer grauen und blauen Zeilen auf beigem Hintergrund. Offenbar die Kommunikation eines Chats. Ungeduldig klopfte Paul auf den Schreibtisch.

»Arne, gibt es auch eine Erklärung für deine Erkenntnisse?«

»Also, wie ich schon am Telefon sagte, habe ich über den Anbieter des Chats, eine gewisse…«, Arne rief eine E-Mail auf dem PC auf, «…ah, hier: ‚Gideon GmbH' mit Sitz in Montabaur das Chatprotokoll angefordert.«

»Warum genau dieses Protokoll?«, wollte Lisbeth wissen.

»Es datiert vom Abend ihres Verschwindens, um 19.48 Uhr. Ich habe es über den Browser nachvollziehen können, es ist das Letzte, was sie im Internet geschrieben hatte. Der Browserverlauf wurde nicht gelöscht.«

»Wozu brauchtest du den Provider, wird der Chat denn nicht automatisch irgendwo gespeichert, also lokal auf dem Laptop?«, hakte Paul nach. Lissi rollte wissend mit den Augen.

»Nein, während die Nutzerin online ist, kann sie bei diesem Chat über den Button 'Log' die letzten 50 Zeilen aufrufen. Hat sie sich aber einmal ausgeloggt, kann sie die Kommunikation nicht mehr aufrufen. Es sei denn, sie wäre Admin, also Administratorin, gewesen – war sie aber nicht, oder sie hätte alle zehn Minuten den Gesprächsverlauf per Hand in einem extra Dokument abgespeichert, das macht aber kaum einer, sie eben auch nicht. Deswegen musste ich mich an den Provider wenden. Wichtig finde ich die letzten Zeilen hier«, Arne markierte sie entsprechend , »vorher hatte er über Monate ein Vertrauensverhältnis aufgebaut, der erste Kontakt entstand im letzten Jahr, soweit ich das zurückverfolgen konnte.«

MissesSaint: und du glaubst, du kannst mir dabei helfen?

MrJudge: ich denke schon, das hört sich für mich jetzt nicht so schwer an.

MissesSaint: du weißt ja, ich stehe hier ganz schön unter druck, ich muss die prüfung unbedingt schaffen, mein vater macht mir sonst die hölle heiß.

Mr Judge: das weiß ich und kann es nachfühlen. du süße, ich stehe voll hinter dir, es ist mir wichtig, dass es dir gutgeht.

MissesSaint: du hast gut reden, du schreibst ja keine klausur…

MrJudge: pass auf, wir treffen uns im grandcafe, blocken uns beide drei stunden, und danach hab ich dich soweit, dass du da durchkommst.

MissesSaint: mr, ich habe so schiss vor montag □

MrJudge: ich versprech dir, alles wird gut, komm her, ich drück dich mal

MissesSaint: das tut gut, aber die klausur ist schon übermorgen

MrJudge: also ich habe heute abend noch nichts vor ;)

MissesSaint: hmm…schreib mir mal eine SMS, ich überlege mir das dann noch, ok?

Das letzte, was Elena Wagner in diesem privaten Chat schrieb, war ihre Handynummer.

»Und für den Chat muss man sich registrieren?«

»Richtig, einfach eine E-Mail Adresse angeben, danach wird durch den Anbieter eine automatische Antwort-Mail generiert mit dem 'Login' und dem 'Passwort', man klickt auf den Bestätigungslink, das war's, damit ist man registriert. Um dir gleich den Wind aus den Segeln zu nehmen: Die E-Mail Adresse ist ein hotmail-account in den USA, aber«, Arne legte eine bedeutungsvolle Pause ein, als warte er auf einen Trommelwirbel, »ich habe die IP-Adresse von diesem mysteriösen ‚MrJudge' herausbekommen!«

»Was? Das sagst du erst jetzt? Zu wem gehört die?«

»Der Anschluss wurde angemeldet auf einen Helge Beiersdorfer, Tannenstraße 28, hier in Oldenburg.«

Lissi ging zur Tür. Als Paul ihr nicht folgte, fragte sie: «Na los, ich weiß, wo das ist, worauf warten wir noch?«

»Ich rufe Oberstaatsanwalt Rentz an, 'Gefahr im Verzug' findet hier keine Anwendung. Und wenn wir schon mit der Kavallerie anrücken, soll er mir dafür einen Durchsuchungsbeschluss besorgen.«

***

Im dreistöckigen Klinkerhaus mit Satteldach in der Tannenstraße gab es neun Mietparteien. Um in die Wohnung von Helge Beiersdorfer zu gelangen, mussten sie in das Dachgeschoss hinaufgehen. Eine Fußmatte mit der Aufschrift 'Moin, Moin' und einem rot-weißen Leuchtturm lag vor der Eingangstür, neben einem Paar Winterstiefel und zwei Paar Laufschuhen, die offensichtlich vor die Tür gestellt wurden, um den Schmutz und die Feuchtigkeit außerhalb der Wohnung zu lassen.

Einer der uniformierten Polizeibeamten klingelte mehrfach. Als die Tür weder geöffnet wurde noch Geräusche aus der Wohnung zu vernehmen waren, sah Paul Schweigert ungeduldig auf seine digitale Armbanduhr: 18.04 Uhr.

Der Beamte klopfte kraftvoll an die Tür. »Aufmachen, Polizei!«

Hinter ihnen wurde eine Tür aufgeschlossen. Ein junger Mann mit randloser Brille und Geheimratsecken, gekleidet in ein weißes Hemd und eine blaue Marken-Jeans, trat heraus.

»Da können Sie lange klopfen. Helge ist nicht da, wollte noch was einkaufen, müsste aber gleich wiederkommen.«

»Schweigert, Kripo Oldenburg«, sagte Paul streng und hielt ihm seine Marke vor die Nase, »und Sie sind Herr…?«

»Evers, Matthias Evers. Wir sind befreundet. Ich studiere Jura und Helge Betriebswirtschaftslehre.«

»Haben Sie einen Schlüssel für die Wohnung Ihres Freundes?«

»Sie dürfen da aber nicht so einfach rein, das ist Hausfriedensbruch nach Paragraph 123 StGB.«

»Was Sie nicht sagen, danke für die Belehrung. Dann dürfte Ihnen als Jura-Student ja wohl ein Durchsuchungsbeschluss geläufig sein, oder?« Paul präsentierte den frisch ausgestellten Beschluss. »Haben Sie nun einen Schlüssel?«

»Äh, ja, natürlich, einen Moment…« Er verschwand in seiner Wohnung, um kurz darauf mit einem silbernen Schlüssel zurückzukehren und die Wohnungstür seines Freundes aufzuschließen. Arne Claaßen hielt sich mit aufgeklapptem und laufendem Laptop im Hintergrund. Sie betraten die Wohnung, Arne klackerte wild auf der Tastatur herum und setzte ziemlich schnell eine enttäuschte Miene auf. »So ein Scheiß!«

«Was ist los, Arne?«

»Der Typ benutzt einen uralten WLAN-Router, der nicht verschlüsselt ist. Jede Fritzbox hat heutzutage eine WPA2-Verschlüsselung. Mann! Jeder Anfänger könnte sich mit einem Laptop oder sogar Smartphone im Auto vor dieses Haus setzen und sich über seinen Zugang einloggen, so wie ich gerade, da musst du noch nicht mal IT-Experte sein, das können heutzutage die 10jährigen Kinder schon.«

»Wir teilen uns den Anschluss«, erklärte Matthias Evers, «es ist sehr bequem, sich so übers WLAN einzuloggen.«

»Ach nee, Herr Jurastudent, wenn über den Anschluss aber Straftaten begangen oder angebahnt werden, ist der Anschlussinhaber dafür verantwortlich. Den Begriff *Haftung* haben Sie im Studium schon gehabt, nehme ich an?«, fauchte der enttäuschte Kommissar den Studenten an.

»Na ja, bisher ist ja noch nie was passiert.«

»Oh, Mann«, kommentierte der IT-Spezialist der Polizei und rollte dabei mit den Augen. Der Leiter der Mordkommission kam auf ihn zu. «Arne, ich will alles über den Anschlussinhaber wissen, was du elektronisch finden kannst, jeden Tastendruck, jede SMS, alles.«

»Schon klar, Chef, ich bin bereits dabei.«

Ein langer und schlaksiger Polizeibeamter meldete: »Herr Schweigert, der Mieter dieser Wohnung steht vor der Tür, seine Personalien habe ich bereits aufgenommen.«

»Na, worauf warten Sie noch, bringen Sie ihn rein.« Der Beamte nickte und bat Helge Beiersdorfer in seine eigene Wohnung. Dieser war für einen Mann durchschnittlich groß, leicht übergewichtig, trug eine schwarze Lederjacke und Jeans.

»Darf ich vielleicht mal erfahren, was hier überhaupt los ist?«

»Schweigert, Kripo Oldenburg. Hier, die Kopie des Durchsuchungsbeschlusses ist für Sie.« Helge Beiersdorfer nahm das Schriftstück mit einer Miene an, als wäre er in der Schule, und der Klassenlehrer würde ihm gerade mitteilen, dass er nicht versetzt würde.

»Ich verstehe das nicht, warum wird meine Wohnung durchsucht?«

»Herr Beiersdorfer, wir ermitteln in einem Tötungsdelikt an der Studentin Elena Wagner.« Paul zeigte ihm ein Foto der Getöteten.

»Kennen Sie das Mädchen?«

Der BWL-Student sah sich das Foto an, das gemacht wurde, als Elena noch lebte, und schüttelte den Kopf. »Nein, nie gesehen.«

»Sind Sie im Internet, genauer gesagt, im Chat, mit dem Nickname ‚MrJudge' unterwegs?«

»Nein.«

»Über Ihren WLAN-Router hat sich aber jemand mit diesem Namen eingeloggt, wie erklären Sie sich das?«

»Keine Ahnung, Matthias benutzt auch diesen Zugang.«

»Herr Beiersdorfer. Wo waren Sie in der Nacht von Samstag, den 4. Februar auf den 5. Februar, zwischen 22.00 Uhr und 2.00 Uhr nachts?«

»Zu Hause, bei meinen Eltern in Aurich. Meine Mutter liegt dort seit zwei Monaten im Krankenhaus. Während dieser Zeit bin ich am Wochenende immer nach Ostfriesland gefahren.«

Paul Schweigert holte tief Luft, stieß sie dann ganz langsam wieder aus, überlegte und flüsterte Lisbeth was ins Ohr. Sie wandte sich an die beiden Studenten.

»Sie kommen bitte beide zur Zeugenvernehmung mit in die Polizeiinspektion. Wir benötigen Ihre Aussagen.«

Paul Schweigert hatte überhaupt keine Lust auf das Gespräch beim Oberstaatsanwalt. Er würde keinerlei Antworten bieten können, und dieser würde ihm neue Fragen stellen.

***

»Was soll das heißen, der kann es nicht gewesen sein?«, raunzte Oberstaatsanwalt Rentz den Leiter der ‚Soko Schlosspark' in einer Lautstärke an, dass man es auch im Nachbarzimmer hören konnte, obwohl die Türen geschlossen waren. Der durchtrainierte Jurist war aus seinem Ledersessel aufgesprungen, sah mit geröteten Wangen auf den sitzenden Paul Schweigert herab. Diese eigentümliche Gesichtsfarbe hatte er stets, wenn er besonders schlecht gelaunt war. Manchmal lagen die Gründe, wie Paul vermutete, im Privatleben von Kai Rentz, manchmal aber auch im Beruflichen.

»Er war zum fraglichen Zeitpunkt bei seinen Eltern in Aurich und hat somit ein lupenreines…«, weiter kam er nicht.

»…Alibi, schon klar, vielleicht erzählen Sie mir mal zur Abwechslung was Neues?« Oberstaatsanwalt Rentz zeigte mit ausgestrecktem Arm und erhobenem Zeigefinger Richtung Fenster. »Richter Leitz, der den Durchsuchungsbeschluss auf dem kurzen Dienstweg unterschrieb, lacht mich aus, wenn ich ihm das erkläre.«

»Herr Rentz, wir…«

»Ach, hören Sie doch auf. Darf ich mal kurz aufzählen, was Sie bisher erreicht haben? Wir haben eine Leiche, ein junges Mädchen, keine Tatwaffe, keine brauchbaren Spuren, nicht mal einen Verdächtigen. Keiner hat irgendetwas gesehen. Wir haben nichts, kein Motiv, gar nichts! Wir wissen noch nicht einmal, nach wem wir eigentlich fahnden müssen. Wissen wir wenigstens, ob es sich um einen oder mehrere Täter handelt?« Paul Schweigert fuhr sich verlegen mit der Innenfläche seiner rechten Hand über Kinn und Mund.

»Nein, nicht mit Sicherheit.«

»Nicht mit Sicherheit? Was wissen wir denn aus dem Privatleben der Toten? Freunde, Familie, Kommilitonen? Welche Hobbys hatte sie? Hatte sie Feinde, Neiderinnen? Gab es Eifersüchteleien? Wer könnte ein Interesse daran gehabt haben, sie zu ermorden? Oder könnte es eine Affekthandlung, also Totschlag, gewesen sein?« Seine Halsschlagader pumpte wie nach einem Marathonlauf. Seine Gesichtshaut hatte eine noch intensivere Rotfärbung angenommen.

»Das wissen wir noch nicht. Wir ermitteln in alle Richtungen…«

»Herr Schweigert, ersparen Sie mir Ihre Ausreden, das ist unprofessionell. Sie kamen mit großen Meriten aus Frankfurt. Aber manchmal frage ich mich: Was machen Sie eigentlich hauptberuflich?«

Die letzte Frage brauchte keine Antwort. Sicher hatte der ihm weisungsbefugte Oberstaatsanwalt in gewisser Weise recht. Bisher standen sie immer noch am Anfang der Ermittlungen, und wenn Paul ehrlich zu sich selbst war: Wirklich Verwertbares hatten sie bisher nicht vorzuweisen. Sie wussten nicht einmal, *wen* sie suchen sollten. Das Umfeld der toten Studentin musste noch viel intensiver beleuchtet werden, keine Frage. Und schließlich sollte der richtigen Täter ermittelt werden und nicht irgendeiner. Natürlich hätten die Zeitungen und nicht zuletzt der mediengeile Oberstaatsanwalt lieber gestern als morgen den Täter ermittelt. Aber was sollte er tun, zaubern?

Die Art und Weise, wie er von Kai Rentz zusammengefaltet wurde, gab Einblicke in das Innenleben dieses Ehrgeizlings. Während Paul sein Gegenüber ansah, musste er unwillkürlich an seinen Sohn Tom denken, wenn dieser stolz auf dem Klo saß und mächtig anfing zu drücken.

Bei diesem Vergleich versuchte sich Paul ein Grinsen zu verkneifen, was ihm nicht gänzlich gelang. Oberstaatsanwalt Rentz brüllte lauter als zuvor.

»Das finden Sie auch noch witzig?«

«Nein, Herr Oberstaatsanwalt. Sie haben recht mit dem, was Sie sagen. Ich musste gerade nur an etwas denken. Etwas, das wirklich wichtig ist und das ich beinahe vergessen hätte.« *Sie sehen gerade aus wie mein Sohn, wenn er einen großen Haufen macht.* Er fuhr sich mit der flachen Hand über den Mund, um ein erneut aufkeimendes Grinsen zu verbergen.

»So, und nun machen Sie gefälligst Ihre Arbeit. Da draußen läuft ein Frauenmörder frei herum.«

Das ließ Paul sich nicht zweimal sagen und schickte sich an zu gehen. Als er den Türgriff in der Hand hatte, hörte er erneut die brummelige Stimme:

»Ach, Herr Schweigert?« Paul drehte sich langsam um und sah einen erhobenen Zeigefinger. »Liefern Sie mir belastbare Ergebnisse, und zwar schnell. Haben wir uns da verstanden?«

»War ja laut genug«, murmelte Paul kaum hörbar und sah zu, dass er verschwand, ehe Rentz noch etwas einfiel.

***

Das imposante, im italienischen Renaissancestil gebaute und vor einem Jahr von innen aufwendig renovierte Staatstheater lag nur einen Steinwurf vom ‚Club Leonardos' entfernt. Oldenburgs ältestes Theater passte sehr gut in die von Villen gespickte Gartenstraße. Obwohl das Haus in öffentlicher Trägerschaft geführt wurde, war das Spielhaus, wie so viele Theater, auf großzügige Spenden durch den sogenannten Freundeskreis angewiesen. Club-Präsident Kai Rentz wurde ob seiner finanziellen Großzügigkeit geradezu hofiert. Heute Abend sollte 'Die Verwandlung' von Franz Kafka gespielt werden.

Was für ein passender Name, der hätte von mir kommen und nicht besser gewählt sein können, dachte sich der im maßgeschneiderten Smoking gekleidete Jurist, als er den Oberbürgermeister Torsten Glanzmann durch den Eingangsbereich gehen sah. Er winkte einer attraktiven jungen und drallen Blondine zum Zeichen, dass sie ihm folgen sollte.

»Herr Oberbürgermeister, schön, dass Sie es einrichten konnten, ich freue mich.« Oberbürgermeister Glanzmann hätte durch sein telegenes Gesicht und seine leicht ergrauten braunen Haare auch als Heute-Journal-Sprecher durchgehen können. Sein matt-graues Brillengestell rundete sein intelligent wirkendes Äußeres ab.

»Moin, Herr Oberstaatsanwalt, eigentlich hatte meine Assistentin mir ja einen anderen Termin eingebrockt, aber den konnte ich noch rechtzeitig wegdrücken.« Er griff sich ein Glas Schampus vom Tablett der vor ihm stehenden Blondine, die lächelte, als hätte sie es mühsam einstudieren müssen. »Wie läuft es denn in dem schlimmen Fall der ermordeten jungen Frau? Wie ich höre, haben Sie selbst die Ermittlungen an sich gezogen.« Kai Rentz setzte eine ernste Miene auf, versprühte jedoch seinen ganz besonderen Charme.

»Ja, einen solchen Fall haben wir in unserer Stadt schließlich nicht alle Tage. Da musste ich mich einschalten.« Als Oberstaatsanwalt führte er die fachliche Aufsicht über mehrere Staatsanwälte, übernahm selbst jedoch nur Fälle von außerordentlicher Wichtigkeit.

»Gibt es denn schon neue Erkenntnisse?« Als Kai Rentz sich auch ein Glas nahm und für seine Antwort tief Luft holte, fügte der Oberbürgermeister hinzu: »Wissen Sie was, rufen Sie mich doch morgen mal an. Für Sie habe ich immer Zeit, die Langweiler wimmele ich immer schnell ab.« Beide lachten, es klang künstlich und aufgesetzt. »Die Presse ist schon ganz ungeduldig.« Ein groß gewachsener Herr schüttelte Torsten Glanzmann die Hand, als würden sie sich schon ewig kennen. Kai Rentz ärgerte sich, dass er ihn nicht kannte und ihm nicht einmal vorgestellt wurde.

»Gewiss rufe ich Sie morgen an. Und wie läuft es in der Stadtverwaltung?«

»Alles bestens, mit wenig Budget erwarten alle Wunder von mir, und im nächsten Jahr stehen die Wahlen an.« Als die Bedienung sich anderen Gästen zuwandte, kam der Oberbürgermeister ganz nah an Kai Rentz heran und sprach leise: »Die Blonde ist bestimmt eine Rakete im Bett, und zwar so laut, dass die Nachbarn sich beschweren. Ist die neu hier?«

»Ich werde mich da mal erkundigen, vielleicht könnte sie uns nach der Vorstellung noch einen Absacker servieren.« Dabei klopfte er mit der Außenseite der Hand auf die Brust, und beide lachten herzhaft und so laut, dass die anderen Gäste sich zu ihnen umdrehten.

»Herr Oberbürgermeister, wir sehen uns nachher noch in der VIP-Loge«, verabschiedete sich Kai Rentz kurzfristig, um auf den Vorstandsvorsitzenden des örtlichen Stromversorgers, der ‚Oldenburger Elektrizitätwerke OEW', zuzugehen. Albert Wonka lenkte die Geschicke des mit über 8.000 Mitarbeitern größten Unternehmens in Oldenburg und im gesamten Nord-Westen von Niedersachsen. Außerdem zeichnete er noch als Vorsitzender des Hochschulrates der Carl-von Ossietzky-Universität in Oldenburg verantwortlich und pflegte beste Verbindungen zu niedersächsischen Wirtschaftsbossen, die bis nach Wolfsburg reichten. Seit langer Zeit buhlte er schon um die Gunst des smarten Naturwissenschaftlers, um ihn für den ‚Club Leonoardos' zu gewinnen.

»Herr Wonka…«, mit offenen Armen und breitem Grinsen ging er auf den Firmenchef zu, »…ich begrüße Sie herzlich, schön, dass Sie den Termin wahrnehmen konnten.«

»Ah, Moin, Herr Rentz, ich hoffe, es lohnt sich. Den ganzen Tag jagte eine langweilige Sitzung die nächste. Die Leute meinen immer, so eine Power-Point-Präsentation könnte mich begeistern, aber ich sehe zehn Stück davon am Tag, das ist einfach zum Abgewöhnen. Ich hoffe, Sie haben mehr zu bieten heute Abend.«

»Sie werden begeistert sein.« Kai Rentz griff in die Innentasche seines Smokings und zog eine Einladungskarte hervor. Die mit Gold überzogene Schrift hätte man, anstatt sie zu lesen, auch ertasten können.

Club Leonardos

Members only

»Wir haben nach dem netten Theaterstück, das Sie selbstverständlich in meiner Loge verfolgen werden...«, Kai sah sich verschwörerisch um, berührte mit seinen Lippen fast das Ohr von Albert Wonka und flüsterte: »...einige sündige Überraschungen, wenn Sie verstehen, was ich meine.«

Beide Männer lachten dreckig los, sodass Herr Wonka sogar husten musste.

»Hier, gönnen Sie sich ein Glas Schampus.«

Wenn er richtig informiert worden war, lebte Albert Wonka nach seiner kostspieligen Scheidung allein. Gerade junge Frauen hatten es ihm angetan. Schließlich wurde ihm eine Affäre mit einer 21jährigen zum Verhängnis. Sein Informant hatte ihm einen ausführlichen Bericht mit den Worten »Der wird noch mal über seinen eigenen Schwanz stolpern« übergeben.

Das Theaterstück von Kafka empfand Kai als reine Zeitverschwendung. Wie bei einem Fünf- Gänge-Menü wartete der süße Teil am Ende auf die

Gäste, nach dem Hauptgang. Sein diabolisches Grinsen beim Schlussakkord galt den Gedanken an den 'Nachtisch' im Clubhaus.

Kapitel 6

»Frau Stojkov, erzählen Sie uns einfach, wie der Tag, an dem Elena Wagner verschwand, verlaufen ist. Wir versuchen, die letzten Stunden im Leben Ihrer Kommilitonin zu rekonstruieren. Was hat sie gesagt, mit wem hat sie gesprochen, wie war ihre Gemütslage, sagen Sie uns alles, was Ihnen einfällt«, forderte die junge Kommissarin Eicken ihr Gegenüber auf.

»Na ja, wie jeden Samstag war Elena schon lange auf, als ich so gegen 9.30 Uhr wach wurde. Sie hatte bereits gefrühstückt. Ihre benutzte Müslischale stand in der Spüle. Ich hasse das, wenn das nicht sofort abgewaschen wird. Das habe ich ihr auch oft genug gesagt.« Irina Stojkov sah zu Lisbeth auf, als erwarte sie Verständnis. Diese nickte stumm. «Jedenfalls habe ich mir dann selbst Frühstück gemacht und frischen Kaffee aufgesetzt. Ich stellte das Radio an, aber nur ganz leise. Wenn sie sich in ihrem Zimmer zum Lernen eingeigelt hatte, durfte man sie nicht stören. Schließlich hatte sie Montag ihre wichtige Prüfung. Danach ging ich was einkaufen. Mittags haben wir dann gemeinsam Pizza gegessen.«

»Über was haben Sie gesprochen?« Irina Stojkov schaute in Richtung des Bürofensters des Fachkommissariats, als liefe da ein Film ab, der Auskunft über das Gespräch beim Mittagessen geben könnte.

»Sie war ungewohnt wortkarg, nicht so unbeschwert wie sonst. Ich glaube, sie war mit den Gedanken bei ihren Gesetzestexten. Ich wollte sie da auch nicht bedrängen. Sie erzählte, dass ihr nicht der Sinn danach stünde, abends noch fortzugehen. Deswegen wunderte es mich ja, als sie dann später meinte, sie werde noch eine alte Freundin in der Stadt treffen. Als wir schon beim Nachtisch waren, klingelte das Festnetztelefon.«

»Wissen Sie, wer angerufen hat?«, wollte Paul Schweigert wissen.

»Nein, nicht hundertprozentig. Ich konnte ja nur hören, was sie sagte. Aber sie sprach ziemlich vertraut, ich glaube, es war ihr Bruder. Sie nahm das mobile Festnetztelefon mit in ihr Zimmer.«

»Wie lange dauerte das Gespräch?« Irina strich sich eine dunkle Haarsträhne aus dem Gesicht.

»Vielleicht eine halbe Stunde, eher weniger.«

»Was geschah noch an diesem Samstagnachmittag?«

»Einmal klopfte ich an ihre Zimmertür, sie rief mich rein, und ich fragte, ob wir zusammen Kaffee trinken und Kuchen essen wollten. Ich hatte extra leckeren Butterkuchen besorgt. Aber sie wollte nicht.« Eine gewisse Enttäuschung über diese Ablehnung lag in Irinas Stimme. «Sie hat auch nicht gelernt, als ich kurz in ihrem Zimmer war. Ich sah noch, wie sie schnell ein Chat-Fenster schloss, aber ihr Facebookprofil war im Hintergrund geöffnet.« Schuldbewusst sah sie auf. »Also, normalerweise habe ich ihr nicht hinterhergeschnüffelt.«

»Sie haben das ja schon bei unserem ersten Besuch erzählt, dass Sie das öfter bei Ihrer Mitbewohnerin beobachten konnten, können sie uns noch mehr darüber sagen?«

»Das klingt jetzt so, als hätte ich ihre Intimsphäre bewusst verletzt, ich bin keine Stalkerin oder so… aber ja, Sie haben recht, ich hatte den Eindruck, dass es gerade in den letzten Wochen häufiger war als vorher.«

»Das hat auch keiner behauptet. Aber Ihre Beobachtungen und Aussagen helfen uns sehr, Frau Stojkov. Erzählen Sie bitte weiter.«

»Tja, das letzte, was ich Ihnen sagen kann, ist, dass sie plötzlich in der Küche stand, ziemlich aufgebrezelt. Knallroter Lippenstift, Wimperntusche, Rouge, das ganze Programm eben, als wenn sie auf dem Weg zu einem Date wäre. Als ich sie fragte, was sie vorhatte, sprach sie davon, eine alte Schulfreundin treffen zu wollen. Ich dachte mir: *Und dafür schmeißt du dich so in Schale*, habe aber lieber nichts dazu gesagt, sondern ihr einfach viel Spaß gewünscht.«

»Wann war das, also zu welcher Uhrzeit genau?«

»So gegen neun Uhr muss das gewesen sein. Das Letzte, was sie zu mir sagte, war…«, Irina wischte sich eine Träne aus dem Auge, »…ich weiß nicht, wann ich wiederkomme, könnte spät werden.«

»Wirkte sie denn aufgekratzt, oder war sie aufgeregt, wie vor einem Rendezvous?«, hakte Lisbeth nach.

»Sie wollte sich nichts anmerken lassen. Sie spielte die Gelassene.« Elena sah auf den Fußboden. »Aber sie konnte mir nichts vormachen. Eine gewisse Freude konnte ich ihrem Gesicht ablesen, ihre Augen strahlten.«

Lisbeth Eicken tippte auf dem PC die Sätze ins Protokoll und ließ es ausdrucken, nahm das Papier und legte es Irina vor.

»Frau Stojkov, lesen Sie sich bitte Ihre Zeugenaussage gut durch, und wenn alles stimmt, unterschreiben Sie bitte. Und falls Ihnen noch etwas einfällt, sagen Sie es uns.« Irina nahm das Protokoll nickend entgegen und unterschrieb es, nachdem sie es gelesen hatte.

»Frau Kommissarin?«

»Ja? Ist Ihnen noch etwas eingefallen?«

»Nein, ich wollte nur fragen, ob Sie schon eine Idee haben, wer...«, Elena stockte und sah so aus, als hätte sie etwas Schlechtes gegessen, »…also wer ihr das angetan haben könnte?«

»Nein, wir gehen bisher nur von einem Tötungsdelikt aus. Das ist das Einzige, was wir Ihnen bisher sagen können. Haben Sie eine Ahnung, wer ein Motiv haben könnte?«

»Na ja, ihren Freund schließe ich aus. Warum hätte er so lange warten sollen? Er war sicherlich enttäuscht, aber ich traue ihm einen Mord nicht zu. Er war ein friedvoller und sympathischer Mensch.«

»Danke, Frau Stojkov, Sie haben uns sehr geholfen.« Irina stand auf, ging zur Tür und drehte sich um.

»Ich hoffe, Sie finden den Typen bald.«

***

'An Tagen wie diesen', diese Hymne von den Toten Hosen klang in ihren Ohren wie blanker Hohn. Wütend wechselte sie vom Radio auf den CD-Modus ihrer Stereoanlage und drückte auf den Play-Button. Die helle Stimme von Gloria Gaynor röhrte aus ihren Boxen: 'I will survive'. In ihrem Wohnzimmer, im Flur und selbst in ihrem Badezimmer brannten Teelichter. Sie war sogar kurz davor, ein rotes Grablicht anzuzünden, um sich in ihrem Selbstmitleid zu suhlen. Sie fand es aber dann doch zu morbide. Beruflich trat sie momentan auf der Stelle, und die Männer konnten sie alle mal gern haben. Warum sah man als Single dauernd verliebte und knutschende Paare? Ob nun im Supermarkt oder einfach an der Ampel. Selbst auf ein älteres Ehepaar, vermutlich glückliche Rentner, war sie heute richtig neidisch geworden.

Lisbeth Eicken stand auf, ging ins Bad und betrachtete ihr Spiegelbild. Sie zupfte an ihrem Sweatshirt, als könnte sie damit den leichten Bauchansatz wegzaubern. *So schlecht siehst du doch wirklich nicht aus.. Warum gerätst du immer an die falschen Typen, solche Vollpfosten?*

Ihr Festnetztelefon klingelte. Lisbeth schaute auf das Display: »Muttern«, wollte das Gespräch nicht annehmen. Sie hörte auf dem blechern klingenden Anrufbeantworter – *wieso eigentlich 'Beantworter', der nahm doch nur Anrufe entgegen und hatte noch nie auch nur irgendeinen Anruf beantwortet* –: »Lissi, schade, dass du unterwegs bist. Ich würde mich freuen, wenn du mich mal wieder besuchst. Am Wochenende koche ich Grünkohl. Ruf mich doch einfach mal zurück, wenn du Zeit hast, ja?«

Das fehlte ihr auch noch. Der Grünkohl ihrer Mutter für sie der beste in ganz Niedersachsen, aber sie hatte keinen Bock auf eine Moralpredigt, warum sie denn noch nicht den richtigen Mann gefunden hatte. Sie wäre doch langsam im richtigen Alter für eine Familie, womöglich noch ein Haus auf dem Lande, in der Wesermarsch. Außerdem hatte sich Sanne doch angekündigt. Ihre beste Freundin würde sie zumindest auf andere Gedanken bringen.

Lisbeth zog sich ihre Jacke an, nahm die Kippen samt Feuerzeug und öffnete die Balkontür. Gierig saugte sie am Glimmstängel, blies den Rauch hinaus in den Oldenburger Nachthimmel. Sie fröstelte und legte die Arme schützend vor die halb geöffnete Jacke. Die Zigarette tat ihr gut. Als sie fertig geraucht hatte, schmiss sie ihre Jacke einfach in die Ecke, fuhr ihren

Laptop hoch und loggte sich als *MissSophie* im Chat ein. Als sie sah, dass *MrPreserver* auch online war, lächelte sie in sich hinein.

MrPresesrver: schön, dich zu lesen ;)

MissesSophie: hallo mr□

MrPreserver: wie war dein tag?

MissesSophie: hatte schon bessere…

MrPreserver: wieso, was ist passiert?

MissesSophie: egal, was machst du eigentlich sonst so, wenn du nicht im internet ahnungslosen frauen nachstellst?

MrPreserver: ich bin geschäftsmann

MissesSophie: was für geschäfte machst du denn so?

MrPreserver: ich kaufe günstig waren ein und verkaufe sie teuer

MissesSophie: was für sachen?

MrPreserver: betriebsgeheimnis…

MrPreserver: …ok, ich habe dich angelogen, in wirklichkeit bin ich Filmstar□

Lissi entfuhr ein kurzes, aber lautes Kreischen. »Zumindest hat er Humor«, sagte sie laut vor sich hin.

MissesSophie: ok, der war lustig, das muss ich zugeben, aber mal ernsthaft: was machst du wirklich?

MrPreserver: ach im richtigen leben bin ich ein langweiliger jurist…

MrPreserver: und du? schreib mir nicht, was du machst. schreib mir lieber, wie du aussiehst.

MissesSophie: du willst ein bild?? vergiss es..

MrPreserver: ich habe nicht geschrieben, dass du dich malen sollst. Beschreibung reicht ;)

MissesSophie: gut sehe ich aus

MrPreserver: das sagen sie alle

MissesSophie: elend lange beine, kurvig (selbstverständlich an den richtigen stellen) und noch nie einen freund gehabt.

MrPreserver: du verarscht mich doch jetzt?

MissesSophie: im leben nicht, ich bin vollkommen humorfrei

MrPreserver: lol…oder bist du nicht vorzeigbar?

MissesSophie: ich zeige mich jeden tag…meinem spiegel, und der schimpft immer.

MrPreserver: ein sprechender spiegel, der fehlt mir noch. hilft nichts, ich muss weg. Biba

»Seit wann beenden die Männer eine solche Unterhaltung?«, schimpfte Lissi laut. »So ein Arsch, hält sich für den Größten und verpisst sich…einfach so!«

Sie fuhr den Laptop runter und schmiss ihn in die andere Ecke der Couch. Sie stand auf, ging zum Kühlschrank und verfluchte sich innerlich dafür, dass sie nicht mehr einkaufen gewesen war. Eine schrumpelige Gurke, zwei Joghurts, deren Haltbarkeitsdatum schon überschritten war, und ein Stück Gouda waren die traurigen Reste, die sie vorfand. Lissi suchte in ihrem Süßigkeitenschrank nach einer Vollmilchschokolade mit Nüssen und Rosinen und machte sich über sie her.

Schluss mit dem Lotterleben. Morgen Abend werde ich vor meinem Frisörtermin noch einkaufen, vernünftige und gesunde Sachen.

***

»Du willst mir also sagen, dass es technisch keine Möglichkeit gibt, zu ermitteln, wer hinter dem Nicknamen 'MrJudge' steht?«

»So sieht's aus, da er sich immer über fremde WLAN-Anschlüsse eingeloggt hat. Ich habe das über drei Monate zurückverfolgt. Es waren Internetcafés, unterschiedliche Privatanschlüsse, sogar einen Zugang, der zu einem Altenheim gehört, konnte ich ermitteln.«

Paul raufte sich seine lockigen Haare. Er konnte sich noch nicht einmal sicher sein, dass 'MrJudge', sollten sie ihn wirklich ausfindig machen können, der Täter war, er könnte auch als Zeuge sachdienliche Hinweise geben. Vielleicht benutzte er sogar zehn unterschiedliche Nicknamen. Bekanntschaften waren im Internet noch flüchtiger und unverbindlicher als im echten Leben.

»Aber wir kennen doch mindestens einen Chatroom, in dem er sich rumtreibt oder zumindest rumgetrieben hat?«

»Klar.«

»Arne, kannst du dich dort nicht anmelden und so tun, als wärst du eine Studentin? Man muss doch noch nicht mal ein Bild hochladen oder eine Identitätsprüfung durchführen lassen, wenn ich das richtig verstanden habe, oder?«

»Das ist überhaupt kein Problem. Aber ist das denn rechtlich in Ordnung?«

»Natürlich, wir wollen ihn ja nicht zu einer Straftat verleiten, sondern ihn erst einmal finden und kennenlernen. Er könnte ein wichtiger Zeuge, vielleicht aber auch der Täter sein. Auf jeden Fall war die Person, die hinter ‚MrJudge' steckt, diejenige, die zuletzt online Kontakt zu Elena Wagner hatte.«

Lissi goss sich frischen Kaffee nach, schüttete sich fettarme Milch hinzu, verrührte diese mit einem Löffel und leckte ihn ab.

»Lass mich das machen, Chef.«

»Du? Wieso, das kann Arne doch auch machen.«

»Obwohl es nur getippte Wörter sind, merkt man ziemlich schnell, ob es sich um einen Fake handelt, also ob es ein Mann ist, der sich für eine Frau ausgibt. Insider wissen sogar, wie man das mit einer simplen Frage schnell herausfinden kann, ob wirklich eine Frau oder ein Mann am Computer sitzt.«

»So ein Quatsch, alle Fragen können durch Männer auch schnell beantwortet werden, notfalls googelt man die Frage eben.«, brummelte Paul.

»So, wirklich? In welcher Maßeinheit wird die Stärke von Strumpfhosen angegeben?«, fragte Lissi mit einem wissenden Grinsen.

Paul und Arne schauten sich fragend an.

»In DEN. 10 DEN ist eine dünne Strumpfhose. Ab 60 DEN kann man keine hautfarbene Strumpfhose mehr anziehen. Dauert die Antwort zu lange, googelt derjenige. Es gibt weitere Testfragen, die die meisten Frauen auf Anhieb beantworten können, die meisten Männer eben nicht.«

Paul schaute, ebenso wie Arne, seine Kollegin erstaunt an.

»Woher weißt *du* denn so solche Sachen?«

»Tja, ich war ja auch mal jung«, Lissi legte ihren Löffel aus der Hand, »ich muss das aber von zu Hause aus machen. In den meisten Chats ist abends, am Wochenende oder an Feiertagen am meisten los, weil viele Leute dann nicht arbeiten müssen.«

»Okay, du hast mich überzeugt, Lisbeth. Arne, bereitest du einen dienstlichen Laptop für Lisbeth vor, den sie dann benutzen kann, und auf dem alles aufgezeichnet wird?«

»Kein Problem, ich installiere einen Keylogger und ein paar andere Spielereien, damit keine Informationen verloren gehen.«

»Was du privat in diesen Chaträumen so treibst, will ich ja gar nicht wissen. Um an ‚MrJudge' ranzukommen, benutzt du bitte nur den dienstlichen Rechner.«

»Schon klar, Chef.«

Lissi wartete noch, bis Arne den Laptop fertig konfiguriert hatte, unterschrieb der Form halber ein Schriftstück, und konnte es kaum erwarten, endlich nach Hause zu kommen. Bevor ihre beste Freundin Susanne nebst Freund zum Wochenende bei ihr aufschlugen, wollte sie ihre Bude noch auf Vordermann bringen. Sie sollten sich schließlich bei ihr wohlfühlen.

***

Auch wenn Sanne sich nicht angekündigt hätte, wäre ein gründliches Putzen ihres Bades fällig gewesen. Gefliester Fußboden, Waschbecken,

Badewanne und Dusche, das volle Programm. Sie hasste diese Arbeit, aber würde sie es nicht machen, könnte sie sich selbst nicht mehr wohlfühlen. Anschließend wischte sie Staub und saugte die komplette Wohnung durch. Sie sah sich am Ende ihrer Putzaktion um, nickte zufrieden und sprang noch schnell unter die Dusche. Sie hatte sich kaum einen Bademantel übergezogen und ihre Haare geschickt in einem Handtuchturban versteckt, da klingelte es - viel zu früh - an der Tür. Sie fühlte sich unwohl, im Bademantel die Tür zu öffnen, nicht wegen Sanne, sondern weil der Freund daneben stehen würde. *Nicht öffnen ist aber auch keine Alternative* . Sie seufzte, holte tief Luft und öffnete.

»Heyyyy, Sanne«, begrüßte sie ihre Lieblingsfreundin, umarmte sie und schaute an ihr vorbei.

»Hast du ihn versteckt oder holt er noch was aus dem Auto?«

»Harry kann mich mal…« Susanne löste sich von ihr und ging an ihr vorbei in die Wohnung.

Auch gut, ein reines Frauen-Wochenende ist eh viel schöner.

»Er ist also nicht mitgekommen«, stellte Lissi nüchtern fest, bedauerte ihre Aussage allerdings gleich wieder, als sie merkte, dass Sanne den Tränen nahe war.

»Doch, klar ist er mitgekommen, er steckt hier, direkt in meiner Reisetasche.«

Lissi konnte sich ein herzhaftes Lachen nicht verkneifen.

»Wenigstens deinen Galgenhumor hast du nicht verloren. Dabei wollte *ich* doch eigentlich getröstet werden.«

»Wir können ja gemeinsam die Typen in Rotwein ertränken.« Sanne nahm sich ein Papiertaschentuch, schnäuzte hinein und ließ sich, noch in ihrem Wintermantel steckend, auf der Couch nieder. Die Zeit nutzte Lissi, um zum CD-Ständer zu gehen, eine Scheibe von den ‚Ärzten' auszuwählen und die Lautstärke aufzudrehen: 'Männer sind Schweine, traue ihnen nicht, mein Kind, sie wollen alle nur das eine…', dröhnte es aus den Boxen, während Lissi schwungvoll im Bademantel dazu tanzte.

Sanne wischte sich eine Träne aus dem Auge.

»Du bist ein völlig durchgeknalltes Huhn, weißt du das, Lisbeth Eicken?«

Lissi griff sich eine Flasche trockenen Dornfelder, entkorkte sie, nahm zwei Rotweingläser aus der Halterung, schenkte großzügig ein und reichte Sanne ein Glas.

»Süße, die Typen haben uns doch gar nicht verdient.«

Die beiden Freundinnen stießen an, tranken auf ihre Freundschaft, auf die Frauen, und schließlich auf den Weltfrieden.

»So, der Start ist uns schon einmal gelungen. Ich verschwinde im Bad, du weißt ja, wo alles ist. Wenn wir fertig sind, gehen wir ins 'Loft', ich habe da schon einen Tisch reserviert, allerdings für drei, aber das wird die nicht stören.«

***

Das 'Loft' lag mitten in der tagsüber so belebten Fußgängerzone in der Baumgartenstraße 2, Ecke Lange Straße. Nach dem Motto 'Essen, Trinken, Tanzen' lud im Erdgeschoss eine Mischung aus Café, Bistro und Bar zum gemütlichen Dinieren ein. Zum Tanzen musste man nur noch die Treppe runtergehen, um in den Club zu gelangen. Ein Parkettboden und schlichte Wände aus Klinkermauern sorgten für ein heimeliges Ambiente. In Verbindung mit dem Tanz-Club war es seit Jahren ein fester Bestandteil des Oldenburger Nachtlebens.

Lissi löffelte ihre frische Tomatensuppe, die ihr mit einer Creme-Fraîche-Krone serviert worden war, während Sanne sich über ihre Lauchcremesuppe hermachte. Sie trug ein enges pinkfarbenes Top, darüber eine durchsichtige Bluse, die ebenso schwarz war wie ihre hautenge Jeans. Dass ihre offenen Haare wild ins Gesicht fielen, störte sie nicht. Obwohl Lissi einiges an Schminke aufgetragen hatte, wirkte es natürlich. Allein der knallrote Lippenstift fiel sofort ins Auge.

»Jetzt erzähl doch mal, warum ist Harry nicht mitgekommen?«

»Ich wollte allein fahren. Du weißt doch, was für ein eifersüchtiger Kontrollfreak Harry war. «

»War? Du sprichst schon in der Vergangenheit?«

»Ach, ich habe ihm gesagt, dass unsere Beziehung mal eine Pause nötig hätte und ich alleine meine beste Freundin besuchen werde. Das gab einen Riesenaufstand. Er wollte wissen, mit welchem Typen ich mich in Oldenburg treffe. So ein Idiot. Und je mehr er die Reise verurteilte, desto weniger Bock hatte ich, dass er mitfährt. Weißt du, er kontrolliert alles, wann ich wo hingehe, mit wem ich mich treffe, wenn ich eine SMS bekomme, will er immer wissen, von wem. Fürchterlich ist das.«

»Eine gewisse Eifersucht zeigt doch nur, dass er dich liebt.«

»Aber doch nicht so übertrieben! Er ist besitzergreifend. Mich wundert, dass ich noch kein Brandzeichen auf der Schulter habe. 'Eigentum von

Harry Koschwitz'…« Vor Lachen verschluckte sich Lissi und musste husten.

Ein italienischer Kellner kam an ihren Tisch, räumte die geleerten Suppenteller ab und brachte anschließend die riesige Schüssel 'Fitness-Salat' mit gebraten Putenbruststreifen.

»Dottore, mach mal voll hier«, sagte Lissi, während sie ihr leeres Weinglas hob und spürte, dass sie schon einen leichten Glimmer hatte.

»Naturalmente.« Giovanne füllte wie gewünscht beide Gläser.

»Was mich aber am meisten an Harry stört, ist seine mangelnde Aufmerksamkeit. Er hört einfach nicht zu. Da könnte ich ja gleich meinem Kühlschrank Geschichten erzählen. Weißt du, einerseits so eifersüchtig sein, und andererseits interessiere ich ihn dann gar nicht. Wie passt das denn zusammen?«

»So sind eben die Männer.«

»Aber doch nicht alle, oder?«

»Fast alle, nur wenn es um bestimmte Themen geht, kriegen sie große Ohren. Sanne, werde *ich* denn irgendwann den Richtigen finden?«

»Klaro, heute Abend, hey, ich schwör«, sagte Susanne und zog das Wort ‚schwören' extrem in die Länge.

Gegen Mitternacht fanden immer mehr Gäste den Weg in den Club. Der dröhnende Bass war nicht zu überhören, und Lissi fragte sich, ob sie mit 30 Jahren nicht zu alt für Discotheken geworden war. Vor dem Gedanken, mal eine 'Ü-30-Party' zu besuchen, graute ihr.

Als die Freundinnen nebeneinander am Rande der Tanzfläche standen, wummerten die Boxen so laut, dass eine Unterhaltung ohne zu schreien nicht mehr möglich war. Also beschränkten sie sich zunächst aufs Beobachten und das gegenseitig Zuprosten. Inzwischen waren sie auf 'Charly', eine Mischung aus Cola und Weinbrand, übergegangen.

Lissi fiel ein großer und schlanker Typ mit hübschem Gesicht und verschmitzten Augen auf, der links neben Sanne stand. Er verhielt sich so auffällig ignorant, dass Lissi annahm, er wolle was von ihrer Freundin, traute sich aber nur nicht, sie anzusprechen.

Ein völlig talentfreier und eigenwillig gegen den Rhythmus tanzender Kerl amüsierte den 'Ignoranten' und entlockte ihm ein einnehmendes Lachen, das verflucht ansteckend war.

Der DJ hatte inzwischen eine Ballade von Emily Sandé aufgelegt. ‚Mr. Ignorant' wandte sich plötzlich an den Mann neben sich, und zwar so laut, dass die Freundinnen es mitbekamen.

»Ey, wenn du was von der Frau rechts von mir willst, dann sag das bitte, aber drängele hier nicht ständig rum!« Dem Angesprochenen war diese Ansage so peinlich, dass er konsterniert davonschlich.

‚Mr. Ignorant' drehte sich mit seinem überragenden Lachen zu Sanne um und fragte:

»Und nun zu dir, wie heißt du überhaupt?«

»Susanne…« Ihr Versuch eines schönen Lächelns misslang, was ihn aber nicht davon abhielt, sie zu einem neuen Drink einzuladen.

Für Lissi hatte Sannes neuer Verehrer nichts, was sie Feuer fangen ließ. Er wirkte zu brav. Sie freute sich für ihre Freundin, obwohl sie nicht damit gerechnet hatte, dass Sanne nach dem Streit mit Harry so schnell jemand anderen kennenlernen würde.

***

Er schenkte Rotwein in sein Glas, stellte die Flasche zurück, roch genießerisch daran und genoss, wie der Schluck den Weg hinab in seinen Magen fand. Selbst zu Hause vor dem Laptop kleidete er sich vornehm. Nur die Krawatte hatte er abgenommen. Über seinem blütenweißen Hemd trug er immer noch das anthrazitfarbene Jackett.

Er lächelte still vor sich hin. Eigentlich war es gar nicht so schwer, die jungen Frauen im Netz für sich einzunehmen. Es bedurfte nur einer gewissen Behutsamkeit und Geduld. Er merkte schnell, ob wirklich eine junge Studentin die Zeilen tippte, oder ob es sich um einen Fake handelte, eine vorgespielte Identität. Wenn er sich sicher war, dass es sich um eine junge blonde Frau handelte, die perfekt seinem Beuteschema entsprach, begann er mit dem, was er am besten konnte: Menschen zu manipulieren.

Die meisten männlichen Chatpartner scheiterten bei Frauen durch plumpe Anmachsprüche oder weil sie gleich mit der Tür ins Haus fielen. Sie fragten nach der dritten geschriebenen Zeile gleich nach einem Foto oder prahlten damit, wie lang ihr bestes Stück war. Er ging subtil vor, sprach die Sehnsüchte, Ängste und Wünsche der Frauen an. Viele waren auf der Suche nach dem Richtigen, dem Mann fürs Leben, der sie gut behandelte, sich für sie interessierte, und zwar als Person, nicht wegen ihres attraktiven Äußeren. Er hatte sich unterschiedliche Identitäten zurechtgelegt, sogar mehrere Lebensläufe aufgeschrieben, damit er sich nicht in Widersprüche verwickelte.

Frauen, egal ob nun 20 oder 40 Jahre alt, interessierten sich ziemlich schnell für die Ausbildung, beziehungsweise den Beruf des Mannes. Es musste der steinzeitliche Versorgungsinstinkt sein, der die Damen fast automatisch nach dem sozialen Status fragen ließ. In Untersuchungen wurde festgestellt, dass Probandinnen Bilder ein und desselben Mannes einmal in Pilotenuniform, wenig später in einem Blaumann, völlig unterschiedlich bewerteten. Der Pilot wurde von den allermeisten weiblichen Testpersonen als deutlich attraktiver eingeschätzt als der Handwerker.

Die Kunst bestand nun darin, diese Information über den hohen Status einfach einfließen zu lassen, so nebenbei, als wäre es nichts Besonderes, Lufthansa-Pilot zu sein. Man sehe viel von der Welt, wäre dann aber häufig unterwegs und nirgends wirklich zu Hause. Der indirekte Weg führte schneller zum Ziel, das hatte er gelernt.

Er wollte sich wieder der jungen Dame im Chat widmen. Seine internationale Telefonkonferenz war zu Ende. Dafür, dass es so lange gedauert hatte, entschuldigte er sich höflich.

Kapitel 7

Lisbeth hatte am Wochenende nicht wirklich viel gehabt von ihrer Freundin. Sie hatte sich noch im Club mit Thomas, dem ehemaligen Ignoranten, zum Brunch im Grand Café verabredet. Aus verständlichen Gründen wollte Sanne ihn alleine treffen. Auf Lissis »Ja, ja, ich war ja auch mal jung« hatte Sanne geantwortet:

»Du bist die Beste. Wir zwei Hübschen holen das alles nach.«

Dieses Versprechen hatte Sanne schon am späten Nachmittag eingelöst. Das intensive Einkaufsvergnügen in der Oldenburger Innenstadt wurde durch Sannes gute Laune überstrahlt, die verdammt ansteckend gewesen war. Harry schien in ihrem Vokabular gar nicht mehr vorzukommen. Sie hatte Thomas – unvorsichtigerweise -, wie Lissi fand, sogar schon nach Hamburg eingeladen, um ihn dort zu malen. Lissi überlegte, was er dabei wohl tragen oder ob er überhaupt etwas anhaben würde. Sanne verstand sich hervorragend auf Aktzeichnungen in Schwarz/Weiß.

»Hast du mit ‚MrJudge' schon Kontakt aufnehmen können?«, riss Paul sie im Büro aus ihren Gedanken.

»Ähm, nein, nicht direkt.«

»Sag mal, Lissi, du bist mit deinen Gedanken ja ganz woanders, was heißt denn bitte 'nicht direkt', postlagernd, oder was?«

»Er war am Wochenende nicht online, also jedenfalls nicht in dem Chat, in dem Elena Wagner Kontakt mit ihm hatte. Dort hatte er sich

Donnerstagabend zuletzt eingeloggt, das kann man in den Einstellungen sehen, wenn man nach dem Nick-Namen sucht.«

»Er geht also weiterhin unter seinem alten Namen ins Netz. Wir haben inzwischen drei Hinweise von Leuten, die angaben, Elena Wagner am Tag ihres Verschwindens gegen 21.00 Uhr gesehen zu haben. Ein Mann im Cinemaxx-Kino, die beiden anderen wollen sie im Burg-Café beobachtet haben. Die Kollegen Frank Albers und Matthias Reincke überprüfen gerade die Aussage des Kinogängers. Wir beide nehmen uns das Café vor. Der Kellner und ein Stammgast haben sich unabhängig voneinander gemeldet. Die Aussagen werden wir beide jetzt überprüfen.«

Lissi grinste, als hätte sie eine Urlaubsreise gewonnen. »Was grinst du denn so?«

»Ich kenne das Burg-Café sehr gut. Die backen jeden Kuchen noch selbst, total lecker.«

Lisbeth nahm sich ihre Jacke vom Ständer, schlüpfte hinein und folgte ihrem Chef.

»Was hast du eigentlich sonst so gemacht am Wochenende, ich meine, außer dienstlich im Internet gesurft?«

»Kriege ich diese Zeit eigentlich als Überstunden angerechnet?«

»Lass uns nochmal drüber sprechen, wenn der Fall abgeschlossen ist, ja? Also, was hast du getrieben?«

»Getrieben? Wie sich das anhört…« Lissi musste an ihre erste Begegnung mit Paul Schweigert denken. Sie mochte diesen Karrieretypen aus Frankfurt anfangs gar nicht, als sie voller Tatendrang von der Polizeischule nach Oldenburg versetzt worden war. Um seine Reaktion zu testen, erklärte sie völlig sachlich, dass ihre Vorfahren ursprünglich mal einen anderen Namen getragen hatten: 'Ficken'. Zum ersten Mal sah sie damals Pauls völlig verdattertes Gesicht, als er glaubte, sich verhört zu haben. »Sie haben schon richtig gehört, Herr Schweigert. Mein Großvater mochte den Namen und die blöden Witze, die darüber gemacht worden sind, nicht, und fügte dem 'F' einfach einen zusätzlichen Strich hinzu. Viele heutige Eicken hießen früher anders.« Paul musste über die abstruse und fast unglaubwürdige Geschichte so herzhaft lachen, dass er sich dabei verschluckte und sein Kopf knallrot anlief. Das weckte ihre Neugierde, sich den Menschen Schweigert näher anzuschauen.

»Meine Freundin Sanne aus Hamburg hat mich besucht.«

»Ah, die Künstlerin. Was habt ihr angestellt?«

»Wir waren schön essen und danach noch abzappeln im ‚Loft'.«

»Hört sich spannend an, aus dem Alter bin ich leider raus, fürchte ich.«

Sie erreichten das Dienstfahrzeug, und Paul setzte sich ans Steuer.

»Fällt dir zu Hause die Decke auf den Kopf?«

»Nein, ich würde meine Familie gegen nichts in der Welt eintauschen wollen. Aber es ist schon was anderes, so wie du, tun und lassen zu können, worauf man Lust hat. Die Menschen sehnen sich komischerweise immer nach dem, was sie gerade nicht haben. Als Single habe ich in Frankfurt nur glückliche und knutschende Pärchen gesehen. Heutzutage sehe ich nur glückliche Singles in Oldenburg.« Lisbeth antwortete nicht, machte nur ein nachdenkliches Gesicht.

Die lindgrün gestrichenen Wände des Burg-Cafés passten gut zu dem schwarzen Parkettboden und den ebenso schwarzen Stühlen. Es wurde nicht nur Kaffee und Kuchen, sondern auch ein reichhaltiges Frühstücksbuffet zwischen 9.30 Uhr und 12.30 Uhr an angeboten. Lisbeth bemerkte erst jetzt, dass sie kaum etwas gefrühstückt hatte, und unterdrückte nur widerwillig den Reiz, sich einfach am verführerischen Buffet zu bedienen.

»Moin, moin, suchen Sie sich gerne einen Platz aus«, begrüßte sie ein strahlender Kellner. Lisbeth zeigte ihren Dienstausweis.

»Wir sind von der Kripo und möchten Herrn Ahlers sprechen.« Der Kellner hörte plötzlich auf zu grinsen.

»Ich bin Rainer Ahlers. Sie sind bestimmt hier, weil ich bei Ihnen angerufen habe. Ich hatte in der Wild-West-Zeitung«, als er die fragenden Blicke sah, korrigierte er sich hastig, »also in der Nord-West-Zeitung gelesen, dass Sie Zeugen suchen, die die Frau an jenem Samstagabend gesehen haben.«

»Richtig, wir haben noch weitere Fotos von Elena Wagner dabei.«

»Kommen Sie, wir setzen uns an den Tisch hinten in der Ecke, da sind wir ungestört.«

Rainer Ahlers sah sich die Fotos der Studentin aus glücklichen Zeiten, die ihr Vater der Polizei zur Verfügung gestellt hatte, sorgfältig an.

»Also«, begann er kleinlaut, »nach dem Foto in der Zeitung hätte ich schwören können, dass sie es war, die genau an diesem Tisch saß. Sie saß hier, bis wir geschlossen haben. Aber jetzt, bei den Farbfotos hier…«, Herr Ahlers atmete langsam und bedächtig aus, »…bin ich mir inzwischen gar nicht mehr so sicher. Sie sieht ihr ähnlich. Aber ich glaube, es war eine andere Frau.«

»Was hatte die Frau, die Sie gesehen haben, denn an?«, wollte Paul wissen.

»Daran erinnere ich mich genau. Eine knallenge schwarze Lederhose und ein tiefausgeschnittenes Top. Unpassend für die Jahreszeit, sah aber verdammt sexy aus.« Paul schüttelte den Kopf, zog eine enttäuschte Miene und sagte:

»Danke, Herr Ahlers, das war's«, als sein Handy klingelte.

Nach dem kurzen Telefonat, in dem Paul einfach nur aufmerksam zugehört hatte, sagte er zu Lisbeth: »Wir müssen dringend ins Kommissariat.«

»Wieso, was ist los?«

»Das erzähle ich dir auf dem Weg.«

***

Er konnte es gar nicht mehr erwarten. Sein Schreibtisch quoll zwar über vor unerledigter Arbeit, aber er war nicht in der Lage, einen klaren Gedanken zu fassen. Er hatte feuchte Hände und wischte sich diese an einem edlen Taschentuch ab. Obwohl er bereits das Fenster geöffnet hatte, schwitzte er und lockerte seine Krawatte.

Dieser völlig verrückte Abend, der nun schon einige Tage zurücklag, hatte alles übertroffen, was er bis dahin erlebt hatte. Dieses kleine blonde Luder, wie hieß denn die eigentlich noch – egal –, hatte einfach alles mitgemacht, jedes Register gezogen, und obwohl sie noch so blutjung war, schien sie ganz genau gewusst zu haben, was sie machen musste.

Es mochte auch an dem weißen Zeug gelegen haben, das er nur in Ausnahmefällen einnahm. Teilweise wurde der Film in seinem Kopf, fast wie durch eine Werbeunterbrechung, angehalten. Ihm fehlten immer wieder einige Minuten. Er konnte nicht mal sagen, ob es sein Testosteron oder die Drogen, diese Wahnsinnsfrau oder eine Mischung aus allem war, das ihn so elektrisiert hatte. Aber an jenem Abend fühlte er sich so mächtig, dass er sich am liebsten selbst zum König von Deutschland gekrönt hätte. Komischerweise hielt dieser Rausch am nächsten Tag noch an, er hatte nicht mal einen Kater.

War das jetzt schon eine Sucht oder einfach nur grenzenlose Gier?

Am liebsten hätte er alle Termine für heute abgesagt und sich mit der drallen Blondine in ein entferntes Hotel zurückgezogen. Er musste sie unbedingt wiedersehen. Aber das war nicht so einfach. Dafür forderte der Mann, durch den er erst in den Genuss dieser Lady gekommen war, einen Gefallen, der gewiss viel Staub aufwirbeln würde. Wenn es herauskäme, konnte es sogar sein berufliches Ende bedeuten.

Seine Sekretärin kam herein und brachte ihm seinen doppelten Espresso. Schon rein optisch konnte man sie nicht mit 'Blondi' vergleichen, aber sie hatte diesen verschmitzten Blick. Als sie den Espresso vor ihm abstellte, musterte er ihren hautengen Rock, der ihre fabelhaften Hüften betonte. Er erwischte sich bei dem Gedanken, es mit beiden gleichzeitig treiben zu wollen, schalt sich im selben Moment aber einen Narren. *Auf keinen Fall eine aus deinem Büro, bist du wahnsinnig?*

Mit zittrigen Händen trank er gierig den Espresso. Selbst die hochkonzentrierte Koffeindosis konnte seine Gier nicht stillen.

***

Der alte Mann sah bedauernswert aus. Er hatte schneeweißes Haar, trug einen ordentlichen Anzug, der aber sicher von der Stange gekauft worden war, und saß zusammengesunken auf dem Stuhl, als hätte er jeglichen Lebensmut verloren. Mit Tränensäcken wie Derrick nach seiner letzten Folge hätte er nicht einmal etwas sagen müssen. Jeder hätte vermutet, dass er schon viel Kummer und Leid in seinem Leben hatte erfahren müssen.

»Wissen Sie, ich bin erst sehr spät Vater geworden, mit fast 50 Jahren. Annika ist mein Ein und Alles. Sie ist noch nie von zu Hause weggeblieben, ohne vorher Bescheid zu sagen. Schon gar nicht über ein ganzes Wochenende. Da muss was passiert sein!«

»Sie haben am Samstag die Vermisstenanzeige aufgeben«, sagte Lisbeth und schaute auf ihren Bildschirm, »haben Sie inzwischen irgendetwas von ihr gehört?« Der Mann zog seine buschigen Augenbrauen zusammen.

»Das wollte ich Sie fragen, deswegen bin ich ja noch einmal zur Polizei gegangen. Wir haben alles Erdenkliche unternommen, meine Frau und ich: Sämtliche Freundinnen und Freunde angerufen. Sie haben uns sogar geholfen, Fotos bei Fatzbook, oder wie das heißt, reingestellt. Ich kenne mich mit diesem neumodischen Kram nicht aus. Annika war dort jedenfalls sehr aktiv. Keiner kann etwas über ihren Verbleib sagen. Bitte, Sie müssen uns helfen. Meine Frau kommt um vor Sorge«, mit einem hilfesuchenden Blick wandte sich Herr Eilers an Paul, »Herr Kommissar, Sie haben doch Erfahrung in diesen Dingen. Hat es etwas mit dem Tod der Studentin zu tun, die sie in Rastede gefunden haben? Annika studiert auch und hat ebenfalls schöne blonde Haare.« Seine Stimme schien fast zu versagen, die letzten beiden Sätze flüsterte er: »Bitte sagen Sie es mir: Ist sie tot?«

»Herr Eilers, in den meisten Fällen tauchen junge Menschen nach ein paar Tagen wieder auf. Momentan können wir nicht von einem Zusammenhang ausgehen. Hatte Annika denn einen Freund?«

»Nein.«

»Vielleicht hat sie jemand kennengelernt, das geht sehr schnell heutzutage?« Paul glaubte seiner eigenen Aussage nicht. Sie bewegte sich häufig im Internet und passte perfekt ins Beuteschema des potenziellen Täters, falls dieser seine Opfer im Internet aussuchte. Er konnte an Lissis Gesicht ablesen, dass sie auch eher davon ausging, dass sie das nächste Opfer geworden war.

»Wie kommt es eigentlich, dass Annika mit 24 Jahren noch zu Hause, also bei Ihnen, wohnt?«

»Wir wohnen fast neben der Uni, bei uns hat sie doch alles.«

»Fehlt denn etwas, hat Ihre Tochter persönliche Sachen mitgenommen: Handtasche, Reisepass, Schlüssel, Klamotten, Unterwäsche?«

»Ihre Handtasche und ihr Handy sind nicht da. Und ihr Reisepass? Da müsste ich mal nachsehen. Von ihrer Kleidung fehlt nichts, außer dem, was sie anhatte. Und eine Tasche hat sie mit Sicherheit nicht mitgenommen. Sie ist letzten Freitag ganz normal zur Uni gegangen und…« Herr Eilers wischte sich einige Tränen aus den Augen.

»Besitzt Ihre Tochter ein Auto?«

»Nein, sie hat zwar einen Führerschein, aber wenn sie ein Auto gebraucht hat, konnte sie meinen Wagen benutzen. Der ist aber noch da, falls Sie das fragen wollten.«

»Herr Eilers, wer hat Ihre Tochter denn zuletzt gesehen?«

»Nach dem, was ich herausgefunden habe, ihr Tutor. Sie verabschiedete sich von ihm ins Wochenende und sagte, sie wolle *nach Hause*. Bei *uns* ist sie aber nie angekommen.«

Lisbeth erfragte den Namen und die Adresse des Tutors.

Herr Eilers beugte sich neugierig nach vorne. »Sie gehen also auch davon aus, dass ihr was zugestoßen ist?«

»Nein, wir müssen nur allen Hinweisen nachgehen, die dazu führen könnten, Ihre Tochter zu finden. Danke, dass Sie persönlich zu uns gekommen sind, und bitte unterrichten Sie uns unverzüglich, wenn Sie etwas von ihr hören.«

Der alte Mann öffnete seine Brieftasche und schaute liebevoll auf ein Foto seiner Tochter, als könnte er sie zurückholen, wenn er ihr Foto nur lange genug ansähe.

»Das ist an ihrem 18. Geburtstag. Sie war so stolz an diesem Tag. Ich trage ihr Bild immer bei mir.« Lissi stand auf und führte ihn zur Tür.

»Wir werden sie finden, Herr Eilers.« Er sah ihr tief und lange in die Augen und schien ihr am Ende zu glauben.

Als Paul und Lisbeth allein im Büro waren, konnte man eine merkwürdige Stille spüren, so leise war es.

»Du glaubst auch nicht, dass sie noch lebt, oder?«

»Lissi, was ich glaube, ist für unsere Ermittlungen irrelevant.«

»Ich habe auch nicht den Kriminalhauptkommissar Schweigert gefragt, sondern dich als Menschen.« Paul rieb sich mit beiden Händen über das Gesicht.

»Ich hoffe inständig, dass sie nur einfach gedankenlos abgehauen ist.«

***

Paul hatte sich in den letzten Tagen nicht so um seine Familie kümmern können, wie er es sich gewünscht hatte. Levke wurde eine vom Arzt diagnostizierte Darmkolik einfach nicht los. Er müsste eigentlich mal wieder durchschlafen, um einen klaren Kopf für den Fall zu bekommen. Gewissensbisse plagten ihn, wenn er morgens das Haus verließ, dass er zu wenig Zeit mit seinen Kindern verbrachte. Wenn er abends die Wohnungstür aufschloss, glaubte er, zu wenig auf der Arbeit dafür getan zu haben, den Mörder von Elena Wagner zu finden. Nun auch noch die vermisste Annika. Die Befragung an der Carl-von-Ossietzky-Universität hatten die Angaben von Volkert Eilers bestätigt. Nicht nur ihr Tutor, auch zwei weitere Studentinnen versicherten, dass Annika nach der Uni nach Hause wollte. Den Bahnhof hätte sie zu Fuß in 30 Minuten erreichen können. *Oder hatte sie sich abholen lassen?*

Sie war morgens zur Uni gegangen. Keiner hatte beobachtet, wie sie nach ihrer letzten Vorlesung in ein Auto eingestiegen oder an der Bushaltestelle gewartet hatte. Er würde morgen seine Kollegen darauf ansetzen, Anwohner zu befragen, die auf dem Fußweg zwischen Annika Eilers Zuhause und der Universität wohnten.

Wiebke begrüßte ihn herzlich, aber mit völlig übernächtigten Augen.

»Wie geht's der kleinen Maus denn?«

»Ihr Darm scheint sich langsam zu beruhigen, sie schläft jetzt. Ich mach uns schnell was zu essen. Tom will dir unbedingt vor dem Schlafengehen in seinem Zimmer noch etwas zeigen.«

Als Paul die eigenwillige Konstruktion eines Raumschiffes aus Lego sah, strahlte er ebenso wie sein stolzer Sohn.

»Das hast du großartig gemacht, Tom. Was ist das denn genau?«

»Ohh, Mann, das ist doch klar: Ein Sternenzerstörer.«

Paul fragte sich, ob Wiebke damals recht hatte, als sie sagte, die Star-Wars-Hefte seien noch nichts für ihn. Er schob den Gedanken beiseite.

»Natürlich, und wo ist die dunkle Seite der Macht?«

Tom hob theatralisch mahnend den Zeigefinger: »Pscht, nicht drüber sprechen, du darfst nicht mal daran denken.«

Paul nickte und flüsterte: «Hat mein großer Jedi-Ritter denn schon seine Zähne geputzt?«

Tom schüttelte den Kopf.

»Na, dann ab mit dir – möge die Macht mit dir sein.«

Sein tapferer Held ging danach auch ungewohnt friedlich zu Bett, ohne den üblichen Aufstand, dass er noch länger aufbleiben wollte, weil er ja etwas Großartiges verpassen könnte.

Nach dem Abendessen saßen Wiebke und Paul eng aneinander gekuschelt auf der Couch.

»Du?«

»Hmm…«

»Wann haben wir eigentlich mal wieder Zeit für uns, ich meine, nur für uns zwei?«

»Wenn der Fall erst einmal abgeschlossen ist…« Wiebke löste sich von ihm und setzte sich gerade auf die Couch.

»Und dann kommt der nächste Fall und dann noch ein Fall…«

»Wiebke, bitte, das kann ich jetzt echt nicht brauchen.« Wiebke stand auf, mischte sich eine Apfelsaftschorle und trank einen großen Schluck.

»Du machst es dir verdammt einfach. Der *große Kommissar* aus Frankfurt. Ich weiß, ihr müsst den Kerl finden, der diese Studentin getötet hat. Aber sind Tom und Levke nicht auch wichtig, von mir will ich gar nicht erst sprechen. Wer steht denn nachts auf und kümmert sich um die Kleine…«

Das Telefon unterbrach den Monolog seiner Frau, Paul griff dankbar zum Hörer.

»Lissi, nein, du störst nicht.«

Wiebke seufzte und schüttelte den Kopf.

»Was, du hast Kontakt zu ‚MrJudge'? Na, dann triff dich mit ihm.«

Wiebke hörte nicht, was Lisbeth am Telefon sagte, es interessierte sie auch nicht. Paul hatte immer gefordert, sie sollte ein Problem direkt ansprechen, nur so könnte er darauf reagieren. Sie hatte ihre Karriere bei der Bank aufgegeben, zumindest für ein paar Jahre unterbrochen. Wie gern würde sie wieder zur Bank fahren und über etwas anderes reden und nachdenken als über Kinderkrankheiten. Merkte er denn gar nicht, dass sie überhaupt nicht mehr rauskam? Sicher war er ein liebevoller Vater, Tom liebte ihn abgöttisch. Aber was war mit dem Ehemann Paul, interessierte er sich gar nicht mehr für sie? Jedenfalls wollte sie sich nicht *nur* noch als Mutter fühlen. Und wenn sie sich einmal etwas vornahmen, kam irgendetwas dazwischen.

»Schatz, ich muss nochmal los.«

»Ja, natürlich, sorry für die Störung.«

»Lissi hat den Typen im Internet aufgestöbert, der ein wichtiger Zeuge, vielleicht sogar der Täter ist, und hat sich kurzfristig mit ihm verabredet. Da kann sie nicht alleine hin.«

»Sag mal, hörst du dich eigentlich selbst manchmal reden? Lissi hier, Lissi da. Sie braucht Schutz bei einer verdeckten Ermittlung. Schick doch das SEK hin, meine Güte.«

»Wiebke, was soll das jetzt? Eigentlich dürfte ich dir gar nichts über den Fall sagen.«

»Das wird ja immer besser. Geh, hau einfach ab, ehe mir noch etwas rausrutscht, was ich später bereue.«

Wiebke schaute durch ihn hindurch, streifte wütend seinen Arm ab und verschwand wortlos im Bad. Kopfschüttelnd verließ Paul das Haus und startete seinen Wagen.

***

Er nutzte die halbstündige Fahrt, um über die Freisprecheinrichtung einige Details für das Treffen im ‚Fiddlers Green' in der Wallstraße abzusprechen. Paul würde sich dezent im Hintergrund halten. Falls sie irgendwie in Schwierigkeiten käme, würde sie sich mit der linken Hand den Nacken reiben, erst dann würde Paul einschreiten. Vereinbart war auch, dass Lissi jeden Versuch, sie zu einem anderen Ort zu locken, verbal abblocken sollte. Vorsorglich hatte er einen Streifenwagen angefordert, der sich in unmittelbarer Nähe von Oldenburgs Kneipenmeile aufhielt.

Paul traf zuerst im Irish Pub ein, beobachtete die Gäste, setzte sich an die Bar und bestellte ein alkoholfreies Weißbier. Lissi hatte Paul eine Beschreibung des Mannes gegeben: 1,85 Meter groß, 35 Jahre alt, kräftig, gepflegtes Äußeres, und selbstverständlich gutaussehend. Da sie jedoch keine Fotos ausgetauscht hatten und das Wissen über sein Aussehen allein auf den Angaben von ‚MrJudge' beruhte, konnte Paul sich nicht sicher sein, ob dies stimmte. Vielleicht handelte es sich in Wirklichkeit um einen 60jährigen dickbäuchigen Typen mit Glatze, der sich seine neue Internetbekanntschaft einfach nur anglotzen wollte.

Es dauerte keine fünf Minuten, bis Lissi die Kneipe betrat und sich auf einem Barhocker an einen einzelnen Tisch setzte. Paul beachtete sie zunächst gar nicht, sondern trank seelenruhig sein Weizen. Außer einer Gruppe von vier jungen Männern betrat kein weiterer Mann den Irish Pub. Nach etwa 20 Minuten kam ein Typ herein, auf den die Beschreibung in etwa passte. Paul schätzte ihn nur auf 1,80 Meter und durchschnittlich aussehend. Er trug einen Anorak, der selbst in Oldenburg aus der Mode gekommen sein musste. Er stellte sich direkt neben Paul und bestellte ein Guiness. Paul kam es so vor, als wolle er extrem lässig wirken. Sein Versuch, sich die gegelten Haare cool nach hinten zu kämmen, war nicht nur deutlich misslungen, sondern er gab auch nur eine sehr schlechte Kopie des ehemaligen Verteidigungsministers zu Guttenberg ab. Aber er interessierte sich offensichtlich für Lissi. 'Karl Theodor', wie Paul ihn innerlich taufte, bat den Wirt, ihr einen neuen 'Hugo' zu bringen. Lissis Glas stand, fast leer, vor ihr auf dem Tisch. Zu Pauls Verwunderung nahm Lissi das Getränk nicht an, sondern ließ es zurückgehen.

»Die Dame wartet auf jemanden und möchte nicht belästigt werden«, hörte Paul den Wirt mit irischem Akzent sagen.

Nach einer halben Stunde bezahlte Lissi und verließ allein den Irish Pub. Sie merkte nicht, dass sie beim Verlassen sehr intensiv beobachtet wurde.

Kapitel 8

Paul wusste selten, was wirklich in Lisbeth vorging. Sie erzählte nicht viel über ihr Privatleben. Trotzdem glaubte er, sie mittlerweile doch ganz gut zu kennen. Positive wie auch negative Gefühle konnte sie sehr schlecht verbergen. Beim Pokern hätte sie sicherlich gegen die meisten Gegner verloren. Im Moment hätte jeder andere erkannt, dass sie wahnsinnig erleichtert war, als sie den Hörer auflegte.

»Annika Eilers ist wieder aufgetaucht!«, platzte es aus ihr heraus, »ihr Vater hat es mir gerade gesagt.«

»Prima, aber wo ist sie denn gewesen?«

»In Worpswede bei einer Internetbekanntschaft. Sie hatte sich am Freitag kurzfristig dazu entschlossen, nachdem sie mit ihm telefoniert hatte. Ihrem Vater hatte sie bloß eine E-Mail geschrieben, weil sie keine Lust auf eine Moralpredigt hatte. Anrufe hatte sie nicht entgegengenommen und Freitagabend das Handy ausgeschaltet. Volkert Eilers konnte sich nicht in sein E-Mail-Konto einloggen, weil er dreimal nacheinander das falsche Passwort eingegeben hatte und nicht wusste, dass man das Passwort zurücksetzen lassen kann. Davon hatte er mir gar nichts erzählt, war ihm wohl peinlich.«

»Gott sei Dank. Trotzdem verstehe ich nicht, wie diese jungen Dinger so gedankenlos sein können.« Lissi rollte mit den Augen. »Wie soll ich deinen Blick jetzt deuten, Lissi? Nehmen wir mal an, du würdest dich auf so ein Abenteuer einlassen. Würdest du niemandem Bescheid sagen?«

»Zunächst würde ich mich, wenn überhaupt, nur an einem öffentlichen Ort treffen. Aber meiner Mutter würde ich auf keinen Fall etwas erzählen. Hm, meiner besten Freundin Sanne vielleicht, aber vermutlich auch erst, nachdem ich ihn getroffen habe.«

»Okay, jedenfalls können wir uns nun wieder auf Elena Wagner konzentrieren. Hast du ‚MrJudge' gestern Nacht im Netz noch erwischt?«

»Nein, er hat sich in dem Chat noch nicht wieder eingeloggt. Was glaubst du, warum er nicht gekommen ist?«

»Vielleicht ist ihm was dazwischen gekommen, kann aber auch sein, dass er im Irish Pub war und ganz anders aussieht, als er dir geschrieben hat, vielleicht war er aber auch in der Wallstraße und hat dich einfach nur beobachtet. Wenn du das nächste Mal mit ihm chattest, fragst du nach seiner Handynummer.«

»Geht klar, und wenn er meine Nummer haben will, schreibe ich, dass ich ihn anrufen werde.«

Paul nickte und begann, den Bericht von Frank Albers über die Befragung des Kinogängers, der Elena Wagner gesehen haben wollte, zu lesen. Diese Spur erwies sich als ebenso erfolglos wie die des Kellners im Burg-Café. Beide Zeugen hatten eine Frau gesehen, die Elena Wagner nur ähnlich sah und eine Lederhose trug.

Die kriminaltechnische Untersuchung und die Suche nach dem Hersteller des schwarzen Schals, des mutmaßlichen Tatwerkzeuges, lieferte ein noch frustrierenderes Ergebnis. Es handelte sich mit an Sicherheit grenzender Wahrscheinlichkeit um einen Pashmina-Herrenschal, der von C&A für 4,95 Euro tausendfach verkauft wurde. Sie hatten jedoch nur Faserspuren sicherstellen können - mit der DNA von Elena Wagner. Hätten sie den Schal, könnten sie eventuell Fremd-DNA nachweisen.

»Lisbeth, wir wissen noch viel zu wenig, wer sie überhaupt war, welche Neigungen sie hatte, wie ihre Pläne waren. Wir werden erneut den Ex-Freund befragen. Außerdem fehlt uns noch die Aussage von ihrem Bruder Jens Wagner. Bestellst du sie bitte für morgen Vormittag zu uns?«

»Okay, mach ich.«

Für den nächsten Tag um 14.00 Uhr verschickte Paul eine elektronische Einladung an alle Mitglieder der Sonderkommission. Bevor sie sich morgen trafen, musste er noch mit dem Profiler Axel Meyerhoff sprechen.

***

In sein Arbeitszimmer im ‚Club Leonardos' zog er sich besonders gern zurück. Die anstehenden Hilfsprogramme: ein Agrarprojekt auf Haiti und die Einweihung einer Mädchenschule in Ägypten, bedurften nicht nur einer gründlichen Vorbereitung, sondern es galt, weiterhin eine Finanzierungslücke im sechsstelligen Bereich zu schließen. Der Club hatte sich dazu verpflichtet, dafür aufzukommen. Die Leute glaubten immer, mit einer einmaligen Spende wäre alles getan. Aber wer bezahlte denn die laufenden Kosten? Organisationen wie 'Ärzte ohne Grenzen' oder der 'rote Halbmond' halfen in akuten Katastrophengebieten, aber das schwere Erdbeben auf Haiti war nun schon über drei Jahre her und lange kein Thema mehr in den Medien.

Kai Rentz präzisierte seine klaren Aufträge an Henning Werdemann für zukünftige Spenden-Galas und erbat Vorschläge für neue Aktionen. Mit seinem Lieblingssatz:

»Freue mich auf deine Vorschläge«

MfG Präsident

beendete er die Mail und schickte sie ab. Er hatte kaum das E-Mail-Programm geschlossen, das Chatfenster geöffnet und sich eingeloggt, da klopfte es an der Tür.

»Was ist denn jetzt schon wieder?«, blaffte er in Richtung der noch geschlossenen massiven Eichentür.

»Herr Präsident, die Bewerberin ist nun da.« Er sah hastig auf seine Uhr. Sie hatte er ja total vergessen. Er musste an das hübsche Bewerbungsfoto von Feona Theilen denken. Diese süßen, blonden Locken hatten es ihm angetan. Sie war gerade 19 Jahre alt geworden. Zumindest musste er auf Facebook und in anderen Quellen im Internet noch schnell schauen, was sie interessierte, was ihr gefiel, wovon sie träumte. Er liebte es, die jungen Frauen mit pikantem Wissen zu überraschen. Die meisten bekamen dann rote Wangen, manche sogar einen hochroten Kopf.

»Ich brauche noch ein paar Minuten. Sagen Sie ihr, sie soll noch warten, und führen Sie sie in den Salon.«

Offensichtlich wollte Feona ihr Privatleben nicht geheim halten. Als er immer mehr Bilder von ihr sah und hochinteressante Kommentare darunter las, erwischte er sich dabei, wie sein Blut nicht nur in seinen Kopf schoss. Er notierte sich einige Informationen mit seinem Mont Blanc-Füllfederhalter und legte das Papier mit einem spitzbübischen Lächeln in die Bewerbungsmappe.

Dann drückte er eine Taste seiner Telefonanlage.

»Frau Meissner, bringen Sie Frau Theilen bitte zu mir.«

Die schüchterne Feona trottete Frau Meissner hinterher, als sei ihr nicht ganz wohl. Sie trug einen dezenten anthrazitfarbenen Hosenanzug, den sie vermutlich extra für diesen Termin gekauft hatte. Beide Hände hielten sich an ihrer ledernen Handtasche fest. Ihr hübsches rundes Gesicht wurde durch die hochgesteckten Haare und die dezenten Perlenohrringe nur noch unterstrichen. Er stand auf und ging ihr mit ausgestrecktem Arm entgegen.

»Moin, Frau Theilen, haben Sie uns gleich gefunden?« Feona wich dem Blick aus und gab ihm nur zaghaft die Hand. Frau Meissner entfernte sich wortlos.

»Moin, äh ja, kein Problem, ich bin ja aus Oldenburg.«

»Schön, bitte nehmen Sie doch Platz.« Auf dem Weg zu seinem Schreibtischstuhl hielt er plötzlich inne, ging zu ihr zurück und sagte: »Entschuldigung«, nestelte ihr am Kragen herum und entfernte das Preisschild, »das haben Sie wohl vergessen abzumachen.« Sie bekam ein knallrotes Gesicht und schaute auf den Boden.

»Oh Gott, ist das peinlich«, flüsterte sie.

»Macht doch nichts, das ist mir früher auch schon mal passiert. Wie ich gelesen habe, möchten Sie gerne ein Auslandspraktikum bei uns machen.«

»Ja«, Feona hatte einen Frosch im Hals und räusperte sich, »könnte ich vielleicht bitte ein Glas Wasser haben?« Er bestellte das Wasser, welches unverzüglich hereingebracht wurde.

Der kräftige Schluck schien sie zu beruhigen.

»Ich studiere Agrar- und Ernährungswissenschaften im zweiten Semester. Wir müssen dabei ein Auslandspraktikum absolvieren.«

»Wie sieht es denn mit Sprachen bei Ihnen aus?«

»Englisch ist ganz gut bei mir, und in Spanisch habe ich Grundkenntnisse.«

»Das ist doch schon einmal eine solide Grundlage. Im Sommer starten wir unser Agrarprojekt auf Haiti. Was glauben Sie, warum sind gerade Sie die geeignete Bewerberin?«

»Na ja, das passt doch super zu meinem Studiengang…«

»Sicher, aber wodurch eignen Sie sich persönlich?« Hilfesuchend blickte sie zum Fenster. »Ich, ich kann sehr gut mit Menschen umgehen und mich auf neue Situationen einstellen.«

Er blickte in seine Notizen und zitierte:

»Party machen, Grillen am See, vor dem Discobesuch mit Alkopops vorglühen, meinen Sie das damit?« Feona rang nach Luft.

»Woher haben Sie…ich meine, also…das machen doch alle gerne, also meine Freundinnen und so.« Kai gefiel es, wie sie devot nach unten sah und ihre Handtasche so fest drückte, als wollte sie sie erwürgen.

»Frau Theilen, unsere Organisation legt höchsten Wert auf Diskretion, ist Ihnen das bewusst?«

»Aber natürlich, über die Arbeit würde ich ja nie etwas weitersagen.«

»Was wissen Sie denn alles über den ‚Club Leonardos'?«

»Na ja, dass Sie viel für wohltätige Zwecke tun, armen Menschen helfen, Gelder sammeln…«

»Wann wurde der Club gegründet? Wo befindet sich die Zentrale?«

»Öhm, wann weiß ich nicht, aber die Zentrale ist in Berlin…glaube ich.« Oberstaatsanwalt Rentz stand auf wie bei einem Plädoyer und dozierte:

»Der ‚Club Leonardos' wurde 1917 in Oak Brook gegründet, das liegt in den USA, genauer gesagt im Bundesstaat Illinois. Die erste deutsche Niederlassung wurde 1954 in Frankfurt am Main eröffnet, und die Deutschlandzentrale befindet sich tatsächlich in Berlin, aber das war doch bloß geraten, oder?«

»Ja«, sagte Feona leise.

»Haben Sie sich unsere Website überhaupt einmal angeschaut?« Mit hochnäsigem Tonfall beugte er sich leicht über die Bewerberin, sodass er ihr angenehmes, süßes Parfüm riechen konnte.

»Also, nur kurz…«

»Party machen war wohl wichtiger, was?« Feona kullerten die Tränen herunter. Kai Rentz reichte ihr ein Papiertaschentuch.

»Was haben Sie denn sonst anzubieten, wenn Sie sich schon nicht vernünftig vorbereitet haben?« Feona blickte fassungslos nach oben.

***

Der Bruder von Elena, Jens Wagner, trug zwar keinen Anzug, aber in seiner legeren Kleidung gab er ein seriöses Bild mit hoher Ausstrahlung ab. Trotz des dunklen Winters hatte seine Haut eine gute Bräunung. Seine wilden und etwas längeren Haare schienen so gut frisiert zu sein, als käme er gerade vom Frisör. Wenn man in seine sanften und freundlichen Augen hinter der modischen, randlosen Brille mit Titangestell blickte, schrieb man ihm sofort eine hohe Intelligenz zu. Wenn er gewollt hätte, könnte er mit Sicherheit ein Top-Verkäufer werden, dem die Leute, insbesondere die Frauen, alles abkaufen würden.

»Herr Wagner, wann haben Sie Ihre Schwester zuletzt gesehen oder gesprochen?«, wollte Paul wissen.

»Gesehen habe ich sie eine Woche vor ihrem Tod, gesprochen am Tag ihres Todes, so 20 Minuten vielleicht.«

»Wirkte sie irgendwie verändert, also anders als sonst? «

»Nein, das heißt doch, ein wenig hatte sie sich in den letzten Wochen verändert. Ihr Ex-Freund hat immer wieder Kontakt gesucht, was sie nervte. Andererseits brach sie den Kontakt nicht ganz ab, wie ich es ihr geraten hatte. Die anstehenden Prüfungen haben sie zusätzlich ziemlich belastet.«

»Gab es denn einen neuen Freund oder Kandidaten, die dafür in Frage kamen?«

»Das glaube ich nicht, sie hatte erst einmal die Schnauze voll von den Männern und wollte sich ganz auf die Prüfungen konzentrieren. Was mir allerdings auffiel, war, dass sie öfter online war als sonst.«

»Woher wissen Sie das?«

»Bei Facebook kann ich das sehen. Wenn sie online und eingeloggt ist, erscheint ein grüner Punkt im Facebook-Chat.«

»Hat sie denn mal etwas erzählt über andere Kontakte, alte Freunde oder neue Bekanntschaften?«

»So leichte Andeutungen hat sie gemacht, aber sie wurde nie konkret, wenn ich sie weiter darauf ansprach.«

»Was hat sie denn dann genau gesagt?«

»Außer '*ich bin nachher noch im Netz*' eigentlich gar nichts. Wenn ich dann nachgehakt habe, hieß es immer: '*Sei nicht so neugierig*'.«

»Haben Sie eine Idee, wer sie getötet haben könnte?«

»Darüber habe ich mir tagelang den Kopf zerbrochen. Ich komme zu keiner Lösung. Ihr Ex-Freund war zwar ein Arschloch, aber einen Mord traue ich ihm dennoch nicht zu. Ich denke, es muss jemand gewesen sein, den sie noch nicht lange kannte, oder den sie vielleicht zufällig kennengelernt hat.«

»Wissen Sie denn…« Lisbeth stürmte ohne anzuklopfen mit weit aufgerissenen Augen ins Büro.

»Kommst du mal bitte?«

»Du siehst doch, dass ich mitten in einer Zeugenvernehmung bin, ist es denn dringend?«

»Ich würde dich gewiss nicht stören, wenn es nicht *sehr dringend* wäre.«

Paul erhob sich, entschuldigte sich bei Jens Wagner und verließ mit Lisbeth den Raum.

»Es ist was mit Annika Eilers…«

»Und was?«

Lisbeth verschränkte die Arme vor der Brust.

»Paul, sie ist tot aufgefunden worden, einfach abgelegt im Schlosspark in Rastede.«

***

Müde stapfte Lisbeth die knarzende Treppe hinauf zu ihrer Wohnung. Bevor sie den Schlüssel aus dem Mantel nahm, massierte sie mit der rechten Hand ihre linke Schulterpartie. Sie merkte, dass sie völlig verspannt war. Als sie den Schlüssel in das Schloss schieben wollte, kam es ihr so vor, als wäre das Schloss ausgewechselt worden. Schließlich ließ sich die Tür dann doch öffnen. Den Schlüssel steckte sie von innen in die Tür und schloss zweimal ab. Nachdem sie ihre Jacke lustlos an der Garderobe aufgehängt hatte, betrachtete sie sich im Spiegel.

»Lisbeth, du musst mehr auf dich achten.«

Die Augen ihres Spiegelbildes bettelten förmlich um Schlaf. Die morgens dezent aufgetragene Schminke war jetzt nicht mehr zu sehen. Nur ihre Haare saßen ganz passabel. Sie fand, dass ihr eng anliegender Pullover früher nicht so gespannt hatte. Mit einem Stöhnen quälte sie sich aus ihren Schuhen und schmiss sie unordentlich auf den Boden.

Eigentlich wollte sie heute einkaufen gegangen sein. Da sie aber erst um 21.40 Uhr das Büro verlassen hatte, war es dafür schon zu spät. Nach den Geschehnissen der letzten Stunden hatte sie noch nicht einmal Hunger, obwohl sie das letzte Mal zum Frühstück etwas gegessen hatte. Das heißt, es stimmte nicht ganz. Anstelle eines vernünftigen Abendessens hatte sie einen Müsli-Riegel in sich reingestopft. Sie musste an das fröhliche Foto denken, das ihr Volkert Eilers von seiner Tochter gezeigt hatte. Ihr Gehirn verglich es mit den Eindrücken der zweiten Toten im Schlosspark. Ihre Augen waren vor Angst weit aufgerissen. Das bleiche Gesicht war zu einer eigenartigen, hässlichen Fratze geworden, ihre Hände krallenartig geformt. Der Gerichtsmediziner Dr. Janssen meinte, dass sie mit großer Wahrscheinlichkeit die Arme des Täters umfasst hatte, um sich gegen die Strangulation zu wehren. Es befanden sich jede Menge Faserspuren unter den Fingernägeln.

Lisbeth regelte die Heizung hoch, ging zum Fenster und umarmte sich selbst, während sie nach draußen starrte. Ihr war entsetzlich kalt. Jetzt noch ein Bad einzulassen, darauf hatte sie keine Lust mehr. Sie setzte sich unter eine flauschige Wolldecke auf die Couch.

War es Zufall, dass der Täter Annika Eilers im Schlosspark in Rastede abgelegt hatte? Wohl kaum.

Entweder handelte es sich um denselben oder einen Nachahmungstäter, der vom ersten Fall in der Zeitung gelesen hatte und den Verdacht von sich ablenken wollte. Dafür sprach, dass Annika mutmaßlich mit einem Seil erdrosselt wurde, wie es - bewusst falsch - an die Presse weitergegeben worden war. Der Fundort von Annikas Leiche lag einige hundert Meter von der Stelle entfernt, an der Elena Wagner aufgefunden worden war. Heute hatten sie das Tatwerkzeug zwar nicht gefunden, aber die Kollegen der Spurensicherung waren sich sicher, dass es sich um ein handelsübliches Nylonseil gehandelt haben muss.

Lisbeth entkorkte einen Dornfelder, goss sich eine großzügige Menge Rotwein in ein Glas und nahm einen kräftigen Schluck. Sie griff sich ihren Laptop, verschwand wieder unter der Decke und checkte zunächst die neuen Meldungen in ihrem Facebook-Profil, anschließend ihr E-Mail-Konto. Sie fand lauter unbedeutende Nachrichten bis auf eine, die von Ansgar Brinkmann war. Der Typ hatte echt Nerven, monatelang hatte er sich nicht mehr gemeldet. Lisbeth hatte ihn schon komplett aus ihrem

Gedächtnis gestrichen, zumindest hatte sie es hartnäckig versucht. Sie hatte für solche Hallodris nichts übrig, die von Blume zu Blume flogen, bei denen jede Frau austauschbar oder einfach nur eine Nummer war. Zugegeben, er sah verdammt gut aus und verfügte auch über eine tolle Ausstrahlung. Wenn der hohe Herr dann endlich mal Zeit für sie erübrigen konnte, zeigte er sich auch von seiner charmantesten Seite und gab ihr das Gefühl, einzigartig zu sein. Bis er sie an einem Abend in einer Kneipe fast die ganze Zeit links liegen ließ, als seine Ex-Freundin sich zu ihnen an den Tisch setzte. Er versuchte Heike auf den Mund zu küssen. Sie wich aus, und er versuchte es weiter, was es noch peinlicher für alle anwesenden Frauen machte.

»Es war sehr schön, aber alles hat seine Zeit«, so läutete sie ihren Abgang ein und verließ das Lokal.

Sie fragte sich, warum sie die E-Mail nicht einfach löschte. Obwohl er sich so mies ihr gegenüber verhalten hatte, hatte er ihr andererseits jedes Mal das Gefühl gegeben, fliegen zu können. Wenn er mit ihr zusammen war, hob das ihr Selbstbewusstsein, dann war sie die souveränste Variante von sich selbst. Sie fühlte sich dermaßen cool, schlagfertig und sexy, dass sie kurz davor war, die Weltherrschaft an sich zu reißen. Das hielt dann sogar noch den nächsten Tag an. Ansgar war wie eine Droge, von der man wusste, dass es nicht gut war, sie zu nehmen. Sie konnte aber trotzdem nicht die Finger davon lassen. Ihr kam das Lied in den Sinn, das sie im Auto gehört hatte:

Hey little Porsche, I wanna try you, crazy baby girl, there ain't nothing like you.

»Der Typ ist einfach ein scheiß Porsche. Ich will manchmal einen Volvo. Wenn ich dann drinsitze, ist es sicher und gemütlich, aber dennoch steige ich aus, Mensch«, hörte Lissi sich selbst sagen.

Sie wählte Sannes Telefonnummer. Als sie ihre Stimme hörte, merkte sie, dass ihre Freundin noch nicht geschlafen hatte.

»Hey, ich bin's, du glaubst nicht, wer mir heute eine Mail geschickt hat.«

»Hey, Süße, ja nun sag schon, oder wird das hier ein Quiz?«

»Ansgar Brinkmann.«

»Ansgar, ist das nicht dieser gut aussehende Hallodri?«

»Ja, genau der.« Sanne lachte herzlich in den Hörer.

»Der hat doch diese komische Nummer mit seiner Ex-Freundin gebracht, als er sie vor deiner Nase versuchte zu küssen.«

»Oh Mann, jetzt bohr noch in der Wunde herum. Richtig, wir sprechen beide von demselben Typen, diesem Arsch.«

»Dann ignoriere ihn doch einfach.«

»Ach, es ist mir egal, nein, ist es mir nicht, oder aber doch egal.« Susanne lachte erneut.

»Ich kann gleich nicht mehr, du müsstest dich mal selbst reden hören. Wenn ich jetzt bei dir wäre, würde ich dich erst mal richtig drücken.«

»Das würde guttun.«

»Also, ich drück dich jetzt.«

»Fühlt sich gut an. Sanne, irgendwie schaffe ich das nicht, ihn zu ignorieren. Der hat sogar meine letzten Facebook-Kommentare mit 'gefällt mir' versehen. Es fällt mir verdammt schwer, ihn nicht zu mögen.«

»Lissi, du bist echt mein schwierigster Fall, aber ich verstehe dich sogar... teilweise jedenfalls.«

»Echt? Was würdest du denn an meiner Stelle machen?«

»Darum geht es gar nicht. Wichtig ist, was du von ihm willst. Heiraten doch sicher nicht?« Jetzt prustete Lisbeth los. »Nein, bestimmt nicht.«

»Aber du willst ihn schon gerne treffen, oder?«

»Nein, also ja, ich meine, ich glaube schon.«

»Pass auf, dann machst du jetzt Folgendes: Du antwortest nicht, auch wenn es noch so schwerfällt. Schließlich hast du deine Zeit auch nicht geklaut. 'Willste was gelten, mach dich selten.', sagte mein Opa früher immer. Dann rufst du ihn an und bestimmst die Regeln. Du suchst dir die leckeren Rosinchen raus, wenn ich mich recht erinnere, war das neben dem charmanten Unterhalten auch durchaus das noch *charmantere Halten*«, sie hüstelte wissend, »wird dir guttun, vertrau deiner Küchenpsychologin.«

»Aber eigentlich suche ich doch einen richtigen Freund, der mich liebt.«

»Tja, der muss noch ein bisschen warten. Aber wer sagt denn, dass du zwischendrin nicht deinen Spaß haben darfst? Schließlich hast du auch deine Bedürfnisse.«

»Da hast du recht.«

»Natürlich habe ich das. Du solltest mal wieder zu mir nach Hamburg kommen.«

»Liebend gern, aber auf der Arbeit wird es immer schlimmer, wir haben heute einen neuen Fall bekommen, wieder eine ganz junge Frau.«

»Oh je, dann brauchst du erst recht einen Ausgleich, wir behalten das mal im Hinterkopf.«

»Machen wir, ich muss dann auch langsam ins Bett.«

»Halte mich auf dem Laufenden.«

Lisbeth trank das Weinglas leer, schlurfte in ihr kuscheliges Bett und fiel in kürzester Zeit in einen tiefen, traumlosen Schlaf.

Kapitel 9

Albert Wonka lehnte sich genervt zurück in seinen weichen Ledersessel. Vor ihm standen zwei riesige Flachbildschirme, neben ihm auf dem edlen mahagonibraunen Schreibtisch lagen noch zwei schwarze Unterschriftsmappen. Seine Sekretärin, Frau Oltmanns, hatte darauf bestanden, dass sie die Papiere zusammen mit seiner Unterschrift gleich wieder mitnehmen müsste.

»Was schauen Sie so neugierig auf meinen Bildschirm?«, hatte er sie angeblafft und rausgejagt, als er bemerkt hatte, dass er das Chatfenster nicht geschlossen hatte.

Wie oft hatte er sie schon angewiesen, Gespräche von seiner Ex-Frau Angela nicht durchzuleiten? Sie war gerissen. Er hatte keine Ahnung, wie sie es schaffte, an seiner Vorzimmerdame vorbeizukommen, aber ihr gelang es immer wieder. Kaum hatte sie ihn dann an der Strippe, dann nörgelte sie herum, wie sie es während der gesamten Ehe getan hatte. Er sollte sich mehr um die Kinder kümmern, sie bräuchte mehr Unterhalt, und Xandrine sollte ein eigenes Pferd im Reitstall bekommen. Jaspers schulische Leistungen würden abfallen, er sollte seine Verantwortung als Vater wahrnehmen. Warum kümmerte sie sich nicht um den ganzen Mist? Schließlich zahlte er ihr und den Kindern 5.000 Euro Unterhalt im Monat.

»Was ist denn jetzt schon wieder?«

»Herr Wonka, die Sitzung beginnt in fünf Minuten. Sie wollten, dass ich…«

»Sagen Sie die Sitzung ab!«, bellte er sie an.

»Aber ich kann doch nicht…die ist doch seit Monaten geplant.«

»Meine Güte, stellen Sie sich nicht so dämlich an. Denken Sie sich etwas aus, warum ich nicht teilnehmen kann. Oder, warten sie, Friedrich Döppmann soll hingehen. Wofür ist er denn mein Stellvertreter?«

»Herr Wonka, Friedrich Döppmann ist heute in Hannover im Ministerium.«

»Ach so, ja, okay, dann verschieben Sie die Sitzung um 30 Minuten.«

»Wie Sie wünschen.« Albert Wonka stand auf und ging zum Fenster. Seine Anzughose spannte an den Beinen. Seit der Scheidung hatte er bestimmt zehn Kilogramm zugenommen. Aber war das ein Wunder? Alle wollten immer etwas von ihm. Er ging zurück an den Schreibtisch, nahm sein Smartphone aus dem Jackett und navigierte in seinen Kontakten.

»Albert Wonka hier, OEW, bitte stellen Sie mich zu Oberstaatsanwalt Rentz durch.«

»Der Oberstaatsanwalt ist momentan nicht zu sprechen.«

»Sagen Sie ihm einfach meinen Namen, für mich ist er immer zu sprechen!« Es dauert keine zehn Sekunden, bis Kai Rentz in der Leitung war.

»Herr Rentz, ich wollte mich noch einmal persönlich für die phänomenale Nacht in den Räumlichkeiten Ihres Clubs bedanken. Hören Sie, in welcher Höhe sollten wir Ihre Hilfsprojekte unterstützen? Ich meine, Sie tun doch so viel für die armen Menschen…« In seiner Stimme lag jede Menge Ironie.

Als er die Summe hörte, hätte er vor Wut am liebsten gleich wieder aufgelegt. Wie sollte er eine solche Summe nur vor dem Aufsichtsrat rechtfertigen? Andererseits musste er an dieses blonde Luder denken. Wie hieß sie noch gleich? Chantal oder Clodette, ganz egal, war wahrscheinlich eh nicht ihr richtiger Name, aber das war eine richtige Rakete. Er fühlte, wie seine Anzughose im Schritt zu eng wurde.

»Kein Problem, wir werden die Summe spenden. Sagen Sie, wann planen Sie denn wieder eine Veranstaltung im ‚Club Leonardos', also, ich meine, eine für exklusive Kreise?« Albert Wonka lachte dreckig.

Die Antwort stellte ihn zufrieden. Bei der anstehenden Sitzung würde er sich kaum konzentrieren können.

***

Ein schriller, lang anhaltender Schrei riss sie aus dem Schlaf. Sie brauchte einige Sekunden, um sich in der Dunkelheit zu orientieren. Jetzt war es seltsam still geworden. Hatte sie nur geträumt, oder war sie von ihrem eigenen Schreien aufgewacht? Sie versuchte sich zu erinnern, ob, und wenn ja, was sie geträumt hatte. Ein kindliches Wimmern beantwortete ihre Frage. Sie stand auf, ohne das Licht anzuknipsen, zog sich ihren Frotteebademantel, der an vertrauter Stelle hing, über, und ging ins Kinderzimmer.

»Du hast nur schlecht geträumt, es ist alles in Ordnung.« Schweißperlen sammelten sich auf der Stirn des verängstigten Jungen. Sie wischte diese ab, setzte sich zu ihm ans Bett und nahm ihn in den Arm.

»Mama, sind sie noch da?«, flüsterte er in ihren Bademantel.

»Wer ist noch da, Tom?«

»Na, die Klonkrieger, da«, Tom zeigte in Richtung des Fensters, »hinter dem Vorhang, die Schatten.«

Dieser Starwars-Quatsch muss aufhören. Habe ich doch gleich gesagt, dass Tom dafür noch viel zu klein ist. Ihm diesen Mist schenken, und jetzt wacht er nicht einmal auf, wenn sein Sohn schreit, typisch Mann!

Es gelang ihr schließlich, ihn zu überzeugen, dass kein Angriff der Klonkrieger unmittelbar bevorstand und sie nicht von der dunklen Seite der Macht verführt worden war.

Auf dem Weg zurück ins Bett stolperte sie über Pauls Hausschuhe, die quer im Weg lagen.

»Scheiße!«

»Was machst denn du für 'n Lärm?«, nuschelte Paul verschlafen.

Wiebke schüttelte im Dunkeln nur mit dem Kopf.

»Sorry, dass wir dich gestört haben, schlaf einfach weiter.« Ihre Antwort wurde bloß mit einem Schnarchen quittiert.

Na toll, die Einzige, die jetzt nicht mehr schlafen kann, bin ich, oder wie?

Wiebke wälzte sich unzählige Male hin und her. Als sie schließlich doch noch einschlief, dauerte es nicht lange, bis der Wecker erbarmungslos und eintönig piepte.

***

Alle Mitglieder der Sonderkommission versammelten sich im großen Besprechungsraum des Fachkommissariats. Nach ein paar einleitenden

Worten und einer nüchternen Lagefeststellung durch den Leiter der Soko, Kriminalhauptkommissar Paul Schweigert, überließ dieser dem Computerfachmann Arne Claaßen und dem Profiler Axel Meyerhof das Wort. Arne schien sichtlich erleichtert zu sein, dass er den Vortrag nicht halten musste. Paul wusste, wie schwer es ihm fiel, vor einer Gruppe von Leuten frei zu sprechen. Wenn er sich hinter seinem Laptop verstecken konnte, fühlte er sich am wohlsten.

»Liebe Kollegen, wie Herr Schweigert schon richtig festgestellt hat, wissen wir noch zu wenig über den Todesfall Annika Eilers. Wir werden uns also zunächst auf das erste Tötungsdelikt an Elena Wagner konzentrieren.« Er räusperte sich und nahm einen Schluck Wasser. Axel Meyerhoff war überdurchschnittlich groß und schlaksig und wirkte in seinem schlecht sitzenden Anzug und der ein wenig zu kurz gebundenen einfallslosen Krawatte eher wie ein junger Doktorand von der Universität, als eine Experte, der vom LKA Hannover abgestellt worden war.

»Um mehr über die Persönlichkeit von Elena Wagner zu erfahren, haben wir ein neues Computerprogramm verwendet, das von Michal Kosinksi, einem Cambridge-Psychologen, entwickelt und vorgestellt worden ist. Der renommierte Wissenschaftler, Leiter des Fachbereichs ‘e-Psychometrics‘, konnte nachweisen, wie man nur aufgrund des Nutzerverhaltens bei Facebook, auf Youtube, durch das Anlegen von Playlists und Ähnlichem auf die Persönlichkeit schließen kann. Die Hautfarbe, das Geschlecht, die sexuelle Orientierung, der Familienstand konnten vorhersagt werden, ohne den Namen oder die Adresse des Nutzers zu kennen. Das Geschlecht beispielweise wurde zu 93 Prozent richtig bestimmt, ob jemand Drogen nimmt, immerhin zu 65 Prozent. Wie gesagt, nur durch sein Nutzerverhalten im Netz.« Axel Meyerhoff sah zu Paul Schweigert hinüber.

Dieser nickte anerkennend, als wollte er sagen: 'Ja, mach nur weiter, ich habe dieses Vorgehen genehmigt.'

»Wir kennen das alle, wenn wir einen Flug von Hamburg nach London im Internet gebucht haben, erscheint Tage später auf einer ganz anderen Internetseite Werbung nur für uns, die dann lautet: 'Günstige Flüge von Hamburg nach London buchen'.« Die Anwesenden nickten und murmelten, als hätte das jeder Einzelne schon einmal so oder so ähnlich erlebt.

»Aber nur, wenn man die Cookies im Browser nicht deaktiviert«, mischte sich Arne ein, »bei mir ist das immer ausgeschaltet.«

»Wieso? Magst du die Beate Uhse-Werbung nicht, Arne?«, fragte Frank Albers, erntete lautes Gelächter, und Arne bekam einen roten Kopf.

»Leute, wir ermitteln in zwei Mordfällen, also Konzentration, bitte«, rief Paul seine Mannschaft zur Ordnung.

»Alles, was wir online oder offline tun, lässt Rückschlüsse auf unsere Persönlichkeit zu. Okay, hier sitzen ausschließlich Ermittler, denen ich die reale Ermittlungsarbeit nicht erklären muss. Wenn wir den Rechner, wie im Fall Elena Wagner, sichergestellt haben, finden sich Unmengen an Daten wieder, wir haben eine lückenlose Dokumentation. Egal, ob Sie im Internet nur surfen, mit jemandem chatten oder etwas posten, es hinterlässt digitale Spuren.«

»Das hört sich ja alles verständlich und logisch an, aber was bedeutet es nun konkret für unseren Fall?«, wollte Lisbeth wissen.

»Danke für die Frage, Frau Eicken. Die nüchterne Analyse und quantitative Auswertung bekommen Sie alle später noch als Mail. Ich habe diese Daten mit unseren bisherigen Ermittlungsergebnissen verglichen und präsentiere Ihnen im Folgenden meine Rückschlüsse und stelle Mutmaßungen über den Täter an: Elena Wagner war heterosexuell, seit der Trennung von ihrem Freund solo, wie man so schön sagt, aber sie hatte den Kontakt zu ihrem Ex-Freund Alexander Hoffmann, zumindest virtuell, nicht abgebrochen. Sie suchte aber auch Kontakt zu anderen Männern im Internet, scheute sich allerdings vor realen Treffen. Sie nahm keine Drogen und trank Alkohol nur in Maßen. Überhaupt wirkt ihr Nutzerverhalten sehr kontrolliert und diszipliniert. Es gibt mehrere Hinweise darauf, dass sie für ein paar Monate ins Ausland wollte, eine Auszeit nehmen, höchstwahrscheinlich Mittelamerika, sie sprach Spanisch. Wir haben das mit ihrem Studienplan verglichen. Es sieht keinerlei Auslandssemester vor.«

Ein erstauntes Murmeln erfüllte den Raum. Paul war froh, dass sich Oberstaatsanwalt Kai Rentz, der bei jeder Soko-Sitzung dabei sein wollte, heute krankgemeldet hatte. So konnten sie ungestört arbeiten, ohne sich für alles und jedes rechtfertigen zu müssen.

»Die 'gefällt mir'-Klicks, im Volksmund einfach nur 'Likes' genannt, geben wesentlich mehr preis, als wir gemeinhin glauben wollen. Wir untersuchten alle 'Likes', die Elena Wagner selbst anklickte, aber uns interessierten insbesondere diejenigen Nutzer, die Elenas Beiträge mit 'gefällt mir' versehen haben - über einen Zeitraum von sechs Monaten. Nun komme ich zum Täterprofil«, der Profiler nahm sich seinen Notizzettel zur Hand, »wir suchen einen männlichen Täter, zwischen 20 und 45 Jahren – er wird mindestens so alt sein wie sein Opfer, aber auch nicht zu alt, internet-affin, gut gebildet, wahrscheinlich Universitätsdiplom, vielleicht sogar einen Doktortitel, vermutlich Jurist, oder ein Studiengang, der zumindest juristische Anteile hat, wie z. B. Betriebswirtschaftslehre. Ich glaube, er kommt aus dem Großraum Oldenburg oder kennt sich zumindest hier sehr gut aus. Er handelt überlegt, hinterlässt wenig Spuren, behält das

Tatwerkzeug bei sich oder hat es entsorgt. Er ist beruflich erfolgreich, pflegt ausgezeichnete Umgangsformen und weiß sich nach außen hin zu verstellen. Keiner von uns würde auf die Idee kommen, dass der nette Herr von nebenan eine junge Frau kaltblütig strangulieren könnte. Ich gehe davon aus, dass die Tat keine Affekthandlung, sondern lange geplant war. Es ging ihm um Macht über die Frau, darum, zu entscheiden, wann sie stirbt, und darum, seinen seelischen Leidensdruck loszuwerden. Er fühlt sich von den Frauen unterdrückt, seine Mutter ist vermutlich sehr dominant, und er erfährt wenig weibliche Bestätigung, wahrscheinlich lebt er allein, ohne Partnerin.«

»Können Sie uns etwas über sein Aussehen sagen?«, fragte Paul.

»Nein, leider nicht. Er muss noch nicht einmal besonders kräftig sein, um die zierliche Elena Wagner getragen zu haben. Ich habe zwei Listen erstellt von den Nutzern, die Elena Wagners Beiträge mit 'gefällt mir' versehen haben und auf die mein Täterprofil passt. Männer, die in Oldenburg oder einem Umkreis von 60 km wohnen, zwischen 20 und 45 Jahre alt sind und einen Universitätsabschluss haben. Diese erste Liste umfasst 38 Namen. Da aber ein Facebook-Nutzer sein Profil unvollständig angeben oder falsche Angaben machen kann, habe ich den Kreis erweitert. Der Täter könnte ja hier aufgewachsen sein und heute weit entfernt von Oldenburg wohnen oder sich 10 Jahre jünger gemacht haben, als er tatsächlich ist. Diese zweite Liste enthält 289 Namen und zieht auch in Betracht, dass eine meiner Annahmen falsch sein könnte.«

»Ist es denn sicher, dass Elena Wagner ihren Mörder über das Internet kennengelernt hat, oder ist das bisher nur eine Hypothese?«, fragte Lisbeth.

»Nein, aber ich gehe davon aus, denn ihr Ex-Freund hat ein wasserdichtes Alibi. Aus ihrem Umfeld haben wir bisher keine Erkenntnisse, dass jemand ein Motiv haben könnte.«

»Dennoch müssen wir ihr Umfeld noch intensiver beleuchten. Mir ist das noch zu wenig, was wir bisher ermittelt haben«, schaltete sich Paul Schweigert ein.

»Selbstverständlich. Wenn sich aber herausstellen sollte, dass der Täter von Annika Eilers auch im Internet zu finden ist und es der gleiche Täter ist…«

»Herr Meyerhoff, das sind mir hier eindeutig zu viele 'Wenns' und zu viele Konjunktive. Warten wir doch erst einmal ab, bis wir gesicherte Erkenntnisse im Fall Eilers haben. Wir haben doch selbst der Presse die Fehlinformation gesteckt, dass beim ersten Fall ein Seil das Tatwerkzeug war. Die zweite Tat könnte deswegen jeder begangen haben, der Zeitung liest, um es dem ersten Täter in die Schuhe zu schieben.«

»Natürlich, Herr Schweigert.«

»Okay, haben Sie noch etwas für uns?«

»Eigentlich bin ich fertig, außer dass wir das von Annika Eilers sichergestellte Tablet genauso analysieren werden, also ihr Nutzerverhalten, wie das von Elena Wagner. Vielleicht ergeben sich interessante Schnittmengen.«

»Sehr gut, machen Sie das so. Kopieren Sie bitte Frau Eickens Daten ihres dienstlichen Laptops. Sie hatte Online-Kontakt mit ‚MrJudge'. Möglicherweise nennt er sich in anderen Chats oder Foren anders, aber anhand seiner Schreibweise könnten sich Übereinstimmungen ergeben, vielleicht schreibt er ein bestimmtes Wort immer falsch, immer gleich falsch.« Axel Meyerhoff nickte und notierte sich etwas.

»Frank, du nimmst dir das Umfeld von Elena Wagner intensiver vor: Kommilitonen, Freundinnen, auch ältere Schulfreundinnen, ihren Bruder, erneut den Ex-Freund, die Eltern. Wer war Elena Wagner, was trieb sie an?«

»Geht klar, Chef.«

»Okay, wann kriegen wir denn den Obduktionsbericht von Dr. Janssen?«, wandte sich Lisbeth fragend an Paul.

»Morgen Abend, spätestens. Bis dahin befragen wir den alten Eilers, Annika muss doch etwas über das Treffen in Worpswede mit dieser Internetbekanntschaft erzählt haben. Lisbeth, das übernehmen wir beide.«

Nachdem er seine Mannschaft mit weiteren Ermittlungsaufgaben betraut hatte, ließen sie ihn allein im großen Besprechungsraum zurück. Er fühlte, dass der Druck zunehmen würde. Nicht nur der von Kai Rentz, der ihm schon für morgen früh um acht Uhr einen Termin über seinen Blackberry bestellt hatte mit dem Zusatz 'freue mich auf die Ermittlungsergebnisse', kurz und wie üblich alles klein geschrieben. Sein Chef, der Leiter der Polizeiinspektion, erwartete seinen Bericht, und der zweite Fall würde dafür sorgen, dass nicht nur die örtliche Presse, sondern auch die überregionalen Medien Antworten verlangten.

Paul Schweigert gefiel es gar nicht, auf die drängenden Fragen immer noch keine Antworten zu haben.

***

Zu seiner Überraschung saß Lisbeth bereits am Schreibtisch, als er das Büro am nächsten Morgen betrat. Sie kam gewöhnlich in der Früh nur schwer in die Gänge, während Paul eher eine Lerche, also ein Morgenmensch, war. Sie las konzentriert in den Akten.

»Nanu, was bist du denn schon so früh hier, ist doch noch gar nicht deine Zeit?«

Lissi reagierte zunächst gar nicht. Paul probierte es etwas lauter.

»*Guten Morgen,* Frau Eicken!«

»Was?«, sie schaute hoch, «ach, moin, Chef, ich war schon um sechs Uhr wach, leider, und da dachte ich mir, ich könnte schon einmal etwas Sinnvolles tun, bevor wir zu den Eilers fahren.«

»Hast du denn etwas Interessantes entdeckt?«

»Nein, bisher nicht, aber ich werde das Gefühl nicht los, dass wir irgendetwas übersehen haben, aber ich finde nichts. Musst du nicht gleich zu Rentz?«

»Ja, hoffentlich hält der mich nicht zu lange auf. Wann ist der Termin beim Ehepaar Eilers genau?«

»Gegen neun Uhr habe ich mit ihm telefonisch vereinbart.«

»Okay, gut, dann habe ich wenigstens einen Grund, mich loszueisen.« Als Paul sich anschickte, den Raum wieder zu verlassen, sagte Lissi:

»Ach, Paul?«

»Ja?«

»Lass dich bloß nicht zum Affen machen von unserem Oberstaatsanwalt.« Paul nickte, drehte sich um und ging.

Als Paul vom Gespräch mit Oberstaatsanwalt Rentz zurückkehrte, schaute Lisbeth in seine ausdruckslose Miene.

»Und, wie war's?«

Paul antwortete nicht, sondern formte Finger und Daumen spitz zusammen, griff sich dabei unter die Achseln und gab affenartige Laute von sich.

Lisbeth hielt es kaum auf dem Sitz vor Lachen.

Die Fahrt von der Polizeiinspektion über die Ammerländer Heerstraße bis in den Stadtteil Wechloy in den Drögen-Hasen-Weg dauerte trotz des dichten Berufsverkehrs keine 15 Minuten.

Frau Eilers öffnete ihnen pflichtbewusst die Tür. Sie machte den Eindruck, als funktioniere sie nur noch. Als wenn sie von ihrem Mann, der wohl zu Hause den Ton angab, angewiesen worden war, sie sollte die Herrschaften von der Polizei hereinlassen. Sie trug eine altmodisch gemusterte dunkle Strickjacke, darunter eine schwarze Bluse, einen langen, ebenso schwarzen Rock und eine Hornbrille. Ihr Haar war genauso weiß wie das ihres Mannes und zu einem Zopf nach hinten gebunden.

Die Wohnungseinrichtung wirkte so alt wie das Ehepaar Eilers selbst. Die Wohnzimmereinrichtung, die sie vom Flur aus erkennen konnten, war mit Sicherheit seit 30 Jahren nicht mehr erneuert worden. Der Pensionär Volkert Eilers legte Wert auf Qualität. Was er sich einmal gekauft hatte, musste auch jahrgelang halten, zur Not wurde das alte, durchgesessene Sofa eben aufgepolstert. Heute saß er aber auf einer Eckbank in seiner Küche vor dampfendem Kaffee. Die Kommissare sahen einen alten, gebrochenen

Mann, dessen Tränensäcke sich dunkel verfärbt hatten. Wahrscheinlich hatte er vor Kummer und seelischem Schmerz kein Auge mehr zumachen können. Er sah auf und schaute Lisbeth Eicken direkt in die Augen, nachdem seine Frau den Polizeibeamten einen Platz und Kaffee angeboten hatte.

»Frau Eicken, seien Sie ehrlich zu mir: Versprechen Sie mir, dass Sie den Mann finden, der unserer Annika das angetan hat?« Herr Eilers sah Lisbeth mit glasigen Augen an.

»Herr Eilers, mein aufrichtiges Beileid. Ich bin ehrlich zu Ihnen: Wir werden alles tun, um den Täter zu finden. Wie ist Annika denn nach Worpswede gekommen, hat sie Ihnen das erzählt?«

»Angeblich mit dem Zug«, mischte sich Roswitha Eilers ein, «ich glaube das nicht, sie hasste Zug fahren.«

»Haben Sie eine Fahrkarte gefunden? Im Portemonnaie, das von den Kollegen sichergestellt wurde, haben wir keine gefunden, eine Handtasche allerdings auch nicht.«

Fragend blickte sich das Ehepaar an.

»Wir haben noch gar nicht nachgesehen. Roswitha, hol doch bitte mal Annikas Handtasche.«

»Wenn ich mir ihr Zimmer bei der Gelegenheit ansehen dürfte, komme ich gerne mit«, sagte Paul Schweigert.

Das Zimmer von Annika unterschied sich allein schon durch die hellen Farben von der übrigen Wohnung. Helle Orangetöne dominierten das Zimmer. Ein hölzernes Bett, vermutlich von einem schwedischen Möbelhaus, passend zu dem Schrank aus Birkenholz, und zwei Regale aus dem gleichen Holz. Zwei große Bilder zierten die Wand, eines zeigte Che

Guevara, das andere ein Konzertfoto von Shakira mit der Aufschrift: ‚Waka, waka!'

»Wieso hatte Annika eigentlich ihre Handtasche nicht dabei, als sie das Haus verließ?« Frau Eilers seufzte.

»Sie hatte eine andere Handtasche dabei, die etwas kleiner war und aus so einem PVC-Material, normalerweise hat sie immer diese hier mitgenommen.« Sie zeigte dem Kriminalhauptkommissar die teure Lederhandtasche. Er fand jede Menge Utensilien, wie Lippenstift, Schminkspiegel, Taschentücher, einen Tampon, aber keine Fahrkarte. Da keine Handtasche bei der Toten gefunden worden war, musste sie der Täter entsorgt haben, oder sie befand sich noch in seinem Besitz.

Roswitha Eilers setzte sich auf das ordentlich gemachte Bett ihrer Tochter und schluchzte. Sie fasste sich mit beiden Händen an ihr Gesicht. Paul Schweigert reichte ihr ein frisches Taschentuch, das sie dankend annahm.

»Wissen Sie, ich wollte nicht, dass sie so spät abends noch einmal weggeht. Es war schon nach 23.00 Uhr. Ich habe sie angefleht, hier zu bleiben. Sie schaute mich nur genervt an und meinte, dass ihr beim letzten Mal doch auch nichts passiert sei und ich endlich lernen sollte, dass sie erwachsen sei. Ich bin doch erst sehr spät Mutter geworden, es hat Jahre gedauert, wir haben schon selbst nicht mehr dran geglaubt, doch dann war ich plötzlich schwanger, Mein Gott, das arme Kind…«

»Hat sie Ihnen erzählt, wo sie so spät noch hinwollte?«

»Nein, das heißt, ja: zu einer Verabredung. Zu wem und wo das war, wollte sie nicht sagen.«

»War sie denn mit dem Auto, mit dem Fahrrad oder zu Fuß unterwegs?«

»Ich habe ihr noch durch das Fenster hinterhergeschaut, sie ist zu Fuß gegangen, rechts die Straße runter.« *Rechts runter geht's schon mal nicht zum Bahnhof.*

»Was wissen Sie denn über die Zeit, in der sie angeblich in Worpswede war?« Frau Eilers schaute ihn mit weit aufgerissenen Augen an.

»Was heißt denn *angeblich*?«

»Na, wir haben darüber noch keinen Nachweis. Der Name und die Adresse desjenigen, den sie besucht hat, könnte uns weiterhelfen.«

»Ben, hat sie gesagt, aber keinen Nachnamen, und dass es uns nichts anginge.«

»Kannte sie mal einen Ben, ein Verwandter oder jemand aus dem Freundeskreis vielleicht?«

»Nein, nicht dass ich wüsste.« Roswitha Eilers nahm einen alten, abgenutzten Teddy in die Hand, der vermutlich schon seit Jahren in die Ecke gestellt worden war, als wollte sie die glücklichen Tag damit zurückholen.

»Erzählen Sie bitte weiter, was hat sie noch gesagt?«

»Sie kenne ihn aus dem Internet und er sei ein außergewöhnlicher Typ, ein Künstler. Das passt ja zu Worpswede, ich habe dann auch nicht weiter nachgefragt. Ach ja, schöne lange Haare hätte er. Ich mag das ja nicht so an Männern, wenn sie so lange Haare haben wie wir Frauen.«

»Das ist doch schon mal etwas. Fällt Ihnen sonst noch etwas ein? Irgendwelche Besonderheiten, wie sah das Haus oder die Wohnung von Ben aus? Hatte er ein Auto? Alles, was uns helfen könnte, ihn zu finden, ist wichtig. Vielleicht ist er gar nicht der Täter.«

»Nein, davon hat sie nichts erzählt. Sie hat sich, wie üblich, in ihr Zimmer verkrochen und an dem blöden Ding gehangen.«

»Was für ein Ding meinen Sie?«

»Na, dieses Gerät, das Ihre Kollegen schon mitgenommen haben.«

»Sie meinen das Tablet?«

»Wenn das so heißt, ja.«

»Frau Eilers, hat Ihre Tochter außer dieser Handtasche sonst noch etwas mitgenommen?«

»Nein, oder warten Sie: das Ladegerät für ihr Mobiltelefon. Sie meinte, sie hätte nur noch wenig 'Saft drauf'.«

»Ist das ein Smartphone?«

»Das müssen Sie meinen Mann fragen, ich kenne mich da überhaupt nicht aus.«

Zurück in der Küche bestätige Volkert Eilers, dass sie ohne ihr Handy nie das Haus verlassen habe. Da auch kein Smartphone am Tatort sichergestellt worden war, ließ Paul sich die Telefonnummer geben und leitete eine Handy-Ortung ein. Die meisten Menschen glaubten, wenn man ein Mobiltelefon ausschaltet, kann es nicht mehr lokalisiert werden. Aber nur, wenn auch der Akku rausgenommen wurde, stimmte diese Aussage. Ansonsten konnte dieses mit entsprechenden Funkbefehlen eingeschaltet werden.

Auf dem Weg zurück in die Polizeiinspektion hielten sie an einer Currywurstbude, um sich einen Imbiss und eine kurze Pause zu gönnen. Paul bestellte zweimal Currywurst-Pommes und nahm zwei Dosen Cola mit an den weißen Plastikstehtisch.

»Was hältst du von dieser 'Künstler-aus-Worpswede-Geschichte', Paul?«

»Also…, dass der Typ, den sie im Internet kennengelernt hat, ein Künstler mit langen Haaren war, glaube ich sogar, so etwas denkt man sich nicht aus, jedenfalls nicht alles, ein paar Sachen stimmen meistens. Wahrscheinlich heißt der sogar Ben, wenn man sich einen falschen Namen ausdenkt, kommt der meistens aus dem Umfeld, man kennt jemanden, der so heißt. Bei Notlügen greift man gerne auf Vertrautes zurück«, Paul nahm einen Schluck aus der Cola Dose, »aber ich glaube, sie war in der Zeit, in der sie weg war, ohne etwas zu sagen, nicht in Worpswede…«

»Kommt auf die Pommes was drauf?«, flötete die freundliche Dame aus der Würstchenbude.

»Bei mir Mayo«, rief Paul.

»Nein danke, für mich nichts«, Lissi schaute wieder zu Paul, »wieso glaubst du, dass sie nicht in Worpswede war?«

»Ganz einfach: Wir haben keine Fahrkarte gefunden, sie hat das Auto ihrer Eltern nicht benutzt. Glaubst du, der ominöse Ben fährt nachts um 23.00 Uhr nach Oldenburg, um sie abzuholen? Ich glaub das nicht, und selbst wenn, dann hätte ihre Mutter das doch gesehen, wenn sie in ein Auto gestiegen wäre, der parkt doch dann nicht drei Straßen weiter…«

»Die Fahrkarte kann noch in der Geldbörse oder in der Handtasche sein, oder der Täter hat sie. Vielleicht haben sie sich in einem Café oder Restaurant getroffen.«

»Richtig, die Fahrkarte kann verschwunden sein. Warte mal…«

Paul holte sein Smartphone heraus, rief eine Internetseite auf und tippte dann einige Wörter ein, drückte auf 'Enter' und wartete ein paar Sekunden. Das Ergebnis ließ ihn lächeln.

»Sieh selbst«, Paul hielt ihr das Mobiltelefon mit der geöffneten Internetseite der Bahn entgegen, »die nächstmögliche Verbindung nach 23.00 Uhr, die von Oldenburg über Bremen nach Worpswede führt, wäre um 4.00 Uhr, und dann wäre man um 6.00 Uhr da. Warum verlässt sie dann um 23.00 Uhr das Haus?«

»Okay, mit dem Zug nach Worpswede, das fällt raus.«

»Nenne es von mir aus Intuition, ich habe einfach das Gefühl, dass der Typ hier in Oldenburg wohnt, vermutlich gar nicht weit weg von ihrem Elternhaus oder der Uni.«

»Da kannst du recht haben, wenn es so war, hätte ich meinen Eltern auch nicht erzählt, dass es quasi ein Typ aus der Nachbarschaft war, mit dem ich tagelang in die Kiste…«

»Zweimal Currywurst-Pommes sind fertig!« Lissi holte die beiden Plastikteller. Gierig verdrückten beide ihren Mittagsimbiss. Paul hatte bereits aufgegessen, als sein Handy klingelte.

»Schweigert«, er hörte aufmerksam zu, »war es denn eingeschaltet?« Paul wartete die Antwort ab. »Gut, ihr habt es also lokalisiert. Wo ist es denn, hier in Oldenburg?... Ah, verstehe.« Paul beendete das Telefonat und steckte das Smartphone in seine Jackentasche.

»Und?«

»Es gibt keinen genauen Standort.«

»Hä, was soll das denn heißen?«

»Das heißt«, Paul leerte seine Cola, »es bewegt sich und befindet sich irgendwo zwischen Bremen und Hannover.«

Kapitel 10

Zur Veranstaltung *'Hilfe für Haiti'*, die in einem Hotel im Herbartgang, unweit der Wallstraße, stattfinden sollte, würde er sich verspäten, das war ihm aber egal. Der Präsident des ‚Club Leonardos' hatte wiederholt betont, wie wichtig sein Erscheinen sei. Natürlich wollte er sich dieses Ereignis nicht entgehen lassen. Bei dem Gedanken an die viel zu hohe Summe, die er, das heißt sein Stromkonzern, spenden würde, bekam er ein ungutes Gefühl in der Magengegend. Um sich abzusichern, hatte Albert Wonka den Aufsichtsrat persönlich informiert. Gerade in Zeiten, in denen man Preiserhöhungen beim Kunden durchsetzen wollte, kam ihm eine Imagekampagne, die die Menschlichkeit seines Konzerns herausstellte, sehr zupass. Mit der Finanzierung der neuen Mehrzweckhalle für die Basketball-Bundesligamannschaft Oldenburgs wurde sein Unternehmen zwar bundesweit erwähnt, aber einige hartnäckige Kritiker hielten es dennoch für Geldverschwendung. Schließlich überzeugte er den Vorsitzenden Dr. Theissen, dass eine solche Unterstützung breite Zustimmung finden und zu hohen Sympathiewerten in der Bevölkerung führen würde. Dieser Argumentation folgte der Aufsichtsrat und beschloss einstimmig, das Hilfsprojekt für die Erdbebenopfer zu unterstützen.

Albert Wonka verfolgte jedoch ganz andere Interessen, als den armen Menschen in der Karibik zu helfen. Was scherte ihn das? Diese Hungerleider wohnten viel zu weit entfernt und waren zudem keine potenziellen Kunden. *Die Zwischenmenschlichkeit* würde nach der gemeinnützigen Veranstaltung erst richtig gefördert werden, *unmittelbar im*

Anschluss, wie Oberstaatsanwalt Kai Rentz lachend betonte. Er drückte sich dabei bewusst zweideutig aus. Falls solche intimen Treffen an die Öffentlichkeit gelangten, würde man dem cleveren Juristen nie etwas nachweisen können. Ein Escort-Service der gehobenen Klasse mit Ansprüchen ließ ausreichend Raum für Interpretationen, eben auch für seriöse Erklärungen. Für Diskretion würde schon gesorgt sein, dessen konnte er sich sicher sein.

Seit Tagen freute er sich auf diese Nacht, die ihm immer wieder während des Tages eine mächtige Erektion bescherte. Er hatte keine Ahnung, wo Kai Rentz die jungen Damen herbekam, was er für Vereinbarungen mit ihnen hatte und wie gut sie bezahlt wurden. Zumindest wussten die Blondinen, von denen keine älter als 25 Jahre war, was sie zu machen hatten, und standen auch für den einen oder anderen Sonderwunsch zur Verfügung.

Der quälend langweilige Vortrag wollte einfach kein Ende nehmen. Albert Wonka trank einen Champagner nach dem anderen und hätte dem Vortragenden Henning Werdemann am liebsten zugerufen, dass er gerne auf die letzte Folie seiner Powerpointpräsentation springen könne, aber er hielt sich zurück. Gab es eigentlich irgendjemanden im großen Konferenzraum des edlen Hotels, der sich für diesen rührseligen Mist interessierte?

Er sah sich um: falls nicht, taten wenigstens alle so, als wäre die Veranstaltung ungeheuer wichtig. Albert Wonka interessierte sich aber eher für die dralle, junge Blondine, die eine eher rustikale Art hatte, die Gläschen auf ihrem Tablett anzubieten. Ihr Namensschild verriet, dass sie Frauke Bruns hieß. Wahrscheinlich eine Bauerntochter vom Land, für die Oldenburg eine Metropole darstellte.

»Darf ich Ihnen noch ein Glas anbieten, Herr Wonka?«

»Selbstverständlich, mein Täubchen, was ist denn das für eine Marke?« Der Vorstandsvorsitzende der OEW hoffte, die Landpomeranze damit in Verlegenheit bringen zu können. Vor Scham errötete Wangen würden ihr gut stehen und ihn ordentlich in Wallung bringen.

»Ein Raymond Boulard.« Albert Wonka konnte es nicht fassen, sie kannte nicht nur die Marke, sondern sprach sie auch in einwandfreiem Französisch aus.

»Aus welcher Gegend kommt er denn, und um welchen Jahrgang handelt es sich hier?«

»Selbstverständlich aus der Champagne. Die Produkte aus dem Hause Raymond Boulard werden ohne Jahrgangsbezeichnung geführt und bestehen zu 45 % aus Pinot Meunier, zu 35 % aus Pinot Noir und zu 20 % aus Chardonnay.«

»Ja, ja, ich weiß schon.«

»Haben Sie sonst noch einen Wunsch?«

»Nein, ich möchte mich auf den Vortrag konzentrieren«, brummte Albert Wonka.

Hoffentlich gaben die 'bestellten' Frauen nicht so freche Antworten. Der Oberstaatsanwalt hatte ihn nur eingangs begrüßt, war aber seit geraumer Zeit aus dem Raum verschwunden.

Als er kurz vor Ende der Präsentation den Raum betrat, versuchte Albert Wonka an seinem Gesicht abzulesen, ob der angenehme Teil des Abends nun endlich starten könnte. Nichts dergleichen passierte. Stattdessen rief Kai Rentz den Vorstandsvorsitzenden der OEW ans Rednerpult, um ihm für seine großzügige Spende zu danken und vor den eingeladenen Pressefotografen feiern zu lassen.

Missmutig und schon gut angeheitert schritt er nach vorne und versuchte, sich seine miese Laune nicht anmerken zu lassen. Als könnte der Gastgeber seine Gedanken lesen, flüsterte er ihm beim Händeschütteln etwas ins Ohr. Für alle anderen musste es wie ein persönlicher Dank aussehen, sie konnten jedoch nicht verstehen, was gesagt wurde.

Die paar süßen Worte ließen Albert Wonka strahlen, als hätte ein kleiner Junge gerade sein Weihnachtsgeschenk bekommen, und er begann seine kurze Rede mit den Worten:

»Ich freue mich wirklich außerordentlich, heute Abend hier sein zu dürfen…«

***

Das ‚Fiddlers Green' konnte sie bequem in 15 Minuten zu Fuß erreichen. Sie ging gerne in die bekannte Kneipenstraße in der Oldenburger Innenstadt. Dort trafen sich auch wochentags nicht nur zahlreiche Studenten, sondern auch Büroangestellte aus Firmen oder Ämtern, um den Abend bei einem Feierabendbier ausklingen zu lassen.

Sie hatte sich heute allerdings richtig in Schale geschmissen, trug eine hautenge Jeans, eine dunkelblaue Bluse mit einem einladenden Dekolleté, die Haare offen und wild, dazu hatte sie einen dezenten Lippenstift aufgetragen, der ihren sinnlichen Mund betonte. Es war gar nicht ihr Ziel, mit ihm im Bett zu landen. Ganz im Gegenteil, sie wollte ihm an diesem

Abend einfach die Meinung geigen und eindrucksvoll zeigen, was er nicht bekommen würde.

»Lisbeth, schön, dich zu sehen.« Wie er lässig vom Barhocker aufstand, die Arme ausbreitete und sie mit einem überragenden Lächeln entwaffnete, passte so gar nicht in ihr Konzept. Er gab ihr ein zartes Küsschen auf die Wange, und es ärgerte sie, wie ihr Körper darauf reagierte.

»Ansgar, schön, dass du es einrichten konntest.« *In diesem Jahrhundert*, fügte sie in Gedanken hinzu. *Lass dich bloß nicht wieder von diesem Hallodri einwickeln. Für ihn bist du doch nur eine Nummer von vielen auf einer vermutlich seitenlangen Liste.*

»Gut siehst du aus«, *wahrscheinlich sagt er das zu jeder,* »was willst du trinken?«

»Ich nehme einen Merlot.« Lisbeth stellte sich vor, wie Elena Wagner oder Annika Eilers in diesem Irish Pub oder in einer anderen Kneipe so zum ersten Mal auf ihren Mörder getroffen waren. War er auch so ein Charmeur? Ein Typ mit einer überragenden Ausstrahlung, dem man alles glaubte, weil man es einfach glauben wollte? Hatte er auch so eine hellblaue, edle Jeans mit einem weißen taillierten Oberhemd getragen, das seinen gut durchtrainierten Oberkörper betonte?

Unter den bei Annika Eilers sichergestellten Gegenständen befand sich ihr schwarz-weiß gemustertes Tagebuch. Darin beschrieb sie, wie sie Ben zunächst im Internet kennengelernt hatte und es erst Wochen später zu einem ersten realen Treffen in einer Kneipe in der Wallstraße gekommen war.

Annikas vermisstes Smartphone befand sich, wie ein einfacher Anruf ergab, in einem Intercity, der von Oldenburg nach Dresden unterwegs war.

Ein gewissenhafter Schaffner hatte das verwaiste Telefon an sich genommen, den Anruf von der Polizei Oldenburg entgegengenommen, und es schließlich der Bahnpolizei in Hannover übergeben.

»Sag mal, wo bist du denn mit deinen Gedanken?«

»Was? Wieso?« Ansgar lachte sie charismatisch an.

»Ich habe dich gerade zum zweiten Mal gefragt, wo du die schicke Bluse herhast.«

»Ach so, na, wenn du es so genau wissen willst: gestern aus der Reinigung abgeholt.« Ansgar nahm einen Schluck von seinem Weizenbier. *Gott, es sah sogar schön aus, wie er sein Bier trank.*

»Sie steht dir echt gut, mein Sonnenschein.« *Auch das sagt er vermutlich zu jeder, dann muss er sich wenigstens keine Namen merken. Und trotzdem tat es gut, so etwas zu hören. Bitte höre nicht auf und lüg mich weiter an, schöner Mann.*

»Wie kommt es, dass du meine E-Mail-Adresse plötzlich wiederentdeckt hast? Bist du versehentlich auf die falsche Taste deines elektronischen Adressbuchs gekommen?« Er arbeitete in einer Bank und synchronisierte seinen Outlook-Account mit seinem Blackberry, wie er ihr einmal stolz erklärt hatte. *So ein Möchtegern-Yuppie.*

»Ich musste an die schönen Stunden denken…«, *dieses verschmitzte Lächeln, er soll aufhören damit,* »…du hast es doch auch genossen, zuerst in der Sauna, im Olantis, und nachher bei mir…« Lisbeth versuchte ein Grinsen zu unterdrücken, was ihr nicht komplett gelang.

»Und das fällt dir auf einmal nach fünf Monaten wieder ein, oder wie?« Er sah sie mit seinen unglaublichen dunkelbraunen Augen an und berührte wie zufällig ihre Hand. Es kribbelte wie verrückt, dennoch zog sie die Hand weg.

»Ich weiß, ich hätte mich früher melden können. Aber ich habe zur Zeit echt Stress in der Bank und viel zu tun.« *Wohl eher Stress in der Terminplanung der vielen Weibsen, wahrscheinlich macht er nicht mal vor den weiblichen Trainees der Bank halt.*

»Ich kann mich noch sehr genau an unsere letzte gemeinsame Nacht erinnern. Was genau meintest du denn, als du am nächsten Morgen sagtest: ‚Ich rufe dich an, ganz bestimmt'?« Zum ersten Mal an diesem Abend konnte sie Verunsicherung und Verärgerung in seinem Gesicht lesen.

»Och, komm schon, hör auf mit diesem Frauenscheiß.«

»Frauenscheiß? Ich glaub das jetzt nicht!« Lissi stand wutentbrannt auf, warf sich ihre Winterjacke über und marschierte zum Ausgang. Sie hatte die Klinke schon in der Hand, ließ sie los und ging nachdenklich zu ihm zurück, als hätte sie etwas liegen lassen.

»Eine Sache noch…« Sie nahm seine hübschen Wangen und zog ihn zu sich ran. Als ihre Lippen sich trafen, durchzuckte es sie wie bei der ersten Berührung mit der Hand, nur tausendmal schlimmer. Er war so überrascht, dass er im ersten Moment den Kuss gar nicht erwiderte. Dann aber konnte sie deutlich spüren, wie groß sein Verlangen war. *Großer Gott, kann der küssen. Lass mich nie mehr los, du Schuft!*

Als seine Hand in ihre Jacke an ihre Taille fasste, beendete sie abrupt den Kuss und verließ, ohne noch ein Wort zu verlieren, den Laden. Sie bemerkte nicht, wie viele Gäste die filmreife Szene interessiert beobachtet hatten.

Während sie durch die Wallstraße ging, bemerkte sie auch nicht, dass sie von zwei Augen genauestens fixiert wurde.

***

Sie wusste nicht, ob sie sauer auf Ansgar sein sollte oder ob ihr Auftritt vorhin genau die richtige Antwort gewesen war. Einerseits reizte er sie ja, und es gefiel ihr, dass er – wenn auch nach fünf langen Monaten – offensichtlich immer noch großes Interesse an ihr hatte. Auf der anderen Seite fragte sie sich, was sie überhaupt von so einem wollte, dessen Frauenliste vermutlich größer war als er Boxershorts im Schrank liegen hatte. Aber wenn er ihr eigentlich egal war, warum verspürte sie jetzt, wo sie gerade die letzten Stufen zu ihrer Wohnung zurücklegte, immer noch so ein wohliges, warmes Gefühl in der Magengegend?

Dieser Banker-Yuppie war doch mit seinem wichtigen BlackBerry immer online. Schließlich könnte ihm ja eine Nachricht einer Frau durch die Lappen gehen. Sie legte ihre Winterjacke eilig über einen Stuhl, tauschte ihre Straßenschuhe gegen dicke Wollsocken, fuhr wie ein Junkie ihren privaten Laptop hoch und konnte es kaum erwarten, sich bei Facebook einzuloggen. Ihre privaten Einstellungen hatte sie so eingerichtet, dass selbst ihre Facebook-Kontakte nicht sehen konnten, ob sie online war. Gierig tippte sie *Ansgar* in das Suchfeld ein, und es erschien das Profil von Ansgar Brinkmann. Letzter Eintrag um 23.18 Uhr, er wurde also vor fünf Minuten erstellt.

Nachdem sie das Gedicht gelesen hatte, stemmte sie die Hände vor Empörung in die Hüfte und hörte sich selbst sagen:

»Ich habe DICH geküsst, du Affe.« Oder meinte er etwa eine andere Frau? *Hat er nach mir schnell noch eine aufgerissen?* Hastig las sie das Gedicht noch einmal:

Der Kuss

Der Kuss, der auf dem Mund dir lag,
Ich hab ihn mir genommen,
Nun jauchz' ich wie ein Vöglein froh,
Was kommen will, mag kommen!

Sie googelte den Wortlaut und fühlte sich bestätigt. Natürlich geklaut. Das war der Anfang eines Gedichtes, das im Original *Der Kuss* lautete und stammte aus der Feder von Johanna Ambrosius, einer Schriftstellerin aus dem 19. Jahrhundert. Lisbeth musste sich stark zurückhalten, um dieses Gedicht nicht mit einem 'gefällt mir' zu versehen. *Das fehlte noch, dass ich ihm dafür noch zujubele*, dachte sie. » Nun jauchz' ich wie ein Vöglein froh«, wiederholte sie laut die dritte Zeile. *Was ist denn, wenn er es wirklich so meint?*

Nachdem sie sich in zwei Chatrooms eingeloggt hatte, schaltete sie einen Musikkanal im Fernsehen ein, der gerade *Let her go* von *Passenger* dudelte, goss sich einen Rotwein ein, gönnte sich einen Schluck und tanzte mit ausgestreckten Armen zu dem Schmachtlied. Sie hatte das Glas noch gar nicht richtig abgestellt, als sie sah, dass ‚MrJudge' sie in einem Chat privat anschrieb.

MrJudge: schöne sophie, bist du da?

MrsSophie: mom

Hektisch fuhr sie den dienstlichen Laptop hoch. Warum tauchte dieser Typ jetzt plötzlich wieder auf, nachdem er sich tagelang nicht mehr eingeloggt hatte? Wahrscheinlich war er mit unterschiedlichen Pseudonymen im Netz unterwegs.

MrsSophie: so, jetzt bin ich da

MrJudge: was hast du denn gerade noch gemacht?

MrsSophie: hatte noch eine freundin am tel., aber was hast du gemacht, als ich im irish pub auf dich gewartet hatte? kam mir ziemlich verarscht vor

MrJudge: sorry, mir ist was wichtiges dazwischengekommen

MrsSophie: hätte man dann nicht im fiddlers green anrufen können, ich bin mir ziemlich sicher, die haben dort auch telefon

MrJudge: und an wen hätte die nachricht gerichtet sein sollen? du hast mir weder ein foto geschickt, noch wolltest du mir deinen echten namen sagen

Mist, der Punkt ging an ihn. Er hatte sich damals beschrieben und geschrieben, dass sie ihn schon erkennen würde.

MrsSophie: ups, dumm gelaufen, zweiter Versuch?

MrJudge: warum nicht ;)

MrsSophie: hast du eine handynr. für mich?

MrJudge: jede menge, welche willst du denn haben?

*MrsSophie: *gg* möglichst eine, auf der ich dich erreiche ;))*

MrJudge: das wollen sie alle…

MrsSophie: aus dem alter für kindergartenspiele bin ich raus, also wenn du kein bock hast…

Hoffentlich habe ich ihn jetzt nicht damit verschreckt, warum bin ich auch gleich so offensiv rangegangen, ich blöde Kuh!

MrJudge: ich komme zu dir nach hause…

Lisbeth hatte die Maus schon auf dem Knopf für das Abmelden. Wäre sie jetzt nicht dienstlich unterwegs gewesen, hätte sie sich grußlos ausgeloggt. Was sollte das sein, eine Drohung? Wusste er, wo sie wohnte, oder wollte er nur spielen? *Ganz ruhig, Lissi, der kennt dich nicht, der will dich nur aus der Reserve locken. Och Mensch, bin ich blöd, warum ist mir das nicht gleich eingefallen?*

Lisbeth Eicken tippte schnell eine Antwort auf dem dienstlichen Laptop. Es dauerte einige Zeit, bis ‚Mr. Judge' reagierte – in einer Art und Weise, die sie so nicht vermutet hätte.

Kapitel 11

Beide saßen sich an ihren Schreibtischen gegenüber, Paul studierte den Obduktionsbericht, der von Dr. Janssen erst an diesem Morgen ausführlich und mit viel Sorgfalt verfasst worden war, während Lisbeth in Zeugenprotokolle vertieft war.

Im Gegensatz zum ersten Opfer wies Annika Eilers Hämatome und Abwehrverletzungen auf. Sie hatte sich gegen ihren Mörder gewehrt, bevor dieser sie mit einem Seil strangulierte. Schürfwunden an beiden Knien dokumentierte der Gerichtsmediziner. Sie könnten in Folge eines Sturzes entstanden sein.

War Annika auf der Flucht vor ihrem Peiniger, oder hatte er sie nur umgestoßen?

Dr. Janssen ging davon aus, dass auch in diesem Fall der Fundort nicht der Tatort war. Auch sparte sich der Täter dieses Mal das Verpacken in einen Plastiksack. Die Todesursache lautete hier mit an Sicherheit grenzender Wahrscheinlichkeit: Tod durch Ersticken. Geschätzter Todeszeitpunkt: zwischen 23.00 Uhr und 1.30 Uhr am 22. und 23. März. KHK Schweigert schloss daraus, dass der Täter – sofern es sich um ein und denselben Täter handelte – dazu gelernt hatte, sich zumindest vergewissert hatte, dass sein Opfer bereits tot war, bevor er sie im Schlosspark in Rastede ablegte. Möglicherweise gab es auch andere Begründungen für die mutmaßlichen Verhaltensweisen des Täters. Paul Schweigert notierte sich, dass der Fallanalytiker sich dieser Unterschiede annehmen und interpretieren sollte, als das Telefon klingelte.

Paul griff sich den Hörer.

»Ja?« Lisbeth sah ihn an und merkte an der angestrengten Miene ihres Chefs, dass es etwas Wichtiges sein musste. »Okay, bringen Sie ihn gleich rauf.« Paul legte den Bericht zur Seite. »Was? Ja, zu mir in mein Büro, danke.«

»Wer war das denn jetzt?«

»Ein gewisser Benedikt Vogel möchte eine Aussage bezüglich des Falles Annika Eilers machen.« Lisbeth zog ihre dunklen Augenbrauen nach oben.

Ein Beamter führte einen jungen Mann, der unsicher wirkte, ins Büro. Er trug eine abgewetzte Jeans, einen altmodischen beigen Anorak, einen gebatikten Schal und hatte schulterlanges Haar. 'Straßenköterblond' hatte Lisbeth einen solchen Farbton einmal bezeichnet, eine langweilige Durchschnittsfarbe. »Herr Vogel?« Paul ging ihm entgegen und gab ihm die Hand zur Begrüßung.

»Äh, ja, Benedikt Vogel, aber die meisten sagen Ben zu mir.«

»Und Sie wollen Angaben zu Annika Eilers machen?« Paul musterte ihn mit ernster Miene.

»Ja, genau.« Paul setzte sich zurück auf seinen ledernen Schreibtischstuhl.

»Nehmen Sie doch Platz«, Lisbeth zeigte auf einen freien Stuhl, »stört es Sie, wenn wir ein Aufnahmegerät laufen lassen?« Ben schaute Lisbeth verwirrt an.

»Nein, natürlich nicht.« Lisbeth kramte eines aus ihrer Schublade, richtete das Mikrophon aus und startete die Aufnahme.

»Sagen Sie uns zunächst bitte Ihr Geburtsdatum und Ihre Adresse.«

»18.04.1990, ich wohne im Wechloyer Weg 13 in Oldenburg.« Paul und Lisbeth sahen sich gleichzeitig an. Offensichtlich erinnerte sich seine

Kollegin genau wie er selbst daran, dass die Familie Eilers auch im Wechloyer Weg, aber Hausnummer 21, wohnte.

»Also in derselben Straße wie Annika Eilers.« Ben nickte stumm.

»Was sind Sie von Beruf?«

»Ich habe Dekorateur gelernt, finde aber keinen Job in dem Bereich. Zurzeit kellnere ich im Grand Café, bis ich was Richtiges gefunden habe.«

»Dann erzählen Sie mal.« Benedikt Vogel rutschte unruhig auf dem Stuhl hin und her und suchte offenbar nach Worten.

»Ich weiß gar nicht, wo ich anfangen soll…«

»Woher kannten Sie Annika Eilers?«, baute ihm Lisbeth eine Brücke.

»Aus der Nachbarschaft kenne ich sie schon länger, also nur so vom Sehen. Aber richtig kennengelernt haben wir uns in der Theatergruppe an der Uni. Ich bin da schon seit über zwei Jahren, vor einem halben Jahr etwa kam Annika dazu.« Ben holte ein Päckchen Tabak aus seinem Anorak, fischte ein Blättchen aus der Verpackung und begann, sich eine Zigarette zu drehen.

»Sie dürfen hier drinnen nicht rauchen. Ist Ihnen nicht gut, Sie wirken so nervös?«, fragte Paul.

»Nein, es ist nur, ich war noch nie bei der Kriminalpolizei, und ich möchte nichts Falsches sagen.« Er steckte sich die fertig gedrehte Zigarette hinters Ohr und verstaute seinen Tabak.

»Was wäre denn etwas Falsches?« Bens Gesicht lief rot an.

»Keine Ahnung. Jedenfalls wollte Annika, dass keiner was von unserer…«, Ben sah hilfesuchend zum Fenster, »…von unserer Affäre erfährt, vor allem ihre Eltern nicht.«

»Warum durfte denn keiner davon erfahren?«, hakte Lisbeth ein

»Na, in der Theatergruppe wird viel geredet, da ist man schnell abgestempelt. Und ihr Vater ist einer von den ewig Gestrigen, der konnte mich noch nie leiden. Er hat allgemein etwas gegen Künstler, gegen kreative Menschen. Sie träumen nur, kriegen nichts auf die Reihe, verdienen kein Geld. ‚Hungerleider' nennt er solche Menschen.«

»Hat er Ihnen das direkt ins Gesicht gesagt?«

»Nein, ich weiß es von Annika, aber wenn ich mal mit ihm geredet habe, was nur selten vorkam, hat er es nie direkt ausgesprochen, aber er ließ es mich spüren, dadurch, wie er Dinge sagte.«

»Und an dem Wochenende, an dem Frau Eilers als vermisst gemeldet worden ist, waren Sie mit ihr zusammen?«

»Richtig.« Von Benedikt Vogel schien eine große Last abgefallen zu sein. Wahrscheinlich hatte er wirklich mit niemandem über diese, wie er es nannte, ‚Affäre' gesprochen.

»Und wo trafen Sie sich?«

»Na, bei mir, in meiner Wohnung.«

»Die ganze Zeit?«, hakte Paul nach.

»Ja, ist das etwa verboten?«

»Das nicht, aber es wäre doch für alle Beteiligten besser gewesen, sie hätte ihren Eltern gesagt, wo sie ist. Sie haben sich Sorgen gemacht.«

»Annika ist...also *war* doch erwachsen, sie war keinem Menschen Rechenschaft schuldig, und wenn sie die Wahrheit gesagt hätte, dann hätte es ein Donnerwetter von ihrem Alten gegeben. Wir haben uns einfach verkrochen. Es hat doch keinem geschadet.» *Ihr ein paar Tage später wohl doch*, dachte Paul.

»Ihren Eltern hat sie später erzählt, sie wäre bei einem Künstler gewesen, in Worpswede.« Ben nickte schuldbewusst.

»Wir haben uns diese Geschichte ausgedacht. Also vor ein paar Wochen sind wir tatsächlich mal nach Worpswede gefahren. Dort haben wir uns das erste Mal geküsst.«

»Herr Vogel, warum sprachen Sie vorhin von Affäre und nicht von einer Beziehung?«

»Sie hat es selbst immer so bezeichnet. Es war aufregend, wir hatten viel Spaß zusammen, wenn Sie verstehen, was ich meine. Ich wäre nicht ihre große Liebe, aber sie mag mich, meinte sie. Ich hatte gehofft, es würde sich mehr daraus entwickeln.«

»Und deswegen haben Sie sie umgebracht?« Ben sah Lisbeth entgeistert an.

»Sind Sie verrückt?« Ben sprang auf, sodass sein Stuhl umkippte. »Nein! Jemanden, den man liebt, bringt man doch nicht um.« Paul fragte sich, ob die Empörung echt oder bühnenreif gespielt war.

»Herr Vogel, wo waren Sie in der Nacht vom 22. auf den 23 März, zwischen 23.00 Uhr und 1.30 Uhr?«, wollte Paul wissen.

»Das ist ja das Komische, wir wollten an diesem Abend auf ein Konzert in Bremen, ich hatte zwei Karten organisiert, aber sie sagte kurzfristig ab, weil sie sich nicht gut fühlte. Ich bin dann mit meinem Bruder, der in Bremen wohnt, dorthin, und habe bei ihm übernachtet.«

Paul atmete stoßartig aus, ging um den Schreibtisch herum und stellte den umgefallenen Stuhl wieder auf. Sein Alibi würden sie selbstverständlich überprüfen. Aber wenn dieses bestätigt werden würde, dann wäre Benedikt Vogel aus dem Schneider.

***

Der Kriminalhauptkommissar fuhr schneller auf der Autobahn 29 nach Hause als sonst. Üblicherweise fuhr er gemächliche 120 km/h, obwohl es auf dieser Strecke selten dichten Verkehr gab, von Staus mal ganz zu schweigen, einfach, um den Tag in Ruhe Revue passieren zu lassen. Eigentlich machte es gar keinen Sinn, für eine so kurze Zeit nach Friesland zu fahren. Um 20.30 Uhr wollte ‚MrJudge' Lisbeth besuchen, in einer 'sicheren Wohnung', also einer Wohnung, die extra von der Polizei dauerhaft angemietet worden war, wie auch die Nachbarwohnung, um einerseits Zeugen, die unter Polizeischutz standen, dort unterzubringen, oder, wenn sie unbewohnt war, für bestimmte Treffen. Die Wohnung war extra so ausgewählt worden, dass sie von der anderen Straßenseite her gut einsehbar war. Außerdem war sie von den Technikern mit versteckten Minikameras und Mikrofonen in jedem Zimmer, inklusive Flur und Hauseingang, ausgestattet worden. Lissi hatte schnell geschaltet und statt ihrer eigenen diese Adresse in der Lambertistraße angegeben.

Es war schon 19.13 Uhr, und Paul beschleunigte auf 190 km/h, obwohl er an der nächsten Ausfahrt Varel/Obenstrohe abfahren musste. Heute hatte Tom Geburtstag, er wurde 6 Jahre alt. Natürlich hatte es bereits morgens ein mit unzähligen bunten Luftballons geschmücktes Wohnzimmer, eine Geburtstagstorte mit sechs brennenden Kerzen und jede Menge Geschenke gegeben. Zu seiner Geburtstagfeier am kommenden Wochenende hatte Tom zwölf andere Kinder eingeladen, darunter auch drei Mädchen, die er aber nur duldete, weil seine Mutter darauf bestanden hatte. Paul hatte ihm hoch und heilig versprochen, dass sie abends noch mit dem neuen Tischfußballkicker gegeneinander spielen würden. Spätestens um 20.00 Uhr sollte er sich aber wieder ins Auto setzen. Dass er abends nochmal weg müsste, wollte er Wiebke am Telefon eigentlich erzählt haben, er war nur nicht dazu gekommen.

Paul hatte den Wagen noch gar nicht richtig eingeparkt, da kam ihm sein Junior schon schreiend entgegen.

»Papaaa, ich bin Werder Bremen, wenn wir gleich kickern, wer bist du?«

»Hallo, mein Großer: Eintracht Frankfurt natürlich.« Paul verriegelte den Audi mit der Fernsteuerung und nahm Tom auf den Arm. Wiebke begrüßte ihn mit einem Kuss an der Tür.

»Tom, geh schon mal vor. Deine Werderaner müssen eh noch trainieren, wenn sie eine Chance haben wollen.« Er setzte Tom ab, der sprintete mit den Worten »wirst schon sehen, Werder gewinnt« los.

Paul zog seine Jacke aus, hängte sie an der Garderobe auf und atmete tief durch. Wiebke war schon in der Küche verschwunden. Er hörte sie aber trotzdem. »Ich mach dir schnell noch das Essen warm.« Paul ging in die Küche, nahm ihre Hände und meinte: »Du, Schatz, ich will gar nichts essen…«

»Ach was, du kannst mit Tom erst eine Runde kickern, und dann macht ihr eine Pause, also Halbzeitpause.« Wiebke grinste ihn gut gelaunt an.

»Ich muss gleich nochmal los.« Wiebke stellte die Mikrowelle aus und verschränkte die Arme vor der Brust.

»Wann?«

»Um spätestens acht Uhr…« Wiebke schaute auf die Zeitanzeige des Radios, die 19.28 Uhr anzeigte, und schnappte nach Luft.

»Super, dann wünsche ich dir ganz viel Spaß, mit wem auch immer, aber das bringst du deinem Sohn bei. So aufgedreht, wie der heute ist, geht der nie um acht Uhr ins Bett.« Paul hob die Arme mit den Handflächen nach oben.

»Lissi trifft sich mit dem Typen aus dem Internet, in der Polizeiwohnung. Ich kann sie das nicht alleine machen lassen, das ist zu gefährlich, es sind ja auch andere Kollegen dabei, aber…«

»Stop, erzähl's mir gar nicht, ich will es gar nicht wissen, ob ihr einen Mister ‚Top Secret' jagt. Deine Zeit, dein Beruf, dein Fall, alles ist wichtiger als wir. Tom ist heute sechs geworden. Aber bitte, geh du nur. Tom wird nur einmal sechs...«

»Wir feiern doch noch am Wochenende.« Wiebke verließ kopfschüttelnd die Küche.

Aus dem Wohnzimmer hörte man Tom schreien: »Werder führt schon 3:0.«

Paul schüttelte mit dem Kopf und ging ins Wohnzimmer. Er brauchte sich gar keine Mühe zu geben, Tom gewinnen zu lassen. Seine Gedanken waren schon bei dem bevorstehenden Einsatz.

»Papa, du musst dich schon anstrengen!«

Tom gewann 10:8, und Paul nahm ihn zur Seite.

»Pass mal auf, mein Großer, ich will ein Rückspiel gegen Werder Bremen, die hatten heute nur Glück. Was hältst du davon, wenn wir es vor großem Publikum austragen? Wie viele Freunde hast du eingeladen?«

»Neun«, Tom überlegte kurz und rieb sich mit dem Zeigefinger über den Mund, «und die Mädchen, zählen die auch als Publikum?« Paul lachte herzlich.

»Aber sicher, komm, schlag ein. Samstag, 15.30 Uhr ist Anstoß. Die Wahrheit ist auf'n Platz. Du, ich muss jetzt noch mal weg.«

«Hä, wieso'n?«

»Geheimverhandlungen, ich brauche neue Spieler.«

«Das ist aber ungerecht.« Tom schaute ihn mit säuerlicher Miene an. Paul streichelte ihm über den Kopf. »Sorry, muss ich machen, sonst habe ich gar keine Chance gegen Werder.«

Paul rieb sich die Stirn, als er auf die Autobahn fuhr. Sein Sohn machte ihm die wenigsten Sorgen. Er hatte zwar noch gemurrt und versucht, noch etwas auszuhandeln, aber an einem solchen Tag der Reizüberflutung hätte er auch gemault, wenn es schon 22.00 Uhr gewesen wäre. Wiebke hatte ihn nicht mal verabschiedet. Sie saß stumm vor ihrem iPad und hatte was gemacht? Frustschuhkäufe bei Amazon oder Tschibo, vermutete Paul. Sie sollten mal wieder etwas zusammen unternehmen, aber das hatte er sich schon oft vorgenommen. Oder vielleicht würde ihr ein Wellness-Wochenende mit ihrer besten Freundin guttun?

»So ein Trottel!«, schrie Paul, nachdem ein Pkw mit ca. 100 km/h im letzen Moment ausgeschert war, um einen Lastwagen zu überholen. Für diesen Überholvorgang nahm er sich viel Zeit.

20.19 Uhr verriet ihm die Anzeige auf der Armatur. Zehn Minuten würde er mindestens noch brauchen. Es setzte leichter Schneefall ein, sodass die Straßen rutschig wurden.

Er wollte auf keinen Fall riskieren, dass der Fremde ihn wiedererkannte, falls er beim letzten Treffen in der Wallstraße doch vor Ort war und sich Pauls Gesicht eingeprägt hatte. Paul konnte im rückwärtigen Bereich der gegenüberliegenden Wohnung parken und über den Hinterhof in die Wohnung gehen. Dort waren zwei Fernrohre, das zweite war ein Nachtsichtgerät, aufgestellt worden, die einerseits den Hauseingang und anderseits das Wohnzimmer beobachteten. Über Funk würde er den Einsatz leiten. Die Mikrofone und die Kameras lieferten ihm jederzeit ein aktuelles Lagebild. Für alle Fälle hatte er mit Lissi als Codewort 'Problem' vereinbart. Wenn sie dieses Wort verwendete, würden die Kollegen über die Nebenwohnung die Aktion abbrechen.

»Du kommst aber spät«, bemerkte Frank Albers, als Paul abgehetzt um 20.32 Uhr die gegenüberliegende Wohnung betrat.

»Mein Kurzer ist heute sechs geworden, da musste ich nochmal kurz nach Hause. Und? Schon was passiert?«

»Nee, alles ruhig bisher. Aber guck da, der Typ mit den Blumen. Ich wette eine Kiste Bier, das ist unser Mann, ‚MrJudge'.« Durch die Straßenlaterne konnte Paul die Gestalt relativ gut erkennen. Er trug eine dunkle Daunenjacke und eine beige Wollmütze. Seinen Blick richtete er auf ein Handy, kurz darauf auf die Hausnummer. Er schien sichergehen zu wollen, dass er an der richtigen Adresse war. Über die Mikrofone hörte Paul, dass in der sicheren Wohnung die Klingel läutete.

»Die Moorleichen fliegen«, sprach Paul ins Mikrofon, und Frank Albers grinste in sich hinein. Franks Idee war es gewesen, diesen Satz aus einem

Otto-Film zu entwenden und als Zeichen, dass es nun losging und alle ihre Positionen einzunehmen hatten, zu benutzen.

Es dauerte eine gefühlte Ewigkeit, bis der Blumenkavalier endlich vor der Tür stand. *War der Typ schlecht zu Fuß oder lernte er im Treppenhaus noch seine ersten Sätze auswendig? Oder wollte der gar nicht zu Lisbeth und hatte ein anderes Rendezvous, zufällig in diesem Haus? Was, wenn der Typ ohne Vorwarnung mit dem Messer gleich zustach?* Lisbeth trug zwar eine leichte Kevlar-Weste, die Stichverletzungen und kleinkalibrige Patronen abhielt, aber ihr Hals und ihr schönes Gesicht waren ungeschützt. In diesem Moment fragte sich Paul, ob es richtig gewesen war, Lisbeth einer solchen Gefahr auszusetzen. Auch in ihrem Beruf als Kriminalbeamte gehörte so etwas nicht zum Alltagsgeschäft, ganz und gar nicht.

»Hallo, bist du ‚Mister Judge'?«, fragte Lisbeth, als sie vorsichtig die Tür geöffnet hatte.

»Was?«

»Na, du bist doch der Mann aus dem Internet.«

»Keine Ahnung, von was Sie da reden. Ich soll hier nur diesen Blumenstrauß abgeben.«

»Von wem kam der Auftrag?«

»Warten Sie, da muss ich nachsehen. Ich glaube, es war eine Internetbestellung«, der Bote suchte in einem mobilen Gerät nach dem Auftrag, »ah, da haben wir es ja, ein gewisser Frank Thiel hat die Bestellung aufgegeben, wohnt in Münster. Sagt Ihnen der Name etwas?«

Paul schlug mit der Faust so hart auf einen Tisch, dass Frank Albers erschrocken zusammenzuckte und seinen Chef verwundert ansah.

»Was ist denn los?«

»Was ist denn los, was ist denn los?«, äffte Paul ihn nach. »Wir sind schön gefickt worden, aber mal so richtig, das ist los! Frank Thiel aus Münster, na, bimmelt da nichts?«

»Äh, nein…«

»Mensch, Frank Thiel, das ist der Kommissar aus dem Fernsehen. Münsteraner Tatort. Unser Mann weiß, dass wir von der Polizei sind und verspottet uns. So eine Scheiße, Mensch!«

Kapitel 12

Die aufwendig geplante und durchgeführte Aktion zur Aufdeckung der Identität von ‚MrJudge' hatte mehr Fragen aufgeworfen als beantwortet. Auf der anderen Seite ergaben sich neue Ermittlungsansätze. Bevor der Leiter der inzwischen auf 19 Personen aufgestockten 'Soko Schlosspark' zu einem Treffen alle Teilnehmer einberief, besprach er die Lage im kleinen Kreis mit dem Fallanalytiker Axel Meyerhoff, dem IT-Experten Arne Claaßen und Lisbeth Eicken. Eine vom Auftraggeber des Blumendienstes verfasste Nachricht hatte sich im Blumenstrauß befunden. Die Botschaft war – genau wie die Bestellung – im Internet durchgeführt, vom Blumendienst auf eine Karte gedruckt und zugestellt worden. Eine DNA-Analyse machte somit keinen Sinn. Die Ermittler rätselten über die Zeilen der Karte, die mit einem schwarzen Rand versehen worden war, wie es eigentlich bei Todesanzeigen üblich ist.

ZU MEINEM LEID ICH LEIDER HEUTE MUSS PASSEN,

WAS MICH NICHT ABHÄLT, DIESE ZEILEN ZU VERFASSEN:

WÜNSCH MIR SO SEHR, DICH ENDLICH ZU SEH'N,

VIELLEICHT WIRKLICH BEI DIR IN DER HAUSNUMMER ZEHN.

Lisbeth Eicken wohnte in der Junckerstraße 10. Nach dem Einsatz in der von der Polizei angemieteten Wohnung ging Paul mit zu Lisbeth in ihre eigenen vier Wände, nur um sicherzugehen, dass sie dort keine Überraschungen vorfand. Die eigenwillige Kommissarin hatte darauf bestanden, die Nacht allein zu verbringen, nachdem sie bestätigt hatte, dass nichts fehlte und keiner in ihrer Wohnung gewesen war.

Natürlich hätte die Angabe des Wortes 'zehn' auch ein Schuss ins Blaue gewesen sein können. Die Ermittler mussten jedoch davon ausgehen, dass ‚MrJudge' genau wusste, wo Lisbeth Eicken wohnte.

»Also, ich fasse zusammen: Wir gehen davon aus, dass ‚MrJudge', besser gesagt, der Mann, der hinter diesem Nicknamen steckt, erstens: Lisbeths komplette richtige Adresse kennt, zweitens: weiß, dass sie bei der Kriminalpolizei arbeitet. Herr Meyerhoff, oder - wir duzen uns hier alle im Team - darf ich Axel sagen?«

»Gern.«

»Okay Axel, ich bin Paul«, er deutete auf die anderen beiden, »das ist Lisbeth, Arne kennst du ja schon. Was kannst du uns über den Verfasser der Zeilen sagen, und wie passt das in unser bisheriges Täterprofil?« Axel Meyerhoff nahm sich die Grußkarte mit den vier Zeilen erneut zur Hand, als könnte er dadurch neue Geheimnisse darin entdecken.

»Zunächst werde ich mich nur auf diese Botschaft beziehen. Er schreibt alle Buchstaben groß. Entweder hat er ein starkes Selbstbewusstsein, oder er möchte sich gerne so sehen, sich präsentieren. Er fühlt sich sicher, uns überlegen, das will er uns zeigen. Die Aktion war eine einzige Machtdemonstration«, Axel Meyerhoff ging wie ein Dozent bei einem Vortrag auf und ab, »er ging auch davon aus, dass wir den Auftraggeber ausfindig machen und den Wink mit dem Tatort-Kommissar verstehen würden. Er hat ein hohes Bildungsniveau. Aber ein großer Lyriker ist er nicht – dafür ist das Gedicht handwerklich zu schlecht verfasst worden, das Versmaß stimmt überhaupt nicht - er spielt jedoch gern mit Worten.«

»Ist ‚MrJudge', nach deiner professionellen Einschätzung als Fallanalytiker, der Mörder von Elena Wagner und Annika Eilers?« Sechs Augen starrten den Profiler nach Pauls Frage erwartungsvoll an.

»Es spricht vieles dafür. Woher kennt er sonst Frau Eickens Adresse?«

»Du darfst ruhig Lisbeth sagen.«

»Also, woher hat er Lisbeths Adresse, woher weiß er, dass sie Polizistin ist? Wäre er nur privat an ihr interessiert, würde ihr Beruf doch gar keine große Rolle spielen.«

»Arne, könnte er das auch über das Internet rausgefunden haben?« Arne Claaßen zog sich seinen Pullover straff, als könnte er damit seinen Bauch wegzaubern, und rieb sich das Kinn.

»Schwierig…ich glaube nicht. Also okay, wenn er ein Hacker ist und Lisbeth schon mal irgendwo ihre Adresse bei einer Internetbestellung hinterlassen hat…?« Arne sah Lisbeth fragend an.

»Ja, habe ich bestimmt schon, Zalando zum Beispiel. Über das Einwohnermeldeamt kann er mich nicht finden, dort ist der Name meines Vaters angegeben.«

»Okay, die Adresse könnte er rausgefunden haben, aber ihren Beruf?« Arne kratze sich am Kopf. «Nicht ausgeschlossen, aber schwierig.« Paul drehte sich zu Arne und Axel um.

»Könnt ihr zwei Lisbeth und mich mal kurz alleine lassen?«

»Geht klar, wir ziehen uns einen Kaffee.« Als die beiden allein im Büro waren, ging Paul um seinen Schreibtisch herum und lehnte sich gegen die Kante, sodass er halb auf dem Schreibtisch saß.

»Lisbeth, alles, was wir hier jetzt besprechen, bleibt in diesem Raum: Hast du privat - außerhalb unserer Fälle, in letzter Zeit einen Typen über das Internet kennengelernt?« Lisbeth sah ihn mit großen Augen an, verschränkte die Arme vor der Brust und überlegte.

»Ich meine, es geht mich überhaupt nichts an, ob du einen Freund hast oder mit wem du dich privat triffst, normalerweise frage ich dich so etwas nicht, das weiß du…« Lisbeth hob beide Arme, als wollte sie sich ergeben.

»Ich weiß, was du sagen willst, ich würde dich in ähnlicher Situation vermutlich das Gleiche fragen. Die Antwort ist: Nein, ich habe keinen Typen über das Internet kennengelernt.« Lisbeth holte tief Luft und atmete ganz langsam aus.

»Aber?«

»Es gibt da einen, den habe ich vor ein paar Monaten getroffen, der hat sich kürzlich per Mail gemeldet.«

»Habt ihr euch in den letzten Tagen verabredet?«

«Ja, im ‚Fiddlers Green', ich habe ihn nach 20 Minuten einfach stehen lassen und bin wieder gegangen.«

»Ausgerechnet im ‚Fiddlers'? Wessen Vorschlag war das?«

»Seiner.«

«Wie gut kennst du ihn? Traust du ihm so etwas zu?«

»In meiner Ausbildung wurde uns ja eingeschärft, dass wir grundsätzlich mal nichts ausschließen sollten. Aber nein, bei ihm kann ich mir das nicht vorstellen, er ist kein Psychopath, aber solche Leute können sich ja immer gut verstellen. Allerdings kommt mir da gerade ein ganz anderer Gedanke. Was ist denn, wenn es einer von uns ist, von der Soko, wie viele Leute wussten denn davon, dass ich ‚MrJudge' ausfindig machen soll?« Paul setzte sich zurück an seinen Platz, tippte etwas in die Tastatur und lehnte sich zurück.

»Die Mitglieder der Soko über die Memos, zusätzlich die Staatsanwaltschaft. Falls sonst noch jemand auf den geschützten Ordner zugegriffen haben sollte, wird uns das Arne bestimmt gleich sagen können. Also schön, ich sehe hier zwei Möglichkeiten. Entweder kennt ‚MrJudge' dich bereits persönlich, egal ob privat oder innerhalb der Polizei, oder er beobachtet dich, sowohl virtuell als auch real.«

»Beruhigende Vorstellung«, fügte Lisbeth sarkastisch hinzu.

»Hast du denn in letzter Zeit mal was gemerkt im Kollegenkreis, hat dich einer angebaggert, angeflirtet, den du hast abblitzen lassen?« Lisbeth sah suchend aus dem Fenster.

»Nein, nicht das ich wüsste. Wenn, dann habe ich das nicht gemerkt und habe ihm unbewusst einen Korb gegeben.«

»Was ist mit der ersten Verabredung, könnte er da schon im ‚Fiddlers' gewesen sein, wusste er, wie du aussiehst?« Lisbeth schüttelte den Kopf.

»Nur ganz grob, mein Alter wusste er. Aber warte mal…ich schrieb ihm, welche Kleidung ich tragen würde.«

»Er könnte dich beobachtet haben und dir gefolgt sein. Hast du da irgendetwas bemerkt, als du nach Hause gegangen bist?« Lisbeth stand auf, ging zum Fenster, rieb sich die Hände. Paul merkte ihr an, dass sie sich bei dem Gedanken, heimlich beobachtet worden zu sein, deutlich unwohl fühlte.

»Ausschließen kann ich das nicht. Ich war ein wenig enttäuscht, dass er nicht aufgekreuzt war. Speziell darauf geachtet, ob mich einer verfolgt, habe ich nicht. Mir ist aber nichts Ungewöhnliches aufgefallen.«

»Lisbeth, soll ich dich von dem Fall abziehen?« Sie ging direkt auf ihren sitzenden Chef zu und legte den Kopf zur Seite.

»Nein, das ist doch die heißeste Spur, die wir zurzeit haben, und selbst wenn ich aus dem Fall raus wäre, würde ein Typ, der so großes Interesse an mir hat, dann damit aufhören, mir nachzustellen?«

Paul rieb sich die Innenseiten seiner Hände an seinen Wangen, er musste sich eingestehen, dass Lissi recht hatte. Dass ihm ein Fall entgleiten könnte, das hatte er selbst in Frankfurt selten erlebt.

***

Unzählige Schweißperlen liefen ihr die Stirn herunter, tropften auf das enge rote Shirt, das sie nur zum Sport trug, zusammen mit ihrer schwarzen Radlerhose. Sie ging aus dem Sattel. Das Programm sah eine virtuelle Steigung vor, als würde sie einen Berg hochfahren. Doch sie befand sich in einem Fitness-Studio in der Oldenburger Innenstadt. Obwohl ihr die Oberschenkel brannten, wollte sie die vollen 45 Minuten auf dem Fahrrad durchziehen. Sie brauchte das heute. Bisher hatte sie sich in dem Studio immer wohlgefühlt. Nicht jedoch an diesem Tag. Sie fühlte sich auf seltsame Art und Weise beobachtet, von jedem Mann – egal ob Besucher wie sie oder von den Angestellten. Sie hatte noch nicht einmal das Sportgerät bestiegen, da musterte sie ein gut durchtrainierter Mann, Mitte 30, kurze schwarze Haare. Als wollte er sich für seinen abtastenden Blick entschuldigen, probierte er ein wenig gekonntes Lächeln. *Sieht so ein Psychopath aus? Würde so einer dich mit den Augen schon im Fitness-Studio ausziehen, deine ausgeprägten weiblichen Rundungen mit seinen Linsen abfahren? Sicher nicht. Wenn es der Wahnsinnige ist, verhält er sich doch unauffällig. Dann bekommst du das gar nicht mit. So wie im ‚Fiddlers Green'. Du hättest darauf achten müssen, ob dich jemand beobachtet oder dir gar folgt. Was bist du nur für eine schlechte Polizistin!*

Plötzlich stand der Mann mit fragendem Blick vor ihr, der gerade noch neben ihr gestrampelt hatte. Er runzelte die Stirn und nahm sein Kinn zwischen Daumen und Zeigefinger.

»Was ist?«, raunzte sie ihn an, »reicht es dir nicht, mich von der Seite anzuglotzen, willst du mich von vorne sehen?« Lisbeth hatte aufgehört zu treten und wischte sich mit dem Handtuch den Schweiß von der Stirn.

»Entschuldigung, ich bin mit meiner Übung fertig…«

»Schön für dich, dann hau doch einfach ab.«

»Wenn es nicht zu viel verlangt ist: dürfte ich dann *mein* Handtuch mitnehmen?« Erst jetzt bemerkte Lisbeth, dass das Handtuch, das sie in der Hand hielt, schwarz war. Sie musste es in ihrem sportlichen Eifer gegriffen haben, ihr eigenes blaues Handtuch lag noch über dem Lenker.

»Sorry, habe ich gar nicht gemerkt. Soll ich es waschen?« Der Typ lächelte freundlich und nahm sein Handtuch mit einem lässigen »nicht nötig« an sich und ging zum Rudergerät.

Mein Gott, muss der mich jetzt für eine hysterische, überdrehte Kuh halten. Sie war völlig durcheinander und wusste nicht, wie sie sich verhalten sollte. Einerseits sah sie in jedem Mann, der sie bewusst oder unbewusst ansah, ‚MrJudge'. Andererseits könnte auch jeder Mann, der sich in ihrer Nähe aufhielt, verdächtig sein. Sie hatte sogar schon darüber nachgedacht, das

Studio zu wechseln, zu einem, das nur Frauen als Mitglieder zuließ. Aber es konnte doch nicht sein, dass irgendein Phantom aus dem Internet Einfluss auf ihren Alltag nahm, oder?

Paul hatte ihr noch angeboten, ein paar Tage frei zu nehmen. Auch das hatte sie abgelehnt. Sie konnte sich einfach nicht vorstellen, dass Ansgar Brinkmann der Mann sein sollte, der sie beobachtete. Okay, er wusste, dass sie bei der Kripo arbeitete. Aber er hatte es doch gar nicht nötig, sie anonym zu beobachten wie ein Spanner, oder sie gar mittels eines Blumenboten vorzuführen. Oder war die Aktion seine Reaktion auf ihre Abfuhr gewesen? Das machte jedoch gar keinen Sinn, falls ‚MrJudge' auch der Täter von Elena Wagner und Annika Eilers war. Die Morde hatten davor stattgefunden.

Lisbeth begann wieder zu treten, der Schlussspurt stand an. Ihre Beine wirbelten immer schneller, als würde der Spinning-Trainer sie auf den letzten Metern anfeuern, den letzten Rest Körperflüssigkeit aus ihr rausholen zu wollen. Sie sah sein Gesicht, seinen schwitzenden Körper vor sich. Für die letzten 30 Sekunden, die das Programm anzeigte, ging sie nochmal aus dem Sattel und fuhr ihr eigenes, persönliches Rennen zu Ende.

Vom Gerät steigend, nahm sie ihr Handtuch, nachdem sie sich vergewissert hatte, dass es auch ihres war, trocknete sich das Gesicht und den Hals ab und suchte in der Sporttasche nach ihrem Smartphone. Sie war immer noch außer Atem, als sie eine Nummer wählte.

»Hör zu, ich muss dich sehen…ja, heute Abend noch, ich bin um neun Uhr bei dir.« Ohne auf die Antwort zu warten, beendete sie die Verbindung.

***

»Hey, Sonnenschein, was hast du denn für einen roten Kopf?«, begrüßte Ansgar sie an der Wohnungstür. Er trug eine edle schwarze Jeans und einen mit schwarz-weißen Rauten gemusterten Pullover. Sein Lächeln und sein Blick verrieten große Selbstsicherheit.

«Ich komme vom Sport«, warf sie ihm an den Kopf und ging einfach an ihm vorbei, als würde sie täglich in seiner Wohnung ein- und ausgehen.

»Ich muss sagen, dass mich dein Anruf doch überrascht hat, nachdem du mich in der Kneipe einfach so stehengelassen hast.«

»Sitzengelassen«, korrigierte sie ihn. Als er sie fragend anblickte, fügte sie hinzu: «Du hast auf dem Barhocker gesessen, als ich das ‚Fiddlers' verließ.« Lisbeth hängte ihre Winterjacke an die Garderobe, marschierte zielsicher ins Wohnzimmer und setzte sich auf die im klassischen Landhausstil gehaltene weiße Couch. Sie verschränkte die Arme und lehnte sich in die weichen Kissen.

»Hast du was zu trinken da?«

»Meine Güte, hast du ein Tempo drauf, so kenne ich dich ja gar nicht. Aber ich mag Frauen, die genau wissen, was sie wollen«, d*u magst viele Frauen, Freundchen,* »was möchtest du denn trinken: Wasser, Cola, Orangensaft?«

»Hast du nichts Richtiges, Aperol oder Hugo?«

Ansgar hob wissend den Zeigefinger. »Gib mir zwei Minuten…« Er verschwand in der Küche. Gläser wurden herausgenommen, eine Gefriertruhe geöffnet, Eiswürfel ins Glas fallengelassen. *Wem musst du hier eigentlich was beweisen? Ihm oder dir selbst? Was ist denn, wenn er dir etwas ins Glas schüttelt, wenn er doch ‚MrJudge' ist?* Ansgar kam mit zwei Gläsern in der Hand aus der extravaganten hellen Küche, eines mit Hugo, Eiswürfeln und sogar einer Scheibe Limette, das zweite mit Sekt gefüllt.

Lisbeth ging auf ihn zu, nahm ihm das Sektglas aus der Hand und trank grußlos.

»Äh, der Hugo war eigentlich für dich, nicht der Sekt.«

»Na und? Nur weil es eher ein Frauengetränk ist, kannst du es doch auch trinken, oder bist du eine Memme?«

»Eigentlich ist mir das Zeug zu süß…«

»Los, trink!«, gab sie im Befehlston von sich, mit dem sie auf einem Kasernenhof etwas hätte werden können. Ansgar tat, wie ihm geheißen und leerte das Glas in mehreren kräftigen Zügen.

»Ich werde spitz wie nochmal was, wenn du so mit mir redest.« Lisbeth konnte die lodernde Glut der Vorfreude in seinen schönen Augen sehen. Sie drehte sich um und schritt mit schwingenden Hüften in Richtung Schlafzimmer. Sie drehte sich am Türrahmen um und wollte ihn gerade mit dem Zeigefinger auffordern, ihr zu folgen, als sie einen schwarzen Seidenschal in seiner Hand sah. Seinen Pullover hatte er ausgezogen. Sie sah sein makellos gebügeltes T-Shirt.

»Spinnst du?« Lisbeth hörte, wie sich ihre Stimme überschlug. Ansgar sah sie entgeistert an.

»Was ist denn jetzt los, ich dachte, ich könnte dich damit zähmen?« Sie rannte auf ihn zu und riss ihm den Schal aus der Hand. Sie hatte große Mühe, ihre Fassung zurückzugewinnen. Ihre Stimme bebte, aber sie versuchte, Selbstsicherheit auszustrahlen.

»Du hast es immer noch nicht begriffen, oder? *Ich* gebe hier den Ton an.«

Sie führte ihn in sein eigenes Schlafzimmer, fesselte seine Hände ans Bett und benutzte ihn, nahm sich, was ihr guttat.

***

Sein Rechner fuhr gerade hoch, ein Becher dampfender Kaffee mit Milch und Zucker stand vor ihm. Er hoffte, dass Arne Claaßen ihm, wie versprochen, eine Auswertung der Computerdaten von Annika Eilers Endgeräten als E-Mail vorlegen würde. Obwohl der Computerspezialist abends eine Verabredung hatte, wollte er ihm belastende Ergebnisse liefern. Seit Wochen ermittelten sie in zwei Todesfällen und konnten noch immer keine heiße Spur vorweisen. Um elf Uhr hatte ihn der ermittelnde Oberstaatsanwalt in sein Büro einbestellt. Zuvor wollte Paul seinen Chef, den Leiter der Polizeiinspektion Oldenburg, Kriminaldirektor Heinz Jensen, auf den aktuellen Stand der Ermittlungen bringen, denn disziplinarisch war er sein Vorgesetzter, der Oberstaatsanwalt ihm gegenüber lediglich weisungsbefugt.

Paul fand keine neue E-Mail von Arne Claaßen vor. Dass Arne seinen Bericht ausgedruckt und einfach in die Ermittlungsakte gelegt hatte, hielt er für genauso wenig denkbar wie dass er es vergessen oder zeitlich nicht geschafft hatte. Zur Sicherheit sah er trotzdem in die Akten der beiden aktuellen Fälle und sah sich in seiner Einschätzung bestätigt. Enttäuscht wählte er die Handy-Nummer seines Mitarbeiters. Er hörte die aufreizende Melodie von 'Mission Impossible' aus dem Nachbarbüro. Seine

Armbanduhr verriet ihm, dass es erst 6.55 Uhr war. Um die Zeit war Arne sonst nie im Büro.

Paul fand Arne, den Kopf auf die Hände gelegt, schnarchend vor, nicht mal die nervige Tom-Cruise-Melodie konnte ihn wecken.

»Hey, dein Telefon klingelt«, brüllte Paul ihm ins Ohr. Schlaftrunken griff er zum Smartphone, das inzwischen aufgehört hatte zu klingeln.

»Ich wollte mich doch nur ganz kurz ausruhen.«

»Wie lange hast du denn gemacht?« Paul goss ihm frischen Kaffee in den Becher, den er vorher ausgespült hatte, und stellte ihn auf dem Schreibtisch ab. Arne rieb sich mit beiden Händen übers Gesicht.

»Weiß ich gar nicht mehr genau, du kannst dir gar nicht vorstellen, in wie vielen Chatrooms die junge Dame unterwegs war. Facebook, Twitter und Google Plus mal gar nicht mitgerechnet.«

»Okay, trink einen Schluck, und dann erzähl mal in Ruhe.« Paul setzte sich auf einen freien Stuhl neben ihn.

»Also, Axel und ich *mussten* ja für unseren *Chef* eine Sonderschicht fahren«, Paul überhörte die Anspielung, »meine Verabredung habe ich gestern Abend abgesagt…« In seinen Augen sah Paul, dass er etwas Wichtiges gefunden haben musste. Nur um sich anschließend als Held feiern zu lassen, begann er mit der vorgespielten Mitleidstour. Sonderschichten waren bei der Kripo keine Seltenheit, gerade bei solch spektakulären Fällen.

»Ja, natürlich, Chef. Also: Nachdem ich das Tablet von Annika auf links gedreht habe, also komplett alle relevante Daten aufgesaugt habe…«

»Ja, Arne, ist gut, ich weiß, du bist ein Ass auf deinem Gebiet, ein Held, komm zum Punkt, bitte.«

»…wenn du mich ausreden lässt«, Paul nickte, »Annika hat sich auch elektronisch mit dem Künstler, also dem Typen aus der Theatergruppe, wie hieß er noch gleich…?«

»Benedikt Vogel«, half ihm Paul aus

»Genau, mit Ben ausgetauscht, obwohl sie ja nur wenige Meter voneinander entfernt wohnten. Am Abend ihres Verschwindens hat sie Ben abgesagt, weil sie sich mit einem User, ‚Ghostwriter69', verabredet hatte zu einem realen Treffen.«

»Wo wollten sie sich denn treffen?«

»Im ‚NewYork NewYork', in der Wallstraße.«

»Das ist doch ein Italiener, oder?«

»Ja, Restaurant und Cocktailbar.«

»Haben sie Telefonnummern ausgetauscht?«

»Nein, leider nicht.«

»Wäre ja auch zu schön gewesen. Hatte sie auch Kontakt zu ‚MrJudge'?«

«Nein. Aber diese Chatter wechseln mitunter ihre Usernamen häufiger als ihre Unterhosen. Teilweise sind sie mit zwei Nicks im gleichen Chat eingeloggt.«

»Und das funktioniert?«

»Kommt auf den Chat an, manche lassen nur eine IP-Adresse zu.«

»Ok - weiter, was hast du noch für mich?«

»Sag mal, hast du irgendwas zu essen dabei?« Paul grinste, ging wortlos in sein Büro und holte die Papiertüte, die er vom Bäcker mitgebracht hatte. Arne fingerte, ohne reinzuschauen, in der Tüte herum und fischte ein Schokocroissant heraus.

»Für dieses Croissant kommst du in den Himmel.« Arne grinste wie ein kleiner Junge, biss genüsslich in den Blätterteig und krümelte seinen Pullover voll, was ihn aber nicht im Geringsten störte. Mit vollem Mund erzählte er weiter.

»Wadde, 's Beste kommd no…«

»Nun schluck erst einmal runter, sonst verstehe ich dich nicht.« Arne kaute fertig und schüttete Kaffee hinterher.

»Hm, die früheste Konversation zwischen Annika, sie nannte sich ‚Curiosity', und ‚Ghostwriter69' im Chat klingt schon ziemlich vertraut, so als würden die sich schon gekannt haben.«

»Aus dem echten Leben oder virtuell?«

»Virtuell«, Arne futterte weiter an seinem Teilchen, «die 'aben sich 'm Internet kennengelernt, hundertprozentig. Ob über Facebook, Skype oder woanders, kann ich noch nicht sagen. Axel fährt mit der neuen Software gerade eine Auswertung. Der absolute Wahnsinn, das Teil. Es überprüft Ähnlichkeiten in den Sätzen, zum Beispiel machen manche Menschen immer denselben Rechtschreibfehler, aber es vergleicht auch so Sachen wie den Wortschatz oder die Benutzung von Sonderzeichen.«

»Wie lange dauert denn diese Auswertung?«

»Er sagte was von vier bis sechs Stunden, wollte dann um halb acht wieder hier im Büro sein, müsste also gleich kommen, und er versprach,

Frühstück mitzubringen.« Arne strahlte Paul an, als wollte er jetzt schon ein Leckerli für seinen Vortrag haben.

»Wird denn bei diesem Abgleich auch gleichzeitig nach Übereinstimmungen zum Fall Elena Wagner gesucht?«

«Das machen wir auch, aber als getrennte Auswertung, die dauert noch länger«, hörten sie eine Stimme hinter sich sagen.

»Moin, Axel«, begrüßten ihn die beiden im Gleichklang. Der Fallanalytiker vom LKA Niedersachsen schwenkte seine Tüte wie eine Jagd-Trophäe.

»Moin zusammen, hat jemand Hunger?« Arne hob die Hand wie in der Schule.

»Okay, Jungs, ich setze mal frischen Kaffee auf, decke im Konferenzzimmer ordentlich ein, und ihr checkt mal eure Zaubersoftware. Ich bin gespannt, was die so alles herausgefunden hat.« Kaum hörbar, mehr an sich selbst gerichtet, fügte er hinzu: »Ich könnte wirklich dringend Ermittlungsergebnisse brauchen.«

Die aufwendige Vorbereitung des Frühstücks im großen Raum hätte der Leiter der ‚Soko Schlosspark' sich sparen können. Was Axel und Arne auf den Bildschirmen entdeckten, ließen die leckeren Brötchen völlig unwichtig werden.

Kapitel 13

»Ich freue mich auf Ihre Ermittlungsergebnisse.« Oberstaatsanwalt Rentz setzte ein Lächeln auf, das offensichtlich gespielt war, lediglich die Mundpartie lachte, nicht jedoch seine Augen.

Paul und Lisbeth saßen ihm gegenüber. Der Einser-Jurist strahlte Überlegenheit und Selbstbewusstsein aus. Wie immer zeigte er sich tadellos gekleidet: dunkler maßgeschneiderter Anzug, blütenweißes Hemd, dezente rot-schwarz gemusterte Krawatte, und natürlich eine Krawattennadel, die ebenso golden war wie seine teuren Manschettenknöpfe.

»Herr Oberstaatsanwalt«, Paul räusperte sich, »bevor wir Sie mit dem aktuellen Stand der Ermittlungen betrauen, haben wir ein paar persönliche Fragen an Sie.« Die Augen des Oberstaatsanwalts verengten sich, er massierte mit dem rechten Daumen die Innenseite seiner linken Hand. Er streckte sein Kinn vor und leicht nach oben.

»Wir sind hier nicht zum privaten Kaffeeklatsch. Wenn ich Sie daran erinnern darf, leiten Sie die Ermittlungen in zwei seit Wochen ungeklärten Todesfällen, Herr Kriminalhauptkommissar!«

»Gewiss, sagt Ihnen der Gruppenname 'Buffet der Leidenschaften' etwas?« Paul erkannte das leichte Zucken in den Augenwinkeln von Kai Rentz, kaum zu sehen, nur für den Bruchteil einer Sekunde. Danach setzte er einen eiskalten Gesichtsausdruck auf.

»Was wird hier genau gespielt, und warum sitzt Frau Eicken hier? Ich wollte, dass Sie mich allein unterrichten.«

»Herr Oberstaatsanwalt, beantworten Sie einfach meine Frage: Kennen Sie die Facebookgruppe mit dem Namen 'Buffet der Leidenschaften'?« Kai Rentz stand auf und lief wie ein Tiger im Käfig auf und ab, blieb hinter Paul Schweigert stehen, drehte ihn samt Stuhl herum und fragte: »Täusche ich mich, oder vernehmen Sie mich gerade? Und wenn ja, dann sollten Sie dieses vor unserem Gespräch erklären, soviel werden Sie doch noch von ihrer Ausbildung in Hessen kennen, oder?« Lisbeth Eicken sagte tonlos und wie auswendig gelernt:

»Herr Rentz, wir vernehmen Sie als Zeuge im Todesfall Annika Eilers. Stecken Sie hinter dem Facebook-User ‚Ka Leviathan' und sind Sie Administrator der geheimen Facebook-Gruppe:

'Buffet der Leidenschaften', deren Mitglied auch Annika Eilers war?« Die Antwort dieser Frage kannten die beiden Ermittler bereits. Axel Meyerhoff und Arne Claaßen hatten zweifelsfrei nachgewiesen, dass Kai Rentz neben seinem Klarnamen auch einen sogenannten Fake-Account angelegt hatte, also sich ein zweites Mal bei Facebook unter falschem Namen angemeldet hatte, was gegen die Nutzungsbedingungen von Facebook verstieß. Diese Tatsache an sich war noch nicht einmal eine Ordnungswidrigkeit. Aber dass der ermittelnde Oberstaatsanwalt sogar Administrator einer virtuellen Facebook-Gruppe war, der auch Annika Eilers angehörte, ließ die Ermittler aufhorchen. Sie wollten von ihm selbst hören, dass es so war, und vor allem, warum er sie nicht darüber informiert hatte.

»Ich finde Ihre Frage absurd. Was erlauben Sie sich eigentlich? Ich werde umgehend Ihren Chef informieren ob ihrer Unfähigkeit. Sie haben keinerlei…«

»Kriminaldirektor Heinz Jensen ist bereits umfassend von mir informiert worden. Sind Sie Admistrator…«, berichtete Paul ruhig und monoton, ohne Aufgeregtheit.

»Ja, verdammt noch mal. Es gibt 238 Mitglieder, eine davon mag Annika Eilers gewesen sein. Ich lerne die Namen doch nicht auswendig. Was wollen Sie denn eigentlich damit sagen?« Kais Wangen nahmen eine bedrohliche, rote Färbung an.

Lisbeth blätterte in ihren Unterlagen und las ab, ohne aufzuschauen.

»Einen Tag vor dem Tod von Annika Eilers haben Sie als ‚Ka Leviathan' einen Beitrag von ihr kommentiert: *'Ja, Annika, es wird Zeit, dich auf deinem Weg zu unterstützen und dich auch persönlich kennenzulernen'*. Erinnern Sie sich daran?« Oberstaatsanwalt Rentz drehte sich zum Fenster und schnaufte.

»Ja.«

»Haben Sie Annika Eilers getroffen?«

»Nein, ich wollte ihr helfen, sie suchte ein Auslandspraktikum. Ich bin Präsident des ‚Club Leonardos', eventuell hätte ich da etwas arrangieren können.«

«Warum haben Sie uns nicht informiert, dass Sie Kontakt zu einem unserer Opfer hatten?«

»Was heißt denn hier Kontakt, wir haben ein paar Nachrichten ausgetauscht. Es hätte doch auch eine andere Annika Eilers sein können, diesen Namen gibt es häufig. Außerdem *bin ich Ihnen* keinerlei Rechenschaft schuldig.«

»Herr Oberstaatsanwalt, im Anbetracht der neuen Entwicklung halte ich es für sinnvoll, dass Sie in diesem Fall die Ermittlungen abgeben…« Kai

Rentz drehte sich blitzartig um, hob den Finger, und sein Gesicht sah wie ein kochender Kessel aus, der jeden Moment zu explodieren drohte.

»Das entscheiden ganz gewiss nicht Sie!« Paul wusste später nicht, was ihn mehr erschreckt hatte, die Lautstärke oder der wahnsinnige Klang in der Stimme des Oberstaatsanwalts. Er verhielt sich wie ein angeschossenes Raubtier. Verwundet, aber dadurch umso gefährlicher.

»Natürlich nicht«, antwortete Paul besonnen, »das wird Ihr Vorgesetzter zu entscheiden haben.«

***

Es war einer der schöneren Wintertage. Nachdem es einfach nicht Frühling werden wollte, schien am Wochenende zumindest die Sonne, sodass sich die Familie Schweigert kurzerhand entschlossen hatte, an den Nordseestrand nach Dangast zu fahren. Viele Feriengäste gab es zu dieser Zeit noch nicht, die Saison würde erst in einigen Tagen beginnen. Auf dem Deich schob Paul den Kinderwagen mit der schlafenden Levke vor sich her. Tom lief in Gummistiefeln an der Hand seiner Mutter.

Paul dachte an die Vernehmung von Kai Rentz. Noch nie war er in die Verlegenheit gekommen, einen Oberstaatsanwalt, und wenn auch nur als Zeuge, zu vernehmen. Er fragte sich, ob er zu weit vorgeprescht war, als er ihm das Niederlegen der Ermittlungen nahegelegt hatte. Das stand ihm gar nicht zu. Es wäre, streng nach Dienstvorschrift, die Pflicht von Rentz gewesen, zumindest seinen Chef, den leitenden Oberstaatsanwalt Griese als Behördenleiter zu informieren. Dieses hatte er offensichtlich unterlassen, denn darüber hätte Pauls Chef, Kriminaldirektor Jensen, Bescheid wissen müssen, und dieser wusste nichts davon. In der Praxis lief es meist auf dem kurzen Dienstweg so ab, dass der Oberstaatsanwalt den Leiter der Soko persönlich über die Tatsache informierte, wenn er Kontakt zu einem Opfer hatte. Es handelte sich bei dem Facebook-Account ‚Annika Eilers' tatsächlich um die Frau, die einen Tag später gekühlt in der Gerichtsmedizin lag. Warum hatte er diese Information verschwiegen? Wollte er einfach nur nicht, dass rauskam, dass er sich als ‚Ka Leviathan' bei Facebook einloggte? Oder war es einfach nur ein Zufall, dass ein Opfer Mitglied der Gruppe war, die Kai Rentz alias ‚Ka Leviathan' gegründet hatte? Es gab noch eine dritte Möglichkeit. Wenn diese zuträfe, müssten sie ihn das nächste Mal nicht als Zeuge, sondern als Beschuldigten vernehmen.

»Mama, darf ich zum Spielplatz?« Tom blinzelte dabei in die Sonne.

»Ja klar, aber pass auf am Boden, tu dir nicht weh, der ist teilweise noch gefroren.« Als Tom losrannte, hakte sich Wiebke bei Paul ein.

»Du bist gar nicht bei uns, stimmt's? Was bedrückt dich denn?«

»Hm…aber ich bin doch da, gehe mit euch spazieren.«

»Ja, dein Körper geht spazieren, aber mit deinem Kopf bist du bei dem Fall, also bei den beiden Fällen?« Paul hielt an und sah ihr direkt in die Augen.

»Wieso weißt du schon wieder, was ich denke?«

«Das war jetzt nicht *soooo schwer*«, Wiebke gab ihm einen Kuss, »also erzähl schon.«

»Ach, ich habe mich mit Rentz angelegt.«

»Dem Oberstaatsanwalt?«

»Ja.«

»Was war denn genau? Macht er dir Druck?« Paul sah aufs ablaufende Wasser hinaus. In einer Stunde war Ebbe angekündigt. Trotz der Sonnenstrahlen wehte ein eisiger Wind. Er überlegte, ob er seiner Frau die Einzelheiten erzählen sollte, obwohl er es nicht durfte.

»Auch, aber das macht er ja immer. Es geht darum, dass er uns Informationen vorenthalten hat.« Obwohl er sich auf die Verschwiegenheit seiner Frau verlassen konnte, wollte er ihr nicht erzählen, dass Kai Rentz möglicherweise selbst in den Fall verwickelt war. Zumal das noch gar nicht erwiesen war. Ein erstes Überprüfen seiner Aussage hatte seine Angaben bestätigt. Auf Facebook und in anderen Foren gab es keine weiteren privaten Konversationen zwischen ihm und Annika Eilers. Um sein Smartphone oder andere Kommunikationsmittel zu überprüfen, gab es bisher noch keinen hinreichenden Anfangsverdacht auf eine Täterschaft von Kai Rentz. Vielleicht kannte er Annika Eilers wirklich nicht und war letztlich schockiert über ihren Tod, einer Frau, die Mitglied der Gruppe war, die er administrierte.

»Was sagt Lisbeth denn dazu?«

»Sie findet sein Verhalten auch merkwürdig und mag ihn genauso wenig wie ich. Dennoch müsste man professionell mit ihm zusammenarbeiten können. Mir rutscht gerade die Vertrauensgrundlage durch die Finger. Weißt du, was ich meine?«

»Ja. Aber du hast den Rückhalt durch Heinz Jensen, oder?«

»Ja, mit ihm habe ich mich vorher abgestimmt. Er gibt mir volle Rückendeckung.«

»Na siehst du, der weiß doch, was er an dir hat. Du bist ein sehr guter Ermittler. Herr Jensen und Lisbeth stehen auch auf deiner Seite«, sie lächelte ihn keck an, »und falls du noch Verstärkung brauchst, die anderen drei Schweigerts stehen auch in deiner Fankurve.« Paul lachte und sagte dann: »Ja, ja, ihr schreit doch für Werder.«

»Bei Levke bin ich mir da nicht so sicher.«

Es tat ihm gut, die kalte frische Luft einzuatmen, seine Lieben um sich herum zu haben, die ihm Rückhalt und Geborgenheit gaben. Trotzdem schwirrten an diesem Sonntag seine Gedanken um die nächsten Schritte beziehungsweise die Ergebnisse der Maßnahmen, die er bei der letzten Besprechung der Soko-Mitglieder angeordnet hatte. Es galt, die letzten Stunden im Leben von Annika Eilers so akkurat wie möglich zu rekonstruieren. Wer hatte sie nach dem Verlassen ihres Elternhauses gesehen? Hatte sie noch mit jemandem gesprochen oder telefoniert? Zu diesem Zweck befragte das Ermittlerteam die Nachbarn und Anwohner des Weges, den Annika mutmaßlich zurückgelegt hatte. In der Montagsausgabe der Nordwest-Zeitung würde ein Artikel veröffentlicht werden, mit der dringenden Bitte an etwaige Zeugen, sich bei der Polizei zu melden. Zusätzlich erschien der Artikel im wöchentlich erscheinenden Huntereport und bei lokalen Radiosendern. Die niedersächsische Polizei unterhielt einen eigenen Facebook-Account, durch den sie einen Zeugenaufruf startete, mit der Bitte, sich zu melden und diesen Beitrag möglichst oft zu teilen, also die Information an Facebook-Freunde weiterzuleiten.

Wo wollte sie den ominösen ‚Ghostwriter69' treffen? Wohnte er in Oldenburg? Wenn nicht, holte er sie mit dem Auto ab? Wo im Internet hatte er zum ersten Mal Kontakt zu ihr aufgenommen? Welche digitalen Spuren hatte er hinterlassen? Und das waren nur die drängendsten Fragen. Paul musste sich zwingen, den restlichen Sonntag mit seiner Familie zu genießen. In den nächsten Tagen würde er kaum noch Zeit für sie haben, da war er sich sicher.

***

Innere Unruhe erfasste ihn, als er die Einladung zu einer vielversprechenden Gruppe bei Facebook bekam. Er wusste, dass sich unter dem User ‚Han Solo' in Wahrheit der Vizepräsident des ‚Club Leonardos', Henning Werdemann, verbarg. Von ihm stammte der Link zu der Gruppe 'Buffet der Leidenschaften', wo die ersten Anbahnungen zu jungen Frauen stattfanden, die nur ein Ziel hatten: Karriere zu machen und in kurzer Zeit viel Geld zu verdienen. Sie wollten betuchte Männer kennenlernen, Männer, die Macht hatten und über die notwendigen Verbindungen verfügten. Studentinnen, die ein Praktikum suchten, sogenannte Event- oder PR-Managerinnen, einfache Arzthelferinnen tummelten sich dort, und nicht wenige waren bereit, vieles zu tun, um die Herren zufrieden zu stellen. Nur *das* wurde niemals angesprochen.

Albert Wonka hatte sich diese Gruppe eigentlich erst zu Hause ansehen wollen, nicht im Büro. Aber seine Vorfreude und seine Gier ließen ihn zu seinem neuen privaten Smartphone, dem Samsung Galaxy S4, greifen. Es wäre unklug gewesen, solche Sachen über sein dienstliches Mobiltelefon abzurufen. Seine Hände wurden feucht, und er fühlte sich bereits erregt, bevor er den Link zu der Gruppe geöffnet hatte. Die Regeln dieser Gruppe gefielen ihm auf Anhieb. Es wurden nur Frauen aufgenommen, die jeweils ein Portraitprofilbild und ein Foto, auf dem sie figurbetont angezogen waren, zeigen sollten. Ihren echten Namen und ihre Maße hatten die 'Anwärterinnen', wie sie inoffiziell hießen, via PN (Persönliche Nachricht) beim Administrator zu hinterlegen. Konservative Leute hätten zu diesen Fotos gesagt: »Die Frauen sind ja halbnackt!«

Wie Wonka sehr schnell feststellen konnte, diente diese Gruppe neben einigen anderen nur als 'Abholer'. Die jungen Damen mussten sich quasi für höhere Aufgaben qualifizieren. Wer es schaffte, wurde in den ‚Club of Romance' aufgenommen. Zu dieser außerhalb von Facebook betriebenen Website hatte er Login-Daten erhalten, also Benutzername und Passwort. Nur im eingeloggten Zustand konnte man weitere 'scharfe Fotos' sehen: eine Hitliste der Top100-Frauen. Die männlichen Mitglieder, die selbstverständlich anonym und ohne eigenes Bild auftraten, durften online bewerten und sogar kommentieren, welche Frauen ihnen am besten gefielen, auf einer Skala von 1-10 und unterteilt in verschiedenen Kategorien: Gesicht, Busen, Po und Gesamteindruck. Insgesamt umfasste der Frauen-Pool etliche Hundert, aber nur die Top100-Liste brachte den Frauen neben Kontakten auch bares Geld ein. Die Bezahlung richtete sich nach dem Rang und wie häufig ihre Bilder angeklickt und sie für Termine gebucht wurden. Die Top-Models vom ‚Club of Romance' verdienten teilweise fünfstellige Beträge im Monat.

Jetzt wurde Albert Wonka klar, was die Blondine damals im Hotel Altera meinte, als sie sagte, er hätte mit der aktuellen Nummer neun geschlafen. Ihm wurde ganz heiß. Er entledigte sich seiner Krawatte.

Gerade als Albert Wonka sich eingeloggt hatte und gierig die ersten Fotos begaffte, flötete seine Sekretärin aus der Gegensprechanlage:

»Herr Wonka, Ihr Besuch, Herr Bruns, ist da!« Albert fühlte sich seltsam gestört. Natürlich konnte sie nicht wissen, was er sich gerade anschaute. Noch weniger gefiel ihm, dass er wegen eines Termins mit einem Langweiler aus der Stadtverwaltung die Website mit den heißen Bildchen gleich verlassen musste. Gerade hatte er die aktuelle Nummer 6 ins Visier genommen.

»Herr Wonka, sind Sie da?«, tönte es lauter und mahnender aus der Anlage. Albert fiel das Handy aus der Hand. Er ließ es zunächst liegen und tippte auf einen Knopf seiner Telefonanlage.

»Frau Marschhysen, führen Sie ihn schon einmal in den Konferenzraum und versorgen Sie ihn mit einem Getränk, ich komme dann gleich dazu.«

Er griff das auf dem Boden liegende Smartphone und klickte auf einen weiterführenden Link von Gesche, Top-Rang sechs, mit der Bezeichnung, 'weitere verführerische Fotos'. Als die ersten Bildchen erschienen, stockte ihm der Atem, und sein erster Impuls war, seinen Termin einfach abzusagen. »*Albert, reiß dich zusammen, deine Geilheit wird dir irgendwann mal richtig Schwierigkeiten machen, du kannst den Termin nicht absagen*«, sagte er im Geiste.

Er schloss schweren Herzens die aufgerufene Seite, wischte sich mit dem Taschentuch die Stirn ab, atmetet tief durch und wusste, er würde sich kaum auf Herrn Bruns konzentrieren können.

***

»Und die Zeugin ist sich sicher bei dem amtlichen Kennzeichen?« Paul fragte vorsichtshalber mal nach. Er hatte das Protokoll der Zeugin Anneliese Neumann sorgfältig durchgelesen, zweimal sogar. Die ältere Dame war gegen 23.00 Uhr mit ihrem Rauhaardackel spazieren gegangen, als ihr eine junge Frau zu Fuß entgegen kam. Nachdem der ermittelnde Beamte Frank Albers ihr ein Foto von Annika gezeigt hatte, behauptete Frau Neumann, sie sei sich sicher, dass es sich tatsächlich um die Frau handelte, die ihr begegnet sei. Schließlich sei sie ihr genau unter einer

Laterne begegnet. Als sie dann mit 'Bruno' weitergegangen sei, habe ein alter, dunkler Golf angehalten, und der Fahrer hätte die junge blonde Dame angesprochen. Sie hätte zwar nicht verstehen können, was gesprochen wurde, aber nach einem eher kurzen Dialog sei die junge Frau zu ihm auf den Beifahrersitz in den Wagen gestiegen. Sie ging davon aus, dass der Fahrer und die Frau sich gekannt haben müssten. Zu dem Fahrer konnte sie keine Beschreibung abgeben, außer dass er männlich gewesen sei.

»Solche Beobachtungen schreibt sie sich immer auf«, Frank Albers lehnte am Aktenschrank und stützte sich mit dem rechten Ellbogen darauf ab, »sie zeigte mir eine ganze Liste von Kennzeichen, immer wenn sie etwas beobachtete, wie zum Beispiel Falschparker, notierte sie akribisch: Automarke, Kfz-Kennzeichen, Datum, Uhrzeit. Man wisse nie, wozu man das einmal brauchen könnte. Ich glaube ja, die hat einfach ein langweiliges Leben und sich damit ein Hobby gesucht.«

»Um welche Uhrzeit war das genau?«

»23.09 Uhr.«

»Hat sie es zu dieser Uhrzeit notiert?«

»Nein, zu diesem Zeitpunkt ist die Frau in das Auto gestiegen, danach hatte die Zeugin auf die Uhr geguckt. Sie hat auch immer eine kleine Taschenlampe dabei.« Paul lief rüber zu dem großen Stadtplan von Oldenburg. Für die Wohnung von Familie Eilers im Wechloyer Weg 21 steckte bereits ein rotes Fähnchen an der entsprechenden Stelle. Paul nahm sich ein blaues Fähnchen.

»Also, das war 'Unter den Linden' auf Höhe der Hausnummer 41. Sie könnte auf dem Weg in die Innenstadt gewesen sein.« Paul steckte das Fähnchen in die Karte und rieb sich das Kinn.

»Aber die Mutter von Annika Eilers hatte doch ausgesagt, dass Annika in die andere Richtung, also Richtung Universität, gegangen sei«, gab Lisbeth zu bedenken.

»Das ist richtig, aber vielleicht sollten die Eltern das denken, dass sie jemanden auf dem Campus trifft.«

»Um diese Uhrzeit?«

«Da wohnen doch jede Menge Kommilitonen, also in der Gegend.«

Lisbeth lehnte sich in ihren Schreibtischstuhl. »Aber steige ich denn als Frau so spät abends, wenn es dunkel ist, zu jemandem ins Auto, den ich nicht kenne? Wohl kaum«, beantwortete sie gleich ihre eigene Frage.

»Entweder kannte Annika Eilers ihn, oder sie hatte mit dem ‚Ghostwriter69' verabredet, dass er sie an einer bestimmten Straßenecke abholt, weil die Eltern es nicht sehen sollten, oder sie war auf dem Weg zu einem Treffpunkt. Vielleicht erhielt sie einen Anruf, als sie auf dem Weg zur Uni war oder bekam eine SMS, dass sich die Pläne geändert haben. Oder aber: Es ist, wie Lissi sagt, sie kannte den Fahrer, und er wollte sie freundlicherweise einfach nur mitnehmen.«

Ein weiterer Kollege der Soko betrat den Raum. »Wir haben den Halter des Fahrzeugs mit dem amtlichen Kennzei…«

»Ja, ja, das Kennzeichen kennen wir, wie ist der Name?«

»Der Polo ist zugelassen auf Herrn Adrian Heinen…«

»Ein Polo?«, unterbrach Paul erneut seinen Kollegen. «Dann wird sich unsere Zeugin wohl getäuscht haben mit dem Fabrikat.«

»Nicht ganz.«

«Was soll das jetzt wieder heißen, Tim, nun mach es bitte nicht so spannend?«

Tim Gehrmann schaute in die fragenden Gesichter seiner Kollegen und verkündete:

»Herr Heinen hatte einen Tag zuvor die Kennzeichen als gestohlen gemeldet, jemand hat sie ihm nachts abgeschraubt.«

Schließlich betrat noch Axel Meyerhoff das Büro und hielt einen Stapel Computerausdrucke in die Höhe, gefolgt von Arne Claaßen.

»Die Software-Auswertung aller Nutzer, egal ob bei Facebook, Twitter, Foren, Chatrooms oder E-Mail-Adressen, die Annika Eilers angelegt hatte, wurden abgeglichen mit dem von mir angelegten Täterprofil: männlich, zwischen 20 und 45, gut gebildet…«

»Axel, bitte, lass die Einzelheiten weg, komm zum Punkt, was hast du für uns?«, fuhr ihm der Leiter der ‚Soko Schlosspark' in die Parade.

»Wenn ich ausreden dürfte?«, Paul nickte ungeduldig, »inklusive Abgleich der User ‚Ghostwriter69' und ‚MrJudge' ergibt 19 Männer, wobei wir ja noch nicht mit Sicherheit sagen können, dass Annika Eilers ihren Mörder tatsächlich über das Internet kennengelernt hat. Von diesen 19 Personen kennen wir bisher fünf Klarnamen und die dazu gehörigen Adressen. Über die IP-Adressen versuchen wir momentan, noch die anderen 14 Namen über die Provider zu ermitteln.«

»Welches sind die bereits ermittelten Namen?«, wollte Lisbeth wissen. Axel Meyerhoff setzte ein Siegerlächeln auf, das die Kollegen in den Wochen, in denen sie mit ihm zusammenarbeiteten, noch nie bei ihm gesehen hatten.

»Zwei Namen sagen uns nichts. Die anderen drei sind Kai Rentz, Hennig Werdemann - der Stellvertreter von Kai Rentz im ‚Club Leonardos' - und Albert Wonka.«

»Ist das *der* Wonka? Sprichst du über den Chef der OEW?«, fragte Paul erstaunt.

»Genau *der*.«

Axel verlagerte sein Körpergewicht unruhig von einem auf das andere Bein und wieder zurück und fuhr sich mit der Hand durch die Haare.

»Da gibt es noch etwas…«, der Profiler hatte offensichtlich Schwierigkeiten, den Satz zu beenden. Er gesellte sich zu Arne, und die beiden sahen plötzlich so aus wie zwei kleine Jungen, die etwas ausgefressen hatten und nicht mit der Sprache rausrücken wollten.

»Also los jetzt, raus damit!«, platze Paul der Kragen. Axel Meyerhoff schaute ihn verlegen an und suchte nach den richtigen Worten. »Was soll das hier? Hast du heimlich einen Volkhochschulkurs für Dramaturgie belegt, oder soll das ein Quiz werden?«

«Wir haben eine E-Mail von Kai Rentz alias ‚Ka Leviathan' gefunden, ich kann den Inhalt irgendwie gar nicht zusammenfassen und möchte etwaigen Schlussfolgerungen auch nicht vorweggreifen...« Axel und Arne blähten die Backen gleichzeitig auf und atmeten demonstrativ aus. Es sah fast aus wie einstudiert, so gleichmäßig geschah es.

»…aber das nächste Mal müsst ihr Oberstaatsanwalt Rentz wohl als Beschuldigten vernehmen.«

Die Kollegen schüttelten ungläubig mit den Köpfen und murmelten durcheinander, als Pauls Handy klingelte.

»Ja, Wiebke? Du, das ist gerade ganz schlecht, echt…« Er hörte dennoch angestrengt zu.

»Was? Sag das bitte noch einmal!« Paul verließ den Raum, um in einem Nachbarbüro ungestört telefonieren zu können.

»Was meinst du damit, Tom ist nicht nach Hause gekommen?« Paul hörte die Angst einer besorgten Mutter in der Stimme seiner Frau. Seine Armbanduhr verriet ihm, dass es 15.49 Uhr war. In zwei Stunden würde es draußen dunkel werden.

»Tom und Felix sind zusammen vom Kindergarten zurück gegangen, *eigentlich* wie jeden Tag.« Felix wohnte nur drei Häuser weiter im Astrid-Lindgren-Ring. Vom Kindergarten im Gemeindehaus der ‚Arche' im Geestweg bis zu ihnen nach Hause brauchte Tom normalerweise nur zehn Minuten, wenn er trödelte, vielleicht 15 Minuten. Verkehrstechnisch stufte Paul den Weg als völlig ungefährlich ein. Von der Spielstraße im Neubaugebiet musste Tom über die Fußgängerampel in die nächste Spielstraße gehen. Wiebke und er selbst hatten ihm immer wieder eingeschärft, nur zusammen mit Felix zum Kindergarten zu gehen. Dabei sollte er immer die 'schlafende' Fußgängerampel aktivieren. Das galt selbstverständlich auch für den Rückweg. Wenn Felix mal krank war, ging Wiebke mit Levke im Kinderwagen mit zur 'Arche'.

»Was heißt denn *eigentlich?«*

»Felix wollte Süßigkeiten beim Kiosk kaufen, er hatte ein glänzendes Ein-Euro-Stück dabei, das er morgens aus seinem Sparschwein gefischt hatte.« Pauls Gedanken rasten. Wie eine Hubschrauberkamera flog er gedanklich den Ortsteil Büppel ab, um sicherzugehen, dass es keinen anderen Kiosk, keine Tankstelle gab, außer dem in der Bürgermeister-Osterloh-Straße. Der lag aber nicht auf dem Heimweg, sondern fast genau in entgegengesetzter Richtung.

»Okay, da sind sie dann zusammen hingegangen, oder wie?«

»Ja, Felix ist rein in den Kiosk, Tom hat wohl gesagt, dass er draußen warten wollte. Es waren zwei Kunden vor ihm dran. Als Felix wieder rauskam, war Tom weg, wie vom Erdboden verschluckt. Paul, bitte tu was.« In Pauls Gehirn spukten Statistiken herum, die ihm sagten, dass es in über 90% dieser Fälle eine ganz einfache Erklärung gab und das Kind nicht entführt worden war. Sein Unterbewusstsein meldete sich warnend, wie die Stimme eines Teufels. *Wenn ‚MrJudge' genau wusste, wo Lisbeth wohnte, dann könnte er auch wissen, wo deine Familie wohnt, oder?* Der Engel in seinem Kopf sagte: *Okay, Oberstaatsanwalt Rentz ist vielleicht ein Arsch, aber so etwas würde er nicht bringen. Warum sollte das Verschwinden mit den beiden aktuellen Fällen zu tun haben? Selbst wenn ‚MrJudge' ein völlig Fremder ist und rausbekommen hat, wo meine Familie wohnt, dann entführt er doch keine kleinen Jungen. Die Opfer waren junge Frauen, das macht doch gar keinen Sinn.* Die andere Stimme säte weiter Zweifel: *Oder doch?*

»Hast du die ganzen Freunde abtelefoniert?« Wiebke schluchzte. Es war eine Mischung aus Weinen, Erzählen und Luftholen. Ihre brüchige Stimme war kaum noch zu verstehen.

»Ja, was denkst du denn? Die Erzieherin, sogar seinen Fußballtrainer, keiner hat ihn gesehen. Wir sind den normalen Weg, den Weg zum Kiosk, den Trampelpfad zum Dorfkrug, jeden möglichen Weg dreimal abgelaufen. Nichts. Paul, du bist Polizist, tu was, bitte!«

»In Friesland bin ich gar nicht zuständig…« In dem Moment, als er es ausgesprochen hatte, wusste er selbst, wie unsensibel und töricht er gewesen war. Er schlug sich mit der flachen Hand vor die Stirn.

»Paul«, schrie sie ihn mit fester Stimme an, »unser Sohn ist spurlos verschwunden, und du kommst mir hier mit Zuständigkeiten?«

»Entschuldige bitte. Ich bin in 15 Minuten da.«

Paul teilte Lisbeth mit, dass Tom verschwunden war und er deswegen sofort nach Hause müsste. Er brauchte nicht um ihr Verständnis bitten.

***

Paul wusste nicht, was schneller raste: der Audi auf der Autobahn, sein Herz oder seine Gedanken. Intuitiv suchte sein Gehirn alle Eventualitäten ab. Er hatte gelernt, kriminalistisch zu denken. Die erste Regel für jeden Kripobeamten: Lass deine Gefühle aus dem Spiel, was in diesem Fall ein Ding der Unmöglichkeit war.

Tommy Tieken kam ihm in den Sinn. Ein Kinderschänder, der in den 90er Jahren in dieser Region sein Unwesen trieb und rechtskräftig zu lebenslanger Haft verurteil worden war. Lebenslänglich bedeutete: mindestens 15 Jahre hinter Gittern. Über die Freisprechanlage drückte Paul die Kurzwahltaste zu Lisbeths Dienstapparat.

»Paul, was kann ich tun?«

»Erinnerst du dich an den Kinderschänder Tommy Tieken? Ich war zu der Zeit noch in Frankfurt, aber der Fall hat damals bundesweit für Schlagzeilen gesorgt.«

»Natürlich, ich war 12 oder 13 Jahre alt, also im Alter der beiden getöteten Mädchen. Er wurde damals durch einen Massengentest überführt und bekam lebenslänglich, das müsste im Jahr 1996 gewesen sein.«

»Kannst du bitte überprüfen, ob er noch einsitzt?«

»Du glaubst doch nicht etwa, dass der wieder frei ist und Tom…der Tieken hatte es auf Mädchen abgesehen…«

»Lissi, mach es einfach, ja? Sag mir, ob der noch im Gefängnis sitzt!«

«Okay, bleib dran.« Paul hörte, wie Lissi hektisch auf der Tastatur klackerte. Das Ergebnis der Anfrage würde nicht lange dauern, das wusste er. Ihm kam es jedoch wie eine halbe Ewigkeit vor.

»Ah, da haben wir es schon. Letztes Jahr gab es einen Haftprüfungstermin. Es wurde festgestellt, dass er frühestens im Jahr 2021 entlassen werden darf. Der Kerl sitzt in Celle ein. Der Beschluss wurde vom Oberlandesgericht Lüneburg bestätigt und ist somit rechtskräftig.«

»Okay, danke, Lissi.«

»Tom taucht schon wieder auf, da bin ich sicher, Paul.«

»Danke, ich melde mich wieder.«

Noch nie hatte Paul die Strecke von der Dienststelle bis nach Hause so schnell zurückgelegt. Er fand seine Frau völlig verheult und mit einem Papiertaschentuch in der Hand vor. In ihren Augen konnte er ihre Sehnsucht ablesen, als wollte allein der flehende Blick sagen: 'Hol ihn mir zurück, bitte'. Paul nahm sie in den Arm und sagte leise:

»Wir werden ihn finden, das verspreche ich dir.

Ist die Polizei in Varel schon verständigt worden?«

»Ja, zwei Schutzpolizisten in einem Streifenwagen waren bereits hier. Ich habe ihnen ein Foto von Tom mitgegeben. Sie werden Anwohner befragen, ob sie was gesehen haben.«

»Okay, gut, pass auf, ich rede jetzt erst mit Felix, und dann fahre ich zum Kiosk.«

»Ich will mit dorthin.«

»Nein, Wiebke, du musst hierbleiben, falls Tom alleine nach Hause kommt, oder wenn jemand hier anruft.« Paul versuchte, professionell zu bleiben. Besorgten Eltern hätte er gesagt – wenn es um ein anderes Kind gegangen wäre: »Machen Sie sich keine Sorgen, in den meisten Fällen tauchen die Kinder nach ein paar Stunden wieder auf.« Diese Aussage klang nun für ihn wie blanker Hohn. Vielleicht hatte Tom an einem Bach gespielt, an der Leke, war reingefallen und hatte Angst, schmutzig nach Hause zu kommen. Paul fragte sich, ob die Leke tief genug war, dass er darin ertrinken konnte?

»Was hast du, an was denkst du?« Wiebke schien seine düsteren Gedanken erahnen zu können.

»Nichts, ich gehe nur gerade alle Möglichkeiten durch.«

»Das heißt, du glaubst, es ist ihm was zugestoßen, oder? Was ist es? Sag mir die Wahrheit!«

»Die Wahrheit ist, dass ich gar nichts weiß, genau wie du. Ist Felix bei seinen Eltern?«

»Ja.«

»Ich gehe rüber und rede mit ihm. Du bleibst bitte hier.« Wiebke griff sich Toms Lieblingskuscheltier, einen Teddybären, Ole, sie hatten ihn ihm während eines Dänemark-Urlaubs gekauft. In den letzten Wochen schien Tom ihn nicht mehr so zu beachten. Schließlich war er schon ein großer Junge, der bald in die Schule kam. Sie drückte ihn liebevoll und roch an ihm.

»Ole, pass gut auf die Mama auf, ich suche jetzt Tom und bringe ihn nach Hause.«

Paul bat die Mutter von Felix, dass er allein mit ihm sprechen dürfte. Felix saß auf seinem Bettchen, als hätte er etwas ausgefressen. Paul konnte spüren, dass der Junge sich schuldig fühlte, dass sein Freund verschwunden war, zumindest mitschuldig. Er setzte sich zu ihm aufs Bett und sagte:

»Felix, du hast nichts falsch gemacht, okay?« Felix nickte, in seinen Kulleraugen sammelten sich Tränen.

»Es ist nichts Schlimmes, mit seinem Freund zum Kiosk zu gehen. Ich werde dir jetzt ein paar Fragen stellen. Deine Antworten können mir helfen, dass wir Tom ganz schnell wiederfinden, ja?

Was hat Tom genau zu dir gesagt, als du in den Kiosk gegangen bist?«

»Nur, dass er draußen warten will.«

»Und du wolltest Süßigkeiten kaufen?«

»Ja, ich hatte ein Geldstück dabei, wirklich, ich habe auch bezahlt.«

»Das glaube ich dir auch. Über was habt ihr gesprochen, als ihr zum Kiosk gegangen seid?«

»Na, ich habe ihn gefragt, was ich dafür alles bekommen werde, ich wollte Lakritze.«

»Okay, und über was habt ihr noch gesprochen?« Felix sah aus dem Fenster, als würden dort die Antworten stehen, nahm den Zeigefinger und rieb sich die Nase.

»Er hat mir von Pferden erzählt.«

»Von Pferden?«

»Ja, hat er im Fernsehen gesehen, und dass er auch gerne mal reiten würde, am Strand.«

»Was noch, was hat er noch erzählt?«

»Sonst nichts.«

»Und vor dem Kiosk, standen da Autos oder andere Leute?« Wieder schaute Felix aus dem Fenster.

»Ich glaube…«

»Ja?«

»Da standen zwei Autos, da war aber niemand drin.«

»Aber vor dir waren noch Leute dran, mit dem Bezahlen, oder?«

»Ja, eine Frau und ein Mann.«

»Hast du gesehen, was der Mann gemacht hat, als er rausgegangen ist?«

»Nein, dann war ich ja dran.«

»Und wie sah der Mann aus?«

»Wie ein Mann eben.«

»War der Mann so alt wie dein Papa?«

»Nee, viel älter, mit weißen Haaren.«

»Okay, danke, Felix, das hast du ganz toll gemacht, du hast mir sehr geholfen.«

»Ich habe auch nicht so viele Süßigkeiten gekauft, und ich wollte Tom was abgeben, ehrlich, ich will nicht ins Gefängnis, du bist doch Polizist, oder?«

»Ja, ich bin Polizist, und du bleibst schön bei deiner Mama, und du musst ganz bestimmt nicht ins Gefängnis.«

Als Paul den Wagen vor dem Kiosk abgestellt hatte und ihn betreten wollte, hielt er plötzlich inne und drehte sich um. Ein Bauernhof lag auf der gegenüberliegenden Straßenseite. Tom durfte doch nicht über die Straße gehen, weil es dort keine Ampel gab. Obwohl Paul nicht an Gott glaubte, schickte er ein Stoßgebet in den Himmel: *Hoffentlich hat er nach links und nach rechts geschaut, aber bitte, lieber Gott, lass ihn gegen meine Anweisung verstoßen haben und auf diesem Bauernhof sein.*

Paul überquerte die Straße und brauchte nicht lange, um den Besitzer des Hofes ausfindig zu machen. Er zückte seinen Dienstausweis.

»Schweigert, Kripo. Haben Sie diesen Jungen heute hier gesehen?« Paul hatte seine Brieftasche aufgeklappt, in der sich ein aktuelles Foto von Tom befand.

»Jo.«

»Echt? Wann war das?«

»Also de Jung is noch hier. Tom heißt he. Achtern im Pferdestall«, antwortete der Bauer in Plattdeutsch und zeigte mit dem Arm hinter sich.

Als er seinen geliebten Jungen sah, wie er selig einen Haflinger fütterte, wollte er ihn im ersten Moment anschreien wegen seiner

Gedankenlosigkeit. Aber jetzt verspürte er einfach nur das Bedürfnis, ihn in den Arm zu nehmen, ganz fest.

Kapitel 14

Er hatte sich zurückgezogen. Zurück in sein Refugium, einen sterilen Raum im Dachgeschoss ohne Fenster, aber mit einer erstklassigen Verbindung ins Internet und einer Software, die dafür sorgte, dass seine IP-Adresse unregelmäßig wechselte und sich zunächst in leicht zugängliche Server einloggte, um seine digitalen Spuren zu verschleiern. Hier fühlte er sich wirklich zu Hause. Hier konnte ihm keiner was anhaben, hier war er der Chef.

Immer wieder hatte seine autoritäre Mutter an ihm herumgemäkelt, nichts hatte er ihr recht machen können. »Pass auf, dass du dich nicht schmutzig machst!« - »Spiel nicht mit den Nachbar-Jungs, die sind nicht gut genug für dich!« - Oder: »Junge, mach endlich was aus deinem kümmerlichen Leben!« Selbst sein Einser-Diplom hatte ihr nur ein tonloses »Gut« entlocken können.

In vielen Jahren hatte er gelernt, sich seine eigene Welt zu schaffen, sich abzuschotten. Zunächst hatte er eine räumliche Distanz schaffen wollen. Als er seiner 'Mutter' vorschlug, den Kellerraum als sein Kinderzimmer nutzen zu wollen, bezog er nicht nur eine anständige Tracht Prügel, sondern wurde nach einer Moralpredigt von ihr volle drei Tage mit Nichtachtung gestraft. Das Essen setzte sie ihm ohne ein Wort vor, und wehe, er aß nicht alles auf. Den ersehnten Kellerraum hatte er nie bekommen. Mit einem Freund hatte er sich ein Baumhaus im Wald gebaut, ohne seiner Mutter davon zu erzählen. Er nahm sogar die Schläge in Kauf, die er bekam, wenn er wieder mal schmutzig war oder zu spät nach Hause kam. Denn wenn er in dem Baumhaus war, fühlte er sich frei wie die Vögel, die er von dort aus beobachten konnte.

Aber wieso hatte er diesem Mädchen etwas angetan? Besser gesagt, war sie schon eine junge Frau von 21 Jahren, und damit um einiges jünger als er selbst. Er wollte sie doch nur treffen. Über einen Chat hatte er sie kennengelernt.

Ein Kollege hatte ihn einmal als 'Sozialautist' bezeichnet, was ihn schwer getroffen hatte. Fachlich sahen die meisten seiner Kollegen zu ihm auf. Er war ein brillanter Analytiker, aber gefühlskalt zu den Menschen.

Im Chat gelang es ihm besser, eine Gefühlsebene aufzubauen. Diese jungen Dinger waren so naiv. Hatten sie einmal Vertrauen gefasst, konnte er sie leicht manipulieren. Für Annika hatte er länger gebraucht, sie war zurückhaltender gewesen als die anderen. Anfangs wollte er nur ausprobieren, wie weit er gehen konnte. Bestellte junge Frauen an öffentliche Orte, um sie dann zu beobachten. Sie lernten ihn nie kennen, bis auf das eine Mal.

Geduldig las er von Annikas Problemen als Studentin im ersten Semester, spielte den Verständnisvollen, den Frauenversteher, gab ihr Tipps für die Universität. Er stünde kurz vor dem Abschluss und hätte das alles auch so erlebt wie sie.

Es hatte mehrere Monate vor dem Laptop und viel Geduld erfordert, sie zu einem Treffen zu bewegen. Sie wollte vorsichtig sein, stimmte nur einem Treffen in einem Café zu. Er wusste, wo sie wohnte, denn für ihn war es ein Leichtes, an eine solche Information zu kommen. Das relativ kurze Stück zu dem Lokal hatte sie Fuß zurücklegen wollen. Er hatte sie abgepasst, ihr erzählt, rein zufällig dort vorbeigefahren zu sein. Er hatte ihr angeboten, dass sie gemeinsam zu dem Café fahren könnten, sie glaubte ihm, glaubte seinen süßen Lügen. Sie hätte nicht zu ihm ins Auto steigen dürfen.

Aber er musste nun noch vorsichtiger sein. Durfte nicht die gleichen dummen Fehler machen wie die Leute, die ihm aufgrund seines Berufes begegneten, sich durch ihre Aussagen selbst in Widersprüche verwickelten oder eindeutige Spuren am Tatort hinterließen. Er hielt sich für schlauer als diese Menschen, die für ihn nur den Abschaum der Gesellschaft darstellten. Warum wurden sie denn immer wieder erwischt und in den Knast gesteckt? Weil sie einfach zu blöd waren, auch nur zwei Schritte weiterzudenken. Als passionierter Schachspieler war er es gewohnt, vier, fünf oder gar sechs Züge vorauszudenken, unzählige Optionen durchzuspielen, die Folgen zu analysieren. Formale Logik, in dieser Disziplin war er allen überlegen.

***

Paul wusste nicht mehr, was er glauben sollte. Je mehr Hinweise abgearbeitet wurden, desto mehr Leute konnten als mögliche Täter ausgeschlossen werden. Je mehr Fragen gestellt und beantwortet wurden, desto mehr fokussierten sich die Ermittlungen auf drei Männer: allen voran Kai Rentz, aber auch sein Vizepräsident vom ‚Club Leonardos', Henning Werdemann, als auch der Chef des großen hiesigen Versorgungsunternehmens, Albert Wonka, waren noch lange nicht aus dem Schneider. Traute er Kai Rentz zu, die beiden jungen Frauen kaltblütig oder im Affekt ermordet zu haben? Oder mussten sie ihre Theorie von einem Einzeltäter über den Haufen werfen? Sie konnten letztlich alle drei gemeinsam hinter der Tat stecken.

»Axel, für wie wahrscheinlich hältst du es, dass wir nicht nur einen, sondern drei Täter suchen, dass die beiden anderen zumindest geholfen haben?« Der Fallanalytiker vom LKA lief im Büro auf und ab.

»Ich möchte zwar grundsätzlich nichts ausschließen, aber in der deutschen Kriminalgeschichte ist es extrem selten, dass auch nur zwei, geschweige denn drei Leute einen Mord durch Erdrosseln planen, der eine dann die Tat begeht, während die anderen beiden helfen. Ein Erdrosseln erfolgt oft impulsiv, aus Eifersucht, aus Rache oder aus Angst, die Person könnte einen später identifizieren, nach Vergewaltigungen zum Beispiel.«

»Ich kann mir das auch nicht so richtig vorstellen. Okay, der ehrenwerte ‚Club Leonardos' scheint keine Ansammlung von Menschenfreunden zu sein, die Spenden für Hilfsprojekte sammeln, sondern dort werden wohl Abhängigkeiten geschaffen, Sex-Partys gefeiert. Aber das hat zunächst mal nichts mit unseren beiden Fällen zu tun.«

»Und was, wenn doch?«, mischte sich Lisbeth ein.

»Was willst du damit sagen?«

»Na, was ist denn, wenn sie Würgespielchen veranstaltet haben? Sollen ja einige Männer darauf stehen. Im Eifer des Gefechts übertreibt es einer der feinen Herren, und die Dame stirbt versehentlich. Einer entsorgt die Leiche und keiner redet mehr darüber.« Paul sah zunächst fragend Axel an, dann richtete er seinen Blick auf Lisbeth.

»Okay, nehmen wir mal an, es war so, wie du sagst. Wo sind die Beweise, die Annika oder Elena mit dem ‚Club Leonardos' beziehungsweise Kai Rentz oder Henning Werdemann in Verbindung bringen?«

»Bei Elena Wagner gibt es bisher keine. Aber Annika Eilers konnte Spanisch, wollte ins Ausland. Der ‚Club Leonardos' finanziert ein Projekt auf Haiti. Vielleicht hat sie sich für ein Auslandspraktikum beworben?«

»Dafür gibt es keine Belege, aber ja, es könnte so gewesen sein.«

»Warum befragen wir Oberstaatsanwalt Rentz nicht? Wenn er es nicht war, hat er doch ein Interesse daran, umfassend auszusagen, oder?«

»Du meinst als Beschuldigter?«

»Ja.«

»Du kennst ihn doch, der wird ganz rote Wangen bekommen und ausflippen.«

»Na und, nur weil er Oberstaatsanwalt ist, dürfen wir ihn doch nicht anders behandeln. Wir haben zwei Todesfälle durch Fremdverschulden aufzuklären. Vor dem Gesetz sind doch alle Menschen gleich.« Paul rieb sich das Kinn und musste sich eingestehen, dass Lisbeth recht hatte. Nur zöge es einen ganzen Rattenschwanz an Konsequenzen nach sich, falls Kai Rentz tatsächlich als Beschuldigter deklariert würde. Dann würde er logischerweise nicht mehr die staatsanwaltlichen Ermittlungen durchführen. Mal abgesehen von dem ganzen Presse- und Medienrummel, wie sähe die zukünftige berufliche Zusammenarbeit aus, wenn sich herausstellte, dass er unschuldig war?

Zumindest galt hier, alle anderen Dinge sorgfältig zu prüfen, bevor man Oberstaatsanwalt Rentz zum Beschuldigten machte.

»Momentan reichen die Verdachtsmomente gegen Kai Rentz nicht aus. Wir werden zunächst Henning Werdemann und Albert Wonka vernehmen. Diskret, ohne viel Staub aufzuwirbeln. Wir laden sie als Zeugen vor und vernehmen sie.« Lisbeth und Axel nickten. »In der Zwischenzeit werten

Axel und Arne alle digitalen Spuren der drei angesprochenen Personen gründlich aus. Alle drei sind, soweit wir bisher wissen, keine IT-Spezialisten. Die hinterlassen Spuren, von denen sie gar nichts wissen.«

»Wenn Spuren da sind, wird Arne sie finden.«

»Außerdem müssen wir noch den Hinweisen nachgehen, die durch den Facebook-Aufruf der Polizei Niedersachsen eingegangen sind. Wie weit sind wir da, Lisbeth?« Die Angesprochene schaute auf ihren Bildschirm und rief eine Datei auf.

»Insgesamt 89 Hinweise. Die Hälfte Wichtigtuer und Scherzkekse. Die anderen Hinweise müssen noch Stück für Stück abgearbeitet werden. Die Kollegen sind dran.«

»Okay, dann an die Arbeit.« Paul griff zum Telefonhörer. Bevor er den ‚Club Leonardos' 'auf links drehte' und den Vorstandsvorsitzenden der OEW vernahm, holte er sich lieber Rückendeckung von seinem Chef.

***

Lisbeth hatte leichtfertig Ansgars Einladung zu einem Abendessen im 'Loft' ausgeschlagen. Sie wollte diese - *ja, was war das eigentlich? Eine Beziehung mit Sicherheit nicht, noch nicht mal eine richtige Affäre, eher so etwas wie erotische Treffen* - privaten Treffen auf ein Minimum begrenzen. Sie hatte auch keinen Bock darauf, dass er bestimmte, wann und wo. Wenn ihr der Sinn danach stand, nahm sie sich einfach, was sie wollte. Wenn er nicht nach diesen Spielregeln spielen wollte, sein Problem.

Ihr Nacken schmerzte, als sie sich die letzten Stufen zu ihrer Wohnung hinaufschleppte. Sie schloss die Tür auf, entledigte sich ihrer Jacke und rieb sich mit einem tiefen Seufzen über den Nacken. Fünf ungeöffnete Briefe schmiss sie achtlos auf die Ablage ihrer Garderobe. Ohne zu zögern marschierte sie ins Bad und ließ Badewasser ein, nahm ein Fläschchen aus dem Schrank, roch an dem verführerischen Vanilleduft und kippte einen Teil des Inhalts in die Wanne.

Sie nahm das Telefon aus seiner Ladestation und wählte das H für ‚Hallodri' im elektronischen Telefonverzeichnis aus und betätigte die grüne Taste.

»Mein Sonnenschein«, so konnte er wenigstens nicht durcheinanderkommen, wenn er alle Damen so begrüßte, »mit dir habe ich ja gar nicht gerechnet. Ich bin gerade in der Wallstraße...«

»Sei in 15 Minuten in meiner Wohnung.«

»Du, das passt mir aber...«

»Bist du nicht da, wirst du mich nie wiedersehen, und sei pünktlich!« Sie legte auf, ohne seine Antwort abzuwarten, und war sich sicher, nach ihrem letzten erotischen Treffen würde er ganz bestimmt pünktlich sein.

***

Nachdem sie Henning Werdemann mehr als drei Stunden vernommen hatten, hatten sie Paul nach Hause geschickt. Lisbeth und Frank Albers würden alleine weitermachen. Je länger die Vernehmung gedauert hatte, desto mehr gab der treue Vereinsvasall über seinen Präsidenten preis. Der feine Herr Oberstaatsanwalt bewegte sich haarscharf am Rande der Legalität, was die Veranstaltungen des ‚Club Leonardos' anging. Sogar Koks in geringen Mengen sollte konsumiert worden sein. Wer das Zeug besorgte, wollte Herr Werdemann nicht sagen. Was sie bisher herausgefunden hatten, würde sowohl die Sitte, gerade wenn sich herausstellen sollte, dass die Damen nicht freiwillig dort waren, als auch die Kollegen von der Drogenfahndung interessieren. Aber es fehlte die Verbindung zu den beiden Todesopfern.

***

Sie zündete ein paar Kerzen an und hatte sich gerade in die die wohlig warme Wanne mit knisterndem Schaum gelegt, als ihre Türklingel schellte. Nur mit einem eilig umgeschlungenen Handtuch schritt sie zur Wohnungstür, betätigte den Öffner für die Haustür und öffnete ihre Wohnungstür einen Spalt.

Während sie schnell zurück ins Bad wollte, schlug sie sich mit der flachen Hand vor die Stirn.

Du blöde Kuh hast ja noch nicht mal gefragt, wer da ist? Aber wer sollte es auch schon sein, wenn nichts Ansgar 'Hallodri' Brinkmann?

Noch bescheuerter kam sie sich vor, als sie ihre Dienstwaffe mit ins Bad nahm. *Sicher ist sicher, falls er es doch nicht ist. Wenn er das rumerzählt, wird ihm das eh keiner glauben.* Sie hörte, wie die Wohnungstür leise zugemacht wurde, als wollte jemand so wenig Geräusche wie möglich machen. Dann dauerte es ungewöhnlich lange, bis der Besucher die wenigen Meter zum Bad zurückgelegt hatte.

Plötzlich wurde die Tür aufgestoßen, und ein dunkel gekleideter Mann mit einer schwarzen Motorradhaube stand vor ihr. Sie richtete die Waffe auf ihn und schrie:

»Sofort runter mit der Maske!« Verstört zog Ansgar langsam die Mütze vom Kopf.

»Ey, das, das«, stotterte er, «war echt nur Spaß, ich dachte, du könntest mich als bösen Buben bestrafen.«

Sie stand auf. Ihr Körper war mehr oder weniger gleichmäßig mit Schaum bedeckt, und ihr gefiel es, welche Wirkung sie bei ihm erzielte.

»Reichst du mir mal bitte das Handtuch. Ach, und den Mund kannst du dabei gerne wieder zumachen.« Stumm tat er genau das, was sie wollte.

»Kannst du gut massieren? Mein Nacken ist total verspannt.« In seinem Gesicht sah sie Verwunderung, und er antwortete zeitverzögert, als müsste sein Gehirn ihre Aufforderung in eine ihm verständliche Sprache übersetzen.

»Äh, ja, ich kann gut massieren, sehr gut sogar.« Am liebsten hätte sie ihm einen Waschlappen in die Hand gedrückt, damit er den Sabber abwischen konnte. Das wäre jedoch zu frech gewesen, fand sie. Im Vorbeigehen roch sie an ihm. *Wenn der nur nicht so endzeitgeil riechen würde.* In ihrem Kopf spukten wieder zwei unterschiedliche Stimmen herum: Ein Engel und ein Teufel. Der Engel meinte es gut mit ihr und riet ihr dringend, so einen Hallodri, der sich von Frau zu Frau, von Schlafzimmer zu Schlafzimmer hangelte, umgehend und grußlos vor die Tür zu setzen. Der Teufel hielt munter dagegen: *Der begehrt dich, du willst dich doch auch mal wieder als vollwertige Frau fühlen, oder? Und seien wir doch mal ehrlich, er sieht klasse aus, und er riecht fantastisch. Du wärst doch bescheuert, wenn du so einen vor die Tür setzt. Und wir wollen ihn doch sowieso nicht heiraten.* Die Engelsstimme schmollte: *Also ein ehrlicher Typ, der nicht so viele Frauen am Start hat und der uns liebt, wäre mir lieber.*

Sie führte ihn, eingewickelt in ihr Badehandtuch, in ihr Schlafzimmer, drückte ihm ein Massageöl in die Hand und legte sich auf den Bauch.

»Willst du das Handtuch nicht ablegen? Ich meine, dann kann ich dir den ganzen Rücken massieren.«

Lisbeth befreite sich von dem Handtuch, und er begann, mit seinen schönen Händen ihren Nacken zu massieren. Sie stöhnte leise in ihr Kopfkissen, als das Festnetztelefon klingelte.

»Lass es einfach klingeln«, hauchte er ihr ins Ohr. Sie ignorierte seine Worte, stand auf und griff nach dem Handapparat in ihrem Schlafzimmer. Während sie das Gespräch annahm, sah sie aus den Augenwinkeln, wie er sich hastig, offenbar voller Vorfreude, seine Hose auszog. Sie musste grinsen.

»Lisbeth?«

»Ja, was ist denn so dringend um diese Zeit?«

»Du, ich weiß, es ist spät, aber wir müssen zu Kai Rentz in sein Haus, jetzt, ich erkläre dir alles auf dem Weg. Ich hole dich in zehn Minuten ab.«

Ansgar hatte sogar schon seine Unterhose ausgezogen und verschwand unter der Bettdecke. Sie sammelte seine Klamotten auf und schmiss sie zu ihm aufs Bett. »Zieh dich wieder an, das wird heute nichts mehr.«

»Das ist jetzt nicht dein Ernst, oder?«

***

Obwohl Paul sich alle Mühe gab, nach außen hin ruhig und gefasst zu wirken, merkte Lisbeth, wie aufgewühlt er war. Sie hatte sich gerade auf den Beifahrersitz gesetzt und die Tür noch nicht mal ganz zugeschlagen, da raste Paul auch schon los. Ihnen folgte ein Streifenwagen.

»Auf die Neuigkeiten bin ich jetzt mal gespannt: Warum statten wir Oberstaatsanwalt Rentz einen Besuch ab?«

»Ich habe einen anonymen Hinweis bekommen, dass das Tatwerkzeug, mit dem Annika Eilers erdrosselt wurde, sich im Aktenkoffer von Kai Rentz befinden soll.«

»Das Seil?«

»Exakt.«

»Was heißt: du? Wie hast du den Hinweis denn bekommen?«

»Gesendet von einem Hotmail-Konto. Können wir nicht zurückverfolgen, Arne hat das schon gecheckt. In der Mail steht lediglich, dass wir das Seil im Aktenkoffer von Kai Rentz finden werden, wenn wir uns beeilen.«

»Hast du einen Durchsuchungsbeschluss für sein Haus?« Paul atmete tief durch und bog in die nächste Seitenstraße ein. Es hatte vor ein paar Minuten angefangen zu regnen, sodass die Straßen rutschig waren.

»Brauchen wir nicht: Gefahr im Verzug. Wenn sich das Seil tatsächlich in seinem Koffer befindet, besteht die Gefahr, dass er das Beweismittel verschwinden lässt.«

»Ich kann das zwar immer noch nicht glauben. Aber gut, nehmen wir mal an, er ist wirklich der Täter. Falls es so ist: wäre er dann so dämlich, das Tatwerkzeug in seinem eigenen Koffer spazieren zu tragen?«

»Manche Täter sammeln Gegenstände von ihren Opfern, oder es erregt ihn, das Instrument der Tat immer bei sich zu haben. Was weiß ich, vielleicht fühlt er sich überlegen oder mächtig und geht davon aus, dass wir bei ihm als allerletztes suchen würden.«

»Immerhin haben wir ihn bereits als Zeugen vernommen. Spätestens da würde ich als Täter vorsichtig werden. Aber selbst wenn wir das Seil bei ihm finden, könnte es doch sein, dass es ihm einfach in den Aktenkoffer gesteckt worden ist, und zwar vom echten Täter. Dann macht auch der anonyme Hinweis Sinn.«

»Ja, das ist auch möglich. Aber du weißt genauso gut wie ich, dass wir diesem Hinweis nachgehen müssen. Ich habe dir Einweghandschuhe und einen Plastikbeutel mitgebracht. Du sicherst das Beweismittel, wenn wir fündig werden.«

Oberstaatsanwalt Rentz wohnte in Wahnbek, einem Ortsteil von Rastede. Durch die imponierende Außenbeleuchtung ließ sich selbst so spät abends noch erkennen, dass das großzügige Grundstück sehr gut gepflegt, der Rasen so akkurat geschnitten war, dass jeder Golfer seine wahre Freude daran gehabt hätte.

Mit den beiden uniformierten Beamten im Schlepptau gingen sie an die mit großen K. R.-Initialen verzierte, massive weiße Holztür, und Paul drückte die Klingel. Lisbeth schätzte, dass es etwa 30 Sekunden gedauert hatte, bis das Licht im Flur anging und ein völlig verdutzter Oberstaatsanwalt die Tür öffnet.

»Herr Schweigert und Frau Eicken. Ich hoffe, Sie haben eine gute Erklärung für diesen späten und überraschenden Auftritt.«

»Herr Rentz, wir müssen in Ihren Aktenkoffer schauen.« Im Gesicht von Kai Rentz zeichnete sich zunächst Verwunderung, danach aber schnell Belustigung ab, die in ein heiseres, verächtliches Lachen überging.

»Sind Sie jetzt völlig verrückt geworden? Was soll denn in meinem Koffer sein? Etwa die Lösung für Ihre beiden unaufgeklärten Mordfälle?«

Sowohl Paul als auch Lisbeth beantworteten die Fragen nicht und unterstrichen mit ihren düsteren Mienen, dass sie es ernst meinten.

»Also gut, kommen Sie doch herein, wir schauen uns den Inhalt meines Koffers an, falls Sie das beruhigt. Auf eines können Sie sich aber verlassen, Herr Kriminalhauptkommissar Schweigert«, Kai Rentz hob mahnend den Zeigefinger, seine Wangen hatten wieder diese eigentümlich rote Farbe angenommen, «wenn das hier vorbei ist, werde ich dafür sorgen, dass Sie den Fall abgeben müssen.«

Der Oberstaatsanwalt führte die Beamten in sein Arbeitszimmer, hob den ledernen Aktenkoffer auf seinen Schreibtisch und öffnete ihn, ohne eine neue Zahlenkombination einzustellen. Die Augen von Kai Rentz verengten sich, als er genau wie Lisbeth und Paul ein fingerdickes graues Seil erblickte.

»Das Ding habe ich noch nie gesehen!«

Lisbeth zog sich die Einweghandschuhe über und verbrachte das mutmaßliche Tatwerkzeug in die mitgebrachte durchsichtige Plastiktüte.

»Herr Rentz, Sie sehen sicherlich ein, dass Sie uns in die Polizeiinspektion begleiten müssen. Wir haben eine Menge Fragen an Sie.«

Kapitel 15

Paul fühlte sich, als trage er einen 30-Kilogramm-Rucksack auf seinen Schultern, während er Lisbeth bis zur ihrer Wohnungstür begleitete. Seit dem Vorfall mit dem 'Gedichteschreiber' hatte er sich vorgenommen, sie nicht einfach vor der Tür abzusetzen, sondern sie bis zur Wohnungstür zu begleiten, und inzwischen war es auch schon nach zwei Uhr nachts.

Um halb zwei hatte er beschlossen, die Vernehmung von Kai Rentz zu unterbrechen. Zu diesem Zeitpunkt hatte er eine Entscheidung treffen müssen: *Nehme ich Kai Rentz vorläufig fest oder nicht?* Für beide Tatzeiten hatte er kein Alibi vorweisen können. Ob es sich bei dem sichergestellten Seil tatsächlich um das handelte, mit dem Annika Eilers erdrosselt wurde, würde sich erst noch herausstellen müssen.

Zweifelsfrei stand fest, dass er das zweite Opfer mindestens einmal persönlich getroffen und zweimal mit ihr telefoniert hatte. Diese Tatsachen hatte er verschwiegen. Das machte ihn zwar verdächtig, würde aber keinem Haftrichter in Deutschland als alleiniger Grund ausreichen, um Untersuchungshaft anzuordnen. Sollte sich die DNA von Kai Rentz auf dem Seil nachweisen lassen, würde sich die Schlinge um den Hals des Oberstaatsanwalts allerdings zuziehen.

Seit dem heutigen Abend hatte er Beschuldigten-Status bekommen und saß vorläufig in Haft. Allein Paul Schweigert hatte das zu verantworten. Bis die Ermittlungen gegen Kai Rentz abgeschlossen sein würden, musste dieser selbstverständlich den Fall abgeben. Höchstwahrscheinlich würde eine Staatsanwaltschaft aus einem anderen Gerichtsbezirk die Ermittlungen in den beiden Todesfällen übertragen bekommen.

»Willst du noch mit reinkommen? Du kannst auch gerne hier übernachten, wir müssen ja morgen eh wieder früh raus.«

»Nee, lass mal. Ich weiß dein Angebot zu schätzen, aber das würde Wiebke nicht verstehen.«

»Nun komm wenigstens noch kurz mit rein. Ich merke doch, wie sehr dich die Sache belastet. Wir sprechen noch eben darüber, und das brauchen wir ja nicht im Treppenhaus zu machen.«

Wortlos ging Paul in ihre Wohnung und nestelte an seinem Autoschlüssel herum, ohne sich die Jacke auszuziehen.

»Jetzt stell dich nicht so an. Häng die olle Jacke in die Garderobe, dafür ist sie schließlich da. Ich mache uns schnell was zu trinken.«

»Okay, aber nichts Alkoholisches, du weißt, ich muss noch fahren.« Lisbeth, die schon in der Küche verschwunden war, lugte kurz mit dem Kopf hervor, was fast aussah wie im Kasperletheater.

»Aye, aye, Chef, ist Cola okay für dich?«

»Ja, klar.« Paul zog die Jacke aus und ging ins Wohnzimmer.

»Es ist dir nicht leicht gefallen, unseren speziellen Freund vorläufig festzunehmen, stimmt's?«, fragte Lisbeth, mit zwei gefüllten Gläsern aus der Küche kommend. Sie hatte einfach diese Art, Dinge schonungslos auf den Punkt zu bringen.

»Du kennst mich mittlerweile schon ziemlich gut, Lissi. Was ist denn, wenn er es wirklich nicht war? Mal abgesehen von seiner miesen Laune.

Aber die Geschichte wird Wellen schlagen in der Presse.« Paul nahm ihr ein Glas ab, und sie setzten sich.

»Na, stell dir mal vor, er ist es gewesen, und wir hätten ihn nicht wie jeden anderen behandelt, und er hätte sich vom Acker gemacht, einfach ins Ausland abgesetzt. Was würden dann die Journalisten über uns schreiben? Paul, es ist unsere verdammte Pflicht, ihn so zu behandeln, wie wir es getan haben. Nach Lage der Dinge wäre es fahrlässig gewesen, ihn einfach gehen zu lassen. Und innerhalb der nächsten 72 Stunden entscheidet dann ein Haftrichter, ob er freigelassen wird oder nicht.« Paul grinste. Natürlich hatte sie recht. Und der karriereorientierte Oberstaatsanwalt selbst hatte immer wieder betont, sogar darüber schwadroniert, dass jeder, ungeachtet seines Amtes, seiner Funktion oder seiner Stellung in der Gesellschaft gleich behandelt werden müsste. 'Ob Bürgermeister oder Pförtner, vor dem Gesetz sind alle gleich'. Paul war sich nicht sicher, ob er Oberstaatsanwälte und somit sich selbst mit einbezogen sah.

»Was glaubst du denn: War er es oder nicht? Traust du ihm einen Mord zu?«, fragte Lisbeth.

»Ich weiß gar nicht mehr, was ich glauben soll. Darum geht es auch gar nicht. Mir wäre es lieber, er hätte wenigstens für den Mord an Annika Eilers ein Alibi, dann wäre er aus dem Schneider.«

»Und diese Geschichten in seinem vornehmen ‚Club Leonardos', die Weibergeschichten, was hältst du davon?«

»Moralisch grenzwertig, ja sogar verwerflich. Aber das macht ihn lange noch nicht zum Täter. Wie ich ihn menschlich einschätze, weißt du ja…«

»Ein riesengroßes Arschloch ist er«, bellte Lisbeth, »bestellt junge Mädels für Partys in gehobenen Kreisen. Wer weiß, ob die jungen Dinger alle freiwillig dort waren, und ob da nicht Drogen konsumiert wurden…«

»In seiner Position äußerst ungeschickt, zugegeben. Wenn das an die Öffentlichkeit dringt, ist er beruflich erledigt. Was ist denn, wenn Annika Eilers gedroht hat, damit an die Presse zu gehen?«

»Du meinst, sie könnte ihn erpresst haben? Und deswegen musste sie sterben?«

»Nur eine Möglichkeit…«, er fuhr sich durch seine lockigen Haare, stellte das halb leere Glas ab und stand auf, »Lissi, lass uns wenigstens ein bisschen schlafen, damit wir morgen einen klaren Kopf haben.« Sie begleitete ihn zur Tür. Er öffnete sie und drehte sich zu ihr um.

»Ich bin froh, dass du an meiner Seite ermittelst. Ich brauche deinen wachen Verstand und deine Intuition.« Lissi war so verlegen, dass sie gar nichts antwortete. Erst als Paul schon aus der Tür war, rief sie ihm zu:

»Danke, und grüß Wiebke von mir.«

***

Dieses war keine billige amerikanische CSI-Folge, sondern die harte Realität. Der Raum für die Vernehmung war weder fensterlos noch steril eingerichtet. Um das Gesagte ordentlich zu dokumentieren, lief ein digitales Gerät, das lückenlos alles aufzeichnete. Zumindest in diesem Punkt deckte sich die Fernsehwirklichkeit mit der Realität.

Als Paul in die übernächtigten Augen von Kai Rentz sah, konnte er weder Überheblichkeit noch Arroganz erkennen, die ihm sonst zu eigen waren. Vielmehr sah er aus wie ein angeschossener Wolf, der bereit war, sich zu verteidigen. Eines stand bereits vor dem Gespräch fest: Unabhängig davon, ob er die Morde begangen hatte oder nicht, am Ende des Tages würde irgendetwas an ihm hängenbleiben. Seine bisherige Bilderbuchkarriere würde mindestens einen empfindlichen Knick erhalten, wenn nicht sogar ganz beendet sein. Dessen schien sich Kai Rentz bewusst zu sein. Wahrscheinlich hatte er in seiner ersten Nacht in Polizeigewahrsam kein Auge zugetan und darüber gegrübelt, wie er möglichst unbeschadet aus der Situation wieder hinauskäme.

»Herr Rentz, ich weise Sie vorsorglich darauf hin, dass Sie jederzeit einen Rechtsbeistand hinzuziehen können, und dass Sie als Beschuldigter das Recht haben, die Aussage zu verweigern.«

»Ja, ja, ich kenne meine Rechte. Ich habe nichts Ungesetzliches getan, somit brauche ich auch keinen Strafverteidiger. Natürlich werde ich aussagen«, Kai stand auf, als führe er selbst die Vernehmung durch, wahrscheinlich aus alter Gewohnheit, »eines, Herr Kriminalhauptkommissar, möchte ich *auch vorsorglich* schon jetzt zu Protokoll geben: Während wir hier diese überflüssige Vernehmung durchführen, rennt da draußen ein Mörder herum«, Kai zeigte mit ausgestreckter Hand zur Tür, »der sich - vielleicht sogar heute schon - sein nächstes Opfer sucht.« Paul faltete die Hände und entgegnete tonlos:

»Bitte nehmen Sie wieder Platz und beantworten Sie einfach unsere Fragen, umso eher sind wir hier fertig. Sie wissen genauso gut wie wir, dass wir Sie nach Lage der Dinge vernehmen müssen.« Kai ignorierte die

Anweisung und setzte sich nicht hin, sondern ging auf und ab wie ein eingesperrter Tiger.

»Ach kommen Sie schon - *nach Lage der Dinge*. Was haben Sie denn schon in der Hand? Ein Seil, das man mir untergeschoben hat. Es gibt genügend Personen, die Gelegenheiten hatten, das zu tun. Der Aktenkoffer ist meistens nicht verriegelt, wenn er in meinem Büro steht. Sie werden keine DNA-Spuren von mir auf ihm finden. Kein Haftrichter wird danach Untersuchungshaft…« Nun stand Paul auf, Lisbeth schaute überrascht zu ihrem Chef hinüber.

»Hinsetzen! Ich leite die Vernehmung, Herr Rentz«, bellte Paul ihn lauter an, als er es beabsichtig hatte. Kai nahm daraufhin wortlos Platz.

»Woher kannten Sie Annika Eilers?«

»Das haben wir doch alles schon gestern durchgekaut. Ich habe sie einmal persönlich im ‚Club Leonardos' empfangen.«

»Zu welchem Zweck?«

»Sie wollte ein Auslandspraktikum absolvieren. Deswegen kam sie zu einem offiziellen Vorstellungsgespräch in unsere Räumlichkeiten.«

»Das war nur fünf Tage vor ihrem Tod, ist das richtig?«

»Ja.«

»Wie lange dauerte das Gespräch?«

»Das weiß ich gar nicht mehr genau, eine Stunde vielleicht - maximal zwei.«

»Haben Sie das Gespräch alleine geführt?«

»Ja, natürlich.«

»Gefiel Ihnen Frau Eilers?« Kai senkte das Kinn, und seine Augen schauten dabei kampfeslustig nach oben, er sah zunächst Paul und danach Lisbeth intensiv an. «Sie ist eine interessante und intelligente Bewerberin gewesen.«

»Frau Eilers war sehr hübsch und dazu noch blutjung. Gefallen Ihnen junge blonde Frauen?«, fragte Lisbeth provokativ.

»Ach hören Sie doch auf, Frau Eicken, da ein Motiv zu konstruieren, wo keines ist. Ich hätte Ihnen mehr zugetraut.«

»Ich wiederhole, beziehungsweise konkretisiere meine Frage an Sie gerne: Fanden Sie Frau Eilers sexuell attraktiv?«

»Das hat mich in dem Moment doch gar nicht interessiert. Ich bin Präsident einer gemeinnützigen Organisation, die sich für hilfsbedürftige Menschen einsetzt, unter anderem auch in Haiti.«

»Etwa auch für hilfsbedürftige Prostituierte?«

»Was soll der Vorwurf, den Sie in dieser Frage verstecken?« Lisbeth ging nicht auf die Gegenfrage ein.

»Haben Sie Frau Eilers auf Facebook ermutigt, sich bei Ihnen persönlich zu bewerben?« Paul kannte die Antwort bereits, stellte die Frage aber trotzdem.

»Ich habe ihr auf Facebook geschrieben, dass sie gerne ihre Bewerbungsunterlagen einreichen könnte, ja.«

»Haben Sie Frau Eilers nach dem Bewerbungsgespräch noch einmal gesehen?«

»Nein, verdammt.«

»Auch nicht per Skype?«

»Nein.«

»Aber Sie haben mit Frau Eilers telefoniert. Wie oft haben Sie das getan?«

»Ich glaube, zwei Mal.«

»Das zweite Gespräch fand am Tag vor ihrem Tod statt, stimmt das?«

»Ja.«

»Wie lange hat es gedauert?«

»Herrgott, ich stoppe doch nicht die Zeit, wenn ich telefoniere.«

»Um was ging es in dem Gespräch?«

»Über Einzelheiten für die geplante Auslandsverwendung: Kosten, Unterbringung, solche Sachen. Sie hatte einfach noch ein paar Fragen.«

Lisbeth schaute in ihre Unterlagen. «Das Gespräch dauerte 52 Minuten und 43 Sekunden. Ziemlich lange für ein paar Einzelheiten, finden Sie nicht?«

»Wir sind dann ins Plaudern gekommen, sie hat etwas übers Studium erzählt, ihre Ziele…«

»…und ihre Träume vielleicht? Haben Sie sie erneut in den Club eingeladen?«

»Nein.«

»Vielleicht in ein Café oder sogar zu sich nach Hause?«

»Nein, warum sollte ich das getan haben?«

»Ich werde Ihnen sagen, wie es war: Sie haben Annika Eilers auf eine ihrer geheimen Sex-Partys eingeladen. Dabei kam es auch zu Würgespielen, und einer von den feinen Herren hat halt im Eifer des Gefechts übertrieben, und Annika Eilers erstickte, ein Unfall gewissermaßen, war es so?«

Kai atmete empört aus. «Sie haben eine lebhafte Phantasie, aber anstatt sich hier haltlose Dinge zusammenzureimen, sollten Sie sich auf Beweise konzentrieren. Ach nee, ich vergaß, die haben Sie ja gar nicht, noch nicht mal Indizien.«

»Hatten Sie persönlichen oder virtuellen Kontakt zum ersten Opfer, Elena Wagner?«

»Nein, nie gesehen, nie mit ihr geschrieben. Ich kenne die Frau erst, seit sie *Ihr* Fall ist, den sie immer noch nicht gelöst haben.«

»Besitzen Sie einen schwarzen Seidenschal?«

»Nein, ich habe mehrerer Schals, aber keinen schwarzen Seidenschal.«

Paul drehte sich zu Lisbeth um und flüsterte ihr etwas ins Ohr.

»Herr Rentz, wir unterbrechen die Vernehmung.«

Paul und Lisbeth gingen in ihr Büro, und Paul schenkte beiden frischen Kaffee ein.

»Lissi, hör zu, was wir bisher haben, reicht hinten und vorne nicht, um für ihn Untersuchungshaft zu beantragen, da hat er leider recht. Während du ihn weiter vernimmst, gehe ich zum Leiter der Staatsanwaltschaft und werde darauf hinwirken, einen Durchsuchungsbeschluss für sein Haus zu beantragen. Wenn wir irgendetwas finden, dass ihn, außer dem, was er bisher gesagt hat, mit einem der Opfer in Verbindung bringt, haben wir das Puzzlestück, das wir brauchen.« Lisbeth nickte zustimmend und trank einen Schluck Kaffee. »Die anderen Kollegen werden in der Zwischenzeit Henning Werdemann und Albert Wonka vornehmen. Ich bin überzeugt, die wissen viel mehr, als sie uns bisher gesagt haben, gerade was die Partys angeht.«

Es würde das erste Mal in seiner bisherigen Dienstzeit sein, dass er einen Durchsuchungsbeschluss für das Haus eines Staatsanwaltes erwirken würde. Bei dieser Sache würde es keinen Gewinner, sondern nur Verlierer geben.

***

Die Kollegen der Spurensicherung stellten auf Grundlage eines richterlichen Durchsuchungsbeschlusses die Wohnung von Kai Rentz auf den Kopf. Sie suchten nach sachdienlichen Hinweisen, auch nach Spuren, die eine Verbindung zu dem ersten Mordopfer, Elena Wagner, belegen könnten.

Paul studierte zum wiederholten Male die gerichtsmedizinischen Befunde. Beide Opfer waren erdrosselt, aber nicht vergewaltigt worden. Jedenfalls wiesen die Leichname keine typischen Verletzungen im Vaginal- oder Analbereich auf. Wenn seine Hypothese zutraf und Annika Eilers durch exzessive Würgespiele ums Leben gekommen war, warum musste Elena Wagner dann sterben? Ihm erschien es als unwahrscheinlich, dass beide Frauen durch 'Unfälle' gestorben waren. Im Gegensatz zu Frau Wagner hatte Frau Eilers vor ihrem Tode ungeschützten Geschlechtsverkehr gehabt. Das sichergestellte Sperma konnte eindeutig Benedikt Vogel zugeordnet werden. Dieser schied jedoch durch sein wasserdichtes Alibi als Täter aus.

Entnervt legte er die Berichte zur Seite. Welche Gemeinsamkeiten gab es noch zwischen den beiden Frauen, außer dass sie jung, blond, hübsch und

Studentinnen waren? Keine. Jedenfalls hatten die bisherigen Ermittlungen keine ergeben. Sie kannten sich nicht, waren nicht in denselben Vereinen und hatten unterschiedliche Hobbys. Elena Wagner wohnte in einer Wohngemeinschaft, während Annika Eilers noch bei ihren Eltern lebte.

Okay, sie zeichneten sich beide durch hohe Internet-Affinität aus, aber fast alle Frauen in ihrem Alter besaßen Profile in sozialen Netzwerken. Vielleicht wollte er auch Gemeinsamkeiten finden, wo es keine gab.

Das Telefon klingelte, und Paul sah den Namen ‚Dr. Reinhard Janssen' im Display.

»Moin, Herr Doktor Janssen, ich hoffe, Sie haben gute Nachrichten für mich?«

»Moin, Herr Schweigert, ob die Nachricht gut ist, müssen Sie entscheiden. Um es mal flapsig auszudrücken, ist das Seil, das Sie eingereicht haben, so jungfräulich wie die Heilige Maria.« Paul stand auf, wischte sich über die Stirn.

»Wie meinen Sie das genau?«

»Ich kann keinerlei Spuren finden, keine DNA, kein Härchen, nichts, niente, nada, nothing. Als hätte es jemand, der sich auskennt, gründlich gereinigt. Den Bericht schicke ich Ihnen noch, aber sie wollten ja so schnell wie möglich ein Ergebnis, deswegen rufe ich an.«

»Könnte Annika Eilers mit einem solchen Seil denn getötet worden sein?«

»Ja, es passt zu den Verletzungen. Ob es aber genau dieses Seil war, lässt sich nicht feststellen.«

»Danke, Herr Doktor. Ich wünsche Ihnen einen schönen Feierabend.« Kaum hatte Paul aufgelegt, rauschte Lisbeth mit einem verschmitzten Grinsen ins Büro.

»Was grinst du denn so?«

«Ich grinse doch gar nicht«, spielte Lisbeth die Empörte.

»Komm schon, mach kein Quiz draus, was hast du für mich?«

»Im Haus von Kai Rentz konnten die Kollegen nichts finden…«

«Na toll, dann weiß ich nicht, was es da zu grinsen gibt, freust du dich für ihn?«

»…du musst mich halt ausreden lassen. Im Auto von Kai Rentz konnte ein Halstuch sichergestellt werden, genauer gesagt: im Handschuhfach. Ich komme gerade von den Eilers. Sie haben bestätigt, dass es Annikas Halstuch ist. Genau dieses hatte sie getragen, als sie zum letzten Mal ihre elterliche Wohnung verlassen hatte.«

Kapitel 16

Die Staatsanwaltschaft Osnabrück übernahm die Ermittlungen, in denen Kai Rentz als Beschuldigter galt, damit keine Gerüchte aufkamen, ein Staatsanwalt aus dem Gerichtsbezirk Oldenburg könnte als 'befangen' gelten.

Auf Grundlage der vorliegenden Indizien beantragte die auswärtige Staatsanwaltschaft Untersuchungshaft für Kai Rentz. Der zuständige Haftrichter Gunnar Tjarks hörte sich sowohl die Argumente des inzwischen von Kai Rentz eingeschalteten Strafverteidigers als auch die Begründungen der Staatsanwaltschaft besonnen an. Er brauchte nicht lange, um daraufhin den Haftbefehl zu unterschreiben und den Vollzug der Untersuchungshaft anzuordnen. Er betonte jedoch, dass er beim nächsten Haftprüfungstermin stichhaltige Beweise für die Täterschaft des suspendierten Oberstaatsanwaltes erwartete.

Paul wusste nur zu genau, wie recht der Haftrichter hatte. Entgegen vieler Fernsehkrimis waren reine Indizienprozesse schwierig zu gewinnen. Sie hatten momentan nicht einen einzigen Beweis, keine Zeugen, die Kai Rentz zusammen mit Annika Eilers gesehen hatten, ausgenommen das Bewerbungsgespräch. Sowohl das Seil als auch das Tuch hätten ihm untergeschoben worden sein können. Paul hatte Axel Meyerhofer und Arne Claaßen zu sich ins Büro bestellt, um zusammen mit Lisbeth den Fall und das weitere Vorgehen zu erörtern.

»Nehmen wir einmal an, es stimmt, was Kai Rentz sagt. Dass man ihm das Seil unbemerkt in den Koffer gelegt hat, könnte ja immerhin noch sein. Nach eigener Aussage verriegelt er seinen Aktenkoffer nicht immer. Was ist aber mit dem Halstuch im Handschuhfach? Ist er wirklich so dämlich und fährt auch das noch spazieren, wenn er der Täter ist? Sein Auto weist keine Beschädigungen auf. Wenn es ein Fremder war, wie hat er es ihm ins Auto gelegt?« Arne rieb sich über seinen dicken Bauch, als hätte er Hunger.

»Das ist gar kein großes Problem«, drei Augenpaare richteten sich gespannt auf Arne, «ein einfacher Störsender kann das elektronische Abschließen verhindern. Merkst du gar nicht. Du drückst auf deinen Schlüssel wie jeden Tag, meinst, es ist abgeschlossen und gehst deiner Wege.«

»Du meinst, jemand hat beispielsweise vor seinem Büro gewartet, bis er das Auto abstellt…«

»Klar, du kannst diesen handgroßen Sender bequem in der Manteltasche tragen. Vielleicht war es jemand, der ihn kennt, der sagte ihm womöglich noch freundlich 'Guten Tag' oder 'Moin, Moin' und wartete, bis er im Gebäude verschwunden war.«

»Okay, ich verstehe. Dann müssen wir zum einen herausfinden, wer Zugang zum Büro und damit zum Aktenkoffer hatte, und zum anderen, wer an dem Tag, an dem wir den anonymen Hinweis bekamen, am Auto von Kai Rentz gesehen worden ist?« Lisbeth nickte und machte sich Notizen.

»Wir werden natürlich auch nach Hinweisen suchen, die Kai Rentz weiter belasten. Arne, wie lange brauchst du noch für die Auswertung seines Laptops?«

»Ein paar Stunden, heute Abend gebe ich dir einen vorläufigen Bericht.«

»Sehr schön. Heute Vormittag vernehmen wir Henning Werdemann und heute Nachmittag Albert Wonka. Lisbeth, das machen wir beide. Wir müssen sie unter Druck setzen, ihre fragwürdigen Veranstaltungen müssen ja gar nichts mit dem Fall zu tun haben. Aber ich finde es schon auffällig, dass auch hier junge Studentinnen, blond, Anfang 20, im Fokus stehen. Die beiden werden alles tun, damit ihre Namen nicht im Zusammenhang mit den Sex-Partys in der Öffentlichkeit genannt werden. Dafür müssen sie uns aber Informationen liefern.«

Paul wusste, dass Henning Werdemann seit Jahren ein treuer Gefolgsmann von Kai Rentz war. Als Chef eines mittelständischen IT-Unternehmens kannte er sich gut mit dem Internet, Firewalls und wie man seine digitalen Strukturen verschleierte, aus. Die Firmen-Website der ‚Norten GmbH' verriet, dass sie auf Sicherheitssoftware spezialisiert waren. Vielleicht hatte er dieses Wissen an Kai Rentz weitergegeben. Obwohl sie Henning Werdemann nur als Zeugen vernehmen würden, kam er möglicherweise selbst als Täter in Betracht.

»Herr Werdemann, wie lange sind Sie schon Mitglied im ‚Club Leonardos'?«

»Im Juli werden es fünf Jahre.«

»Was war denn damals Ihre Motivation, in den Club einzutreten?«

»Durch meinen beruflichen Werdegang, also dem erfolgreichen Führen meiner IT-Firma, ging es mir sehr gut in meinem Leben. Da wollte ich einfach etwas an die Gesellschaft zurückgeben. Wir setzen uns sehr stark für benachteiligte…«

»…junge Frauen ein?«, fiel Lisbeth ihm ins Wort.

»Nein, also auch für junge Frauen. Was ich sagen wollte, ist, dass wir uns generell für Menschen einsetzen, die nicht so vom Leben geküsst wurden wie wir selbst. Wir suchen den Kontakt zu Leuten, die es beruflich und gesellschaftlich weit gebracht haben, die wissen, wie man Dinge organisiert und erfolgreich zum Abschluss bringt.« *Welcher Hochglanz-Power-Point-Präsentation hast du das denn entnommen? Da wird mir ja ganz schlecht,* dachte Paul.

»Zu potenten Männern also«, stellte Lisbeth nüchtern fest und hob dabei erwartungsvoll ihre Augenlider.

»Ich weiß nicht, was Sie damit andeuten wollen, Frau Kommissarin.«

»Na, solchen elitären Männern möchte man doch etwas bieten. Vornehmes Essen, erstklassige Getränke, knackige blonde Mädels. Das lockert doch jeden Anzugträger auf, nicht wahr?«

»Ja, okay, es gab einige Abende, an denen auch junge Damen anwesend waren. Aber die waren alle freiwillig dort.«

»Auch Annika Eilers?«

»Nein, Frau Eilers hatte, soweit ich weiß, nur ein einziges Bewerbungsgespräch mit Rentz.«

»Sonst war sie nie in Sachen ‚Club Leonardos' unterwegs?«

»Nein.« Henning Werdemann schwitzte, obwohl es in dem Raum weder heiß noch stickig war. Er trank gierig sein Wasserglas leer und stellte es zurück auf den Tisch.

»Was ist mit Elena Wagner, war sie öfter in Ihrem Club?«, übernahm Paul die Gesprächsführung.

»Die kenne ich gar nicht. Ist das nicht die andere Studentin, die auch im Schlosspark abgelegt wurde?«

»Sie kennen sie also doch?«

»Nein, ich habe davon in der Zeitung gelesen, und Kai, also Herr Rentz, erzählte mir davon.«

»Er hat Ihnen von laufenden Ermittlungen erzählt?«

»Keine Einzelheiten, nur dass er in diesem Fall die staatsanwaltlichen Ermittlungen an sich gezogen hatte.« Paul stand auf und baute sich seitlich neben dem sitzenden Werdemann auf.

»Und was ist mit dieser Top100-Seite im Internet, auf der die Frauen bewertet werden? Wessen Idee war das?«

»Ähm, so eine Gemeinschaftsidee.«

»Realisiert von den Webdesignern der ‚Norten GmbH', nicht wahr?«

»Ja, meine Mitarbeiter haben die Website erstellt. Was ist denn falsch daran?« Paul schlug mit der flachen Hand so laut auf den Tisch, dass selbst Lisbeth erschrocken zusammenfuhr.

»Haben Sie sich die freizügigen Fotos mal angeschaut? Für mich sieht das aus wie eine Versteigerung von Frischfleisch. Junge Frauen zwischen 18 und 28, überwiegend blond, die ganz groß Karriere machen wollen. Dafür müssen sie einiges tun, Dienste anbieten, oder?«

»Die haben doch alle heutzutage Profile in sozialen Netzwerken mit Bildern von sich. Keiner hat sie gezwungen, dort ihre Fotos hochzuladen.«

»Nein, nein, aber wenn so ein Elite-Heini seine Kontakte spielen ließ oder Bares auf den Tisch gelegt hatte, um die Damen zu treffen, hatten Sie sicher nichts dagegen?«

»Das ist doch nicht ungesetzlich.«

»Das nicht, aber wenn die Damen zu Sexpartys eingeladen werden und dann plötzlich eine erdrosselt im Schlosspark von Rastede liegt, dann liegt eine Straftat vor. Gab es bei diesen Partys S/M-Praktiken, Würgespiele, Herr Werdemann?« Er knetete sich die Hände, als wollte er das unangenehme Thema wegmassieren.

»Bei den meisten war ich gar nicht dabei.«, antwortete er leise.

»Verarschen Sie uns nicht. Wenn Ihr Name im Zusammenhang mit diesen Partys in der Presse erscheint, dann werden sich Ihre Kunden sicherlich freuen. Es ist für Sie besser, wenn Sie uns alles sagen, was Sie wissen. Hat Kai Rentz die Damen auch privat getroffen?«

»Nein, und wenn, dann weiß ich nichts davon.«

»Was ist mit S/M-Werkzeugen: Peitschen, Gerten, Riemen zum Fixieren? Wurden solche oder ähnliche Instrumente benutzt?«

»Also…« Werdemann rieb sich mit beiden Händen über sein Gesicht.

»Es gab eine Motto-Party, die hieß…«

»Na, kommen Sie, sagen Sie schon.«

»…die hieß 50-Shades-of-Grey, nach diesem Buch. Die Herren fein gekleidet, und die Studentinnen kamen als graue Mäuschen. Das war nichts Schlimmes. Wir hatten das unter Kontrolle. Es wurden Peitschen verwendet, aber keine Seile - oder gar Würgespiele veranstaltet.«

»War Annika Eilers bei dieser Mottoparty dabei?«

«Nein, wie oft soll ich das noch sagen?« Paul nahm einen Stift und ein Blatt Papier und legte es vor Werdemann auf den Tisch. Es klopfte an der Tür, und Frank Albers gab Lisbeth ein Zeichen, dass er sie sprechen wollte. Sie folgte dem Wink und verließ den Vernehmungsraum.

»So, Sie schreiben alle Namen der Teilnehmer dieser S/M-Veranstaltung drauf, sämtliche Damen und Herren.« Nachdem die Liste erstellt worden war, hakte Paul nach.

»Die Adressen können Sie mir sicherlich auch liefern?«

»Ja, dazu müsste ich aber in den Club, und bitte, behandeln Sie die Sache vertraulich.« Paul ließ die Bitte im Raum stehen und beendete die Vernehmung. Er wurde zwar das Gefühl nicht los, dass Werdemann ihm nicht alles erzählt hatte, aber es blieb ja noch das Gespräch mit Albert Wonka, und der stand auch auf der Liste, ganz oben sogar.

Als Paul sein Büro betrat, sah er Lisbeth, wie sie sich mit einer Lupe über verschiedene Schwarzweißfotos beugte. Offensichtlich handelte es sich dabei um Blitzer-Fotos einer polizeilichen Überwachungskamera.

»Was hatte denn Frank so Wichtiges, dass er dich rausgeholt hat?« Lisbeth nahm die drei Fotos und hielt sie demonstrativ in die Höhe.

»Das sind die Treffer für unsere Anfrage der Überwachungskamera von der Oldenburger Straße, die am Schlosspark vorbeiführt.« Routinemäßig checkte die Polizei bei Kapitalverbrechen Überwachungskameras in der näheren Umgebung eines Tatorts oder Fundorts einer Leiche. Täter hatten es oft sehr eilig, kaum einer fuhr gelassen solch eine Strecke, er hatte schließlich Angst davor, dass man ihn erwischen könnte.

»Unsere Routineuntersuchungen hatten doch keine Auffälligkeiten ergeben, dachte ich.«

»Diese Fotos standen noch aus, da hatte es technische Probleme gegeben. Ich hatte heute Morgen mal nachgehakt, wo die Bilder bleiben und Frank gebeten, mir Bescheid zu sagen, sobald sie da sind.«

»Okay, bringen die Fotos uns weiter?«

»Ich bin mir da nicht sicher, zwei Fotos zeigen zwei ältere Frauen, können wir also vergessen. Aber das dritte hier solltest du dir mal anschauen, ich erkenne da jemanden, kann natürlich ein Zufall sein…« Paul sah sich das Foto genau an.

»Das ist doch Richter Tjarks, der die Untersuchungshaft für Rentz angeordnet hat. Das muss ein Zufall sein.«

»Ich bin doch echt zu blöd«, jetzt haute Lisbeth die flachen Hände auf die Schreibtischunterlage, »das glaube ich einfach nicht.«

«Was hast du denn, auch ein Richter kann doch mal zu schnell fahren, deswegen muss er nicht gleich der Mörder sein.«

»Wir suchen doch seit Wochen einen ‚MrJudge', übersetz das doch mal ins Deutsche: ‚Judge' heißt ‚Richter'.«

»Aber der wird doch nicht so dämlich sein, sich als Richter einen solchen Nicknamen zu geben, oder?«

Kapitel 17

Er musste jetzt vorsichtig sein. Noch vorsichtiger als sonst. Die knackige, wohlgeformte Kommissarin gehörte eigentlich gar nicht in sein Beuteschema. Sie war nicht blond, mit 30 Jahren fast schon zu alt und zu erfahren, nicht mehr unbedarft genug. Und trotzdem reizte sie ihn über die Maßen. Bisher hatte er sich kontrolliert im Hintergrund gehalten, sie bloß aus der Entfernung beobachtet. Im Internet war er auf sie aufmerksam geworden. Damals wusste er noch nicht, wer sich hinter dem Decknamen ‚MrsSophie' verbarg. Gott sei Dank war er vorsichtig gewesen, hatte sich nicht einmal in den Irish Pub begeben, weil er fand, dass es zu risikoreich gewesen wäre in seiner Position. Für 20 Euro hatte er eine Studentin beauftragt, mit ihrer Handykamera unauffällig Fotos zu machen von den Frauen, die an diesem Abend alleine in diesem Lokal waren. Zunächst war die junge Frau misstrauisch gewesen. Aber als er ihr eine Geschichte aufgetischt hatte, dass es sich um eine Wette handelte, durch die er bei seinen Kumpels als Held dastehen würde, wenn er, ohne selbst ins ‚Fiddlers Green' zu gehen, herausbekommen würde, wer da drinnen war, spielte sie mit. Sie erzählte ihm später, dass sie es so geschickt angestellt hatte, dass alle glauben mussten, sie hätte nur eine SMS geschrieben und dabei von der Frau, die als einzige allein im Lokal saß, ein Foto geschossen hatte.

Als er dann das Bild von der hübschen Kommissarin Eicken gesehen hatte, wusste er, dass es völlig richtig gewesen war, vorsichtig zu sein. Sie hätte ihn bestimmt erkannt. Für ihn stellte es keine allzu schwere Aufgabe dar, herauszubekommen, wo sie wohnte. Er hätte zu gern die Gesichter von Paul Schweigert und Lisbeth Eicken gesehen, als ihnen klar geworden war, dass er sie ins Kino geschickt hatte. Ein Gedicht vom Tatort-

Kommissar Frank Thiel aus Münster. Er musste jetzt noch schallend loslachen und freute sich wie ein kleiner Junge über seinen genialen Einfall.

Als kleines Kind hatte er nie viel zu lachen gehabt, nicht mal als Jugendlicher oder als junger Erwachsener. Ständig hatte ihn seine autoritäre Mutter gemaßregelt. Nichts konnte er ihr recht machen. So sehr er sich auch anstrengte, sie antwortete stets mit emotionaler Kälte. Selbst als er das Studium als Jahrgangsbester abschloss, kommentierte sie es bloß mit: »Gut, hast du schon Bewerbungen geschrieben?«

Wenn er ihr mal eine Freundin mit nach Hause gebracht hatte, konnte keine ihren Ansprüchen genügen. Sie hatten entweder den falschen Beruf oder waren nicht hübsch genug, meistens beides. Seine Freundin müsste etwas repräsentieren und sich kultiviert unterhalten können. »Die Garderobe und das Verhalten einer Frau ist die Visitenkarte des Mannes«, hatte sie immer gesagt. *Mein Gott, sie war nur seine Freundin, er wollte sie doch nicht gleich heiraten.*

Erst seit dem Tod seiner Mutter Anfang des Jahres fühlte er sich wie von einer großen Last befreit, traute sich mehr zu, was er vor allem im Internet auslebte. Aber egal, mit welcher Frau er auch kommunizierte oder in welchem Forum, bei jeder hatte er immer das Gefühl, sie könnte so herrisch sein wie seine Mutter oder würde irgendwann so werden. Letztlich waren sie alle gleich, wollten Kontrolle ausüben. Aber jetzt war er mal dran. Er wollte Macht ausüben, sie manipulieren. Sie sollten ihm vertrauen, so wie er Mutter immer vertraut hatte, weil er Vertrauen wollte. Bedingungslos.

Er sollte sich für die liebe Lisbeth Eicken etwas einfallen lassen. Etwas ganz besonderes. Es erregte ihn, sie in Angst und Unsicherheit zu versetzen. Lange würde er sich nicht mehr so diszipliniert zurückhalten können, wie er es bisher geschafft hatte.

***

Sie musste einfach mal an die frische Luft, obwohl es nicht richtig Frühling werden wollte, nachdem der Winter schon viel zu lange gedauert hatte. Als es endlich aufgehört hatte zu regnen, zog sie ihre Lederjacke an und ging vor die Tür, ohne ein konkretes Ziel zu haben. Oldenburg war im Nordwesten Niedersachsens zwar die größte Stadt, aber von der Fläche doch sehr überschaubar. Viele Dinge in der Innenstadt ließen sich bequem zu Fuß erreichen. Der Wind pfiff ihr durch die offenen Haare und fühlte sich kälter an, als sie gedacht hatte. Sie knöpfte die Jacke bis oben hin zu und klopfte sich eine Zigarette aus der Packung, zündete sie an und genoss das Inhalieren. Ihr Gehirn gierte nach dem Nikotin und gab ihr zumindest kurzweilig ein wohliges Gefühl. Die letzten Wochen hatten sie ziemlich ausgelaugt.

Vermutlich saß Kai Rentz zu Unrecht in U-Haft. Es war schon ein ungewöhnlicher Vorgang, dass gegen einen Oberstaatswalt ermittelt wurde. Und jetzt stand der zuständige Haftrichter unter Verdacht. Beide Dinge zusammen genommen waren wohl einzigartig in der deutschen Justizgeschichte. Lisbeth fragte sich, was Paul dem Chef der Oldenburger Kripo wohl erzählt haben mochte. Zumindest kam er schlecht gelaunt von seinem Büro zurück. Sie hatten bisher weniger belastendes Material in der Hand als bei Kai Rentz. Ein Blitzer-Foto in der Nähe des Tatorts bewies rein gar nichts, könnte am Ende auch reiner Zufall gewesen sein. Richter Tjarks wohnte in Wardenburg, südlich von Oldenburg. Rastede lag in entgegengesetzter Richtung, also im Norden der Stadt. Aber ein Wohnsitz an der falschen Stelle machte keinen Menschen zum Täter. Was aber suchte Gunnar Tjarks nachts dort, und warum fuhr er viel zu schnell? Hatte er für die Tatzeit ein Alibi? Sie bräuchten mehr, um selbst eine einfache Befragung zu rechtfertigen. Arne Claaßen versuchte bereits, digitale Spuren im Netz zu finden, die belegen könnten, dass Richter Tjarks tatsächlich hinter ‚MrJudge' stand, oder dass er Kontakt mit einem der Opfer hatte.

Lisbeth hatte die bereits verwaiste Fußgängerzone hinter sich gelassen und stand nun vor dem Staatstheater. Sie griff nach ihrem Smartphone und wählte Sannes Nummer.

»Süße, ich bin's. Du, wann waren wir das letzte Mal im Theater?«

»Hallo, Lissi, letztes Jahr, glaube ich, warum?«

»Das ist viel zu lange her, wir müssen uns dringend mal wieder etwas ansehen.«

»Klasse Idee, ich wollte eh meinen Geburtstag nächste Woche in Oldenburg feiern. Da machen wir es uns richtig gemütlich, wir zwei.« Lissi strich sich eine dunkle Haarsträhne aus dem Gesicht und schlenderte die Gartenstraße hinunter.

»Zusammen mit deinem Freund?«

»Nee, der ist seit gestern Abend Geschichte. So ein Arschloch.« Lissi blieb stehen.

»Was ist denn passiert?«

»Der hat mir doch tatsächlich verboten, mit Claudia wegzugehen. Dabei wollten wir nur ins Kino. Er hat einen Riesenaufstand gemacht. Der Typ kriegt seine Eifersucht einfach nicht in den Griff.«

»Und du bist natürlich trotzdem gegangen.«

»Ja, klar, was denkst du denn? Als ich aus dem Kino kam, hatte ich 25 SMS. Die waren dramaturgisch so gut aufbereitet, die muss ich dir mal in Ruhe zeigen.« Lissi lachte laut los.

»Die zeigst du mir dann nächste Woche. Du kommst dann bestimmt schon Donnerstag, weil, nächsten Freitag ist ja dein Geburtstag.«

»Ja, wenn ich darf?«

»Sehr gern, ich freue mich auf dich.« Lissi beendete das Gespräch und wollte weitergehen, als ein groß gewachsener Mann, etwa in ihrem Alter, ebenfalls mit Lederjacke unterwegs, sie leicht am Arm hielt. In seiner anderen Hand hielt er einen Motorradhelm. Lisbeth konnte es gar nicht gut leiden, wenn fremde Männer sie ungefragt anfassten, auch wenn es nur sanft war.

»Hey, du kommst mir so bekannt vor, du siehst aus wie meine neue Freundin.« Lisbeth schaute sich den Motorradfahrer von oben bis unten an, holte tief Luft und sagte schließlich:

»Wenn ich mal ganz viel Zeit habe, verrate ich dir, was ich mir unter Originalität vorstelle. Ich bin heute leider sehr in Eile.« *Unfassbar, diese Dreistigkeit, oder wollte er gar nicht, dass er mit einem so dämlichen Spruch bei ihr landete?* Vorsichtshalber tippte sie das Nummernschild seiner Kawasaki in ihr Smartphone.

Aber selbst als der Biker abgerauscht war, fühlte sie sich immer noch seltsam beobachtet. Ihr Blick fiel auf die Villa vom ‚Club Leonardos'. Täuschte sie sich oder war das gerade eine Bewegung hinter der Gardine gewesen?

***

Paul hatte sich selten so unwohl gefühlt wie auf dem Weg zum Büro von Richter Tjarks. Trotz intensiver Recherche von Arne Claaßen konnten keine weiteren Hinweise im Internet gefunden werden, die belegten, dass der Richter eines der beiden Opfer kannte oder unter dem Pseudonym ‚MrJudge‘ mit ihnen kommuniziert hatte. Sollte Richter Tjarks tatsächlich hinter ‚‘MrJudge‘ stecken, so hätte er sehr überlegt im Internet agiert. Arne hatte Paul erklärt, dass die IP von ‚MrJudge‘ höchstwahrscheinlich mit einem System namens 'Tor' verschlüsselt worden war. Dabei nutzte der IP-Inhaber verschiedene unverdächtige Server, bevor er auf die Zieladresse zugriff, was seine Herkunft verschleierte. Dazu musste man noch nicht einmal ein ausgewiesener IT-Experte sein. Das Programm ließ sich bequem aus dem Internet herunterladen und man surfte fortan anonym. Bedauerlicherweise nutzten auch Kinderschänder und Betrüger jeglicher Art dieses System.

In seinem Jagdfieber hatte Arne ihn gefragt, ob er - ganz inoffiziell - versuchen sollte, sich in das E-Mail-Konto von Gunnar Tjarks zu hacken. Paul hatte ihm das verboten. Als Beweis würden belastende E-Mails nicht vor Gericht verwertet werden können, wenn diese auf illegale Art und Weise beschafft worden waren. Eventuell hätten sie mit den zusätzlichen Informationen neue Ermittlungsansätze gehabt, aber wenn publik würde, wie sie an die Informationen gelangt waren, wäre er seinen Job los. Mit der U-Haft von Kai Rentz und der momentanen Verdächtigung eines Richters bewegten sie sich eh schon auf ganz dünnem Eis. Einen einzigen Trumpf hatten sie noch im Ärmel. Damit wollten sie den Richter konfrontieren, um ihn aus der Reserve zu locken. Unter Druck gaben viele Menschen Dinge preis, die sie eigentlich gar nicht erzählen wollten.

Paul schaute Lisbeth in die Augen, kurz bevor er an die Tür des Amtszimmers von Richter Tjarks klopfte. Sie wirkte so, wie er sich fühlte: unsicher. Dennoch nickte er ihr zu, eine Art unausgesprochene Frage: 'Bist du bereit, in die Höhle des Löwen zu gehen?' Lisbeth bestätigte dies ihrerseits mit einem Nicken.

Eine junge blonde Sekretärin bat sie um einen Augenblick Geduld, der Richter hätte gleich für sie Zeit. Es dauerte wirklich nur wenige Minuten, da öffnete Gunnar Tjarks die Tür und begrüßte die beiden Ermittler mit Handschlag. Gunnar Tjarks war untersetzt und gut genährt, strahlte aber durch sein schwarzes Haar, das über den Ohren schon grau geworden war, und seine sonore Stimme eine gehörige Autorität aus.

»Frau Eicken und Herr Schweigert, ich bin überrascht, Sie hier zu sehen. Aber bitte, kommen Sie doch herein. Gibt es Neuigkeiten, die den Kollegen Rentz be- oder entlasten könnten?« Nachdem sie Platz genommen hatten, musterte Paul den Richter. Dieser wirkte völlig unbeschwert und gut gelaunt.

»Nein, selbstverständlich ermitteln wir gründlich weiter. Wir haben lediglich ein paar Routinefragen an Sie.« Paul nahm das Blitzer-Foto aus seiner mitgebrachten Mappe und legte es ihm auf den Schreibtisch.

»Sind Sie das, Herr Richter?« Gunnar Tjarks schmunzelte.

»Ja, ganz recht. Satte 90 Euro hat mich dieses wenig gelungene Foto gekostet, die ich bereits ordnungsgemäß überwiesen habe. Sie sehen, selbst ein Richter ist nicht ohne Fehler. Aber warum kommen Sie damit zu mir? Leisten Sie jetzt schon Amtshilfe für die Kollegen von der Schutzpolizei, das nenne ich mal innovativ.« Er lachte danach über seinen eigenen Witz, den Paul wenig gelungen fand.

»Können Sie uns sagen, warum Sie so in Eile waren?«

»Ich verstehe nicht ganz, warum das wichtig ist, wenn ich privat unterwegs bin und zu schnell fahre?«

»Es würde uns weiterhelfen, wenn wir den Grund erfahren könnten, Herr Tjarks. Dieses Foto wurde auf der Oldenburger Straße geschossen, unweit des Schlossparks, genau in der Nacht, in der der Leichnam von Annika Eilers dort abgelegt worden ist.« Im Gesicht des Richters konnte Paul zunächst Verwunderung ablesen, die schließlich in heiseres Lachen mündete.

»Ah, ich verstehe, und jetzt verdächtigen Sie mich?«

«Annika Eilers kommunizierte im Internet mit einem ‚MrJudge'.« Jetzt lachte der Richter noch lauter als zuvor und kriegte sich gar nicht mehr ein.

»Tut mir leid, eigentlich ist der Anlass ja viel zu traurig. Ich sollte nicht lachen. ‚Judge' heißt ‚Richter', schon klar, und wenn der fremde Mensch sich ‚Good-Cop' genannt hätte, dann würden wir jetzt wen verdächtigen? Unsere gute Frau Eicken? Oder bei ‚Bad Cop' Sie, Herr Schweigert? Sie wissen selbst, dass Sie gegen Oberstaatsanwalt Rentz zu wenig ermittelt haben, und da Sie nicht weiterkommen, ist es dann einfach der nächste Jurist gewesen. Arbeiten Sie so dilettantisch, Herr Schweigert? Machen Sie sich nicht lächerlich.«

Paul stand auf und steckte das Foto wieder ein.

»Da gibt es noch etwas. Am Tag, als wir das Seil im Koffer von Kai Rentz sichergestellt haben, hatte er einen Termin bei Gericht, in Ihrem Gerichtssaal. Während der Sitzung kam es zu einer Verhandlungspause, Kai

Rentz ließ seinen Koffer unbeaufsichtigt zurück, weil er austreten musste. Nach seinen Angaben waren Sie währenddessen ganz alleine in dem Raum…«

»Raus!«, er sprang auf und zeigte mit ausgestrecktem Arm zur Tür, »verlassen Sie sofort mein Büro. Tun Sie mir bitte einen Gefallen und erledigen Sie ihren Job, und zwar professionell und nicht so laienhaft. Stichhaltige Beweise in der Sache wären zur Abwechslung ja mal ganz hilfreich.«

***

Erstaunlich still war es, fand Paul, als er die Eingangstür aufgeschlossen hatte. Um 19.40 Uhr hatte er in seinem Dienstzimmer das Licht gelöscht und als letzter aus dem Kommissariat endlich Feierabend gemacht. Bei der gründlichen Durchsicht sämtlicher Vernehmungsprotokolle seit dem ersten Mord an Elena Wagner störte ihn etwas. Etwas, das er nicht genau benennen konnte, etwas, das nicht ganz stimmig war. Er hatte sich nicht mehr konzentrieren können und beschlossen, morgen mit Lissi darüber zu sprechen.

Tom und Levke schienen schon zu schlafen. Anstatt ihn wie gewohnt an der Tür zu begrüßen, saß Wiebke auf der Couch und surfte mit dem Tablet im Internet. Sie schaute nicht einmal zu ihm auf.

»Hallo, Schatz, sorry, dass es so spät geworden ist, aber…«

»Ich habe die Kinder schon ins Bett gebracht. Falls es dich noch interessiert, es geht beiden gut. Tom scheint sich sogar noch an dich zu erinnern, er fragte nämlich nach dir.« Paul hasste diese indirekten

Sticheleien, auch wenn Wiebke natürlich recht hatte, er sah seine Kinder viel zu selten, seine Frau auch.

»Ich wollte heute echt früher zu Hause sein. Kai Rentz wurde aus der Untersuchungshaft entlassen, hat mich sofort aufgesucht und einen Riesenvortrag über unseren Rechtsstaat und meine Unfähigkeit gehalten. Gegen den nächsten Verdächtigen haben wir zu wenig in der Hand, um ihn festnageln zu können, und mein Chef verliert langsam die Geduld.« Paul wusste, dass sie jedes Wort verstanden hatte, sie blickte aber weiterhin auf ihr Tablet und brummelte:

»Essen steht in der Mikrowelle.« Er ging in die Küche, stellte die Mikrowelle auf zweieinhalb Minuten ein, nahm sich ein Weißbier aus dem Kühlschrank und schenkte es in ein Weizenglas ein.

»Kannst du mich denn wenigstens ein bisschen verstehen?«

«Klar, ist ja dein Beruf, mach nur so weiter. Ich kann dir in ein paar Jahren auf entsprechenden Bildern zeigen, wie schön es war, unsere Kinder aufwachsen zu sehen. Ach ja, Tom spielt ab nächster Woche in der ersten F-Jugendmannschaft.«

»Wow, in der F 1? Das habe ich schon immer gesagt, da gehört er hin, in den Sturm.«

»Ich bin sehr froh, dass ich dir mit dieser Nachricht eine Freude bereiten konnte. Nachdem ich mit Levke über drei Stunden beim Arzt gewartet habe, sie hat nichts schlimmes, wahrscheinlich Darmkolik, schaffte ich es tatsächlich noch, deinen Jungen zum Training zu fahren, wir waren sogar fast pünktlich.«

»Am Wochenende fahre ich ihn zum Spiel, versprochen«, er setzte sich zu ihr und streichelte ihr den Nacken, »was würden wir nur ohne dich machen?« Paul meinte dieses Kompliment durchaus ernst. Nur blieb eine Reaktion von ihrer Seite aus. Dafür meldete sich die Mikrowellenklingel mit einem hellen 'Pling' aus der Küche. Als er mit dem Teller Nudeln in der Hand Richtung Wohnzimmer ging, läutete das Festnetztelefon. Wiebke griff das Mobilteil, das neben ihr auf der Couch lag, nahm das Gespräch an und reichte den Hörer kurzerhand an Paul weiter.

»Irgendein Kollege für dich.« Paul stellte den dampfenden Teller auf dem Esstisch ab und nahm den Hörer.

»Schweigert.«

»Hier spricht Polizeiobermeister Bruns, Entschuldigung, dass ich Sie zu Hause störe, aber wir erhielten einen Anruf von einer Susanne Klein. Sie war sehr besorgt und wollte unbedingt Sie persönlich sprechen. Es ginge um Ihre Kollegin Lisbeth Eicken.« Paul kannte Susanne Klein eher aus Lissis Erzählungen. Sie war ihm lediglich einmal von Lisbeth als beste Freundin 'Sanne' vorgestellt worden, lebte eigentlich in Hamburg und hatte ihm das 'Du' angeboten, ehe er auch nur 'Hallo' sagen konnte.

»Ich wollte ihre Handynummer nicht einfach so rausgeben, aber ich kann Ihnen die Mobilnummer von Frau Klein durchsagen.« Paul notierte die Nummer und rief diese an.

»Paul, gut, dass du zurückrufst, hier ist Susanne, die beste Freundin…«

»Ja, ja ich weiß schon, wir sind uns einmal begegnet. Was gibt es denn so dringendes?«

»Ich wollte Lissi heute besuchen, das hatten wir so vereinbart. Ich stehe unten vor dem Mietshaus, aber sie öffnet nicht.«

»Hast du es schon auf dem Handy probiert?«

»Das ist es ja, was mich stutzig macht, das halte ich gerade in der Hand, ich habe es vor dem Eingang gefunden, direkt neben ihrem Autoschlüssel auf dem Boden.« Obwohl er sich gerade auf die Couch gesetzt hatte, sprang er auf, als wenn die Sitzfläche glühend heiß geworden wäre. Ihm wurde gleichzeitig heiß und kalt. Es fühlte sich an, als hätte er einen Faustschlag in die Magengrube bekommen.

»Hallo? Bist du noch dran?«

Kapitel 18

Sie spürte einen stechenden Kopfschmerz, und es war dunkel. Ihre Hände waren mit Handschellen an ein Bettgestell aus kaltem Metall gefesselt. Obwohl sie kaum etwas sehen konnte, glaubte sie, dass es sich um polizeiübliche Handschellen handelte. Unter Kollegen sprach man gerne von »Acht« oder vom »Achter Eisen«.

Das Letzte, an das sie sich erinnern konnte, war der Geruch von Chloroform. Einen Bruchteil einer Sekunde vorher hatte sie aber noch etwas anderes wahrgenommen, als sie gerade versuchte, die Haustür aufzuschließen, ein Männerparfum, das sie erst vor ein paar Tagen gerochen hatte. *Was ist los mit dir, Lissi? Denk nach, wo hast du das Zeug gerochen? Der Richter - ‚MrJudge'. Ja, da muss es gewesen sein.*

Aber was würde Sanne jetzt machen? Sie wollte sie besuchen, um gemeinsam ihren Geburtstag zu feiern. Sie kam doch jetzt gar nicht in ihre Wohnung. Komisch, dass sie sich zunächst mehr Sorgen um ihre beste Freundin machte, der es vermutlich gut ging und die sich wohl nur fragte, warum Lisbeth nicht wie abgesprochen zu Hause war. Sie hoffte, dass Sanne so schlau war und sich bei Paul meldete.

Nachdem sie ihren Chef alleine im Büro zurückgelassen hatte, war sie nur noch kurz zum Einkaufen gefahren, um Lebensmittel zu kaufen. Direkt vor dem Haus hatte sie einen Parkplatz gefunden. Sie wollte nur schnell ins Haus, um zu sehen, ob Sanne vielleicht schon im Hausflur auf sie wartete. Bevor sie aufschloss, schaute sie noch schnell auf ihr Smartphone, welches keine neuen Nachrichten anzeigte. Wo war ihre Jacke eigentlich? Jedenfalls trug sie diese nicht mehr. Auch ihren Wollpullover konnte sie nicht fühlen.

Erst jetzt realisierte sie erschreckt, dass sie nur noch in ihrem BH und einem Slip auf einer alten Matratze saß. Sie konnte sich daran erinnern, dass sie morgens eine Kombination angezogen hatte, die farblich nicht zueinander passte. Einen weinroten BH und einen schwarzen Slip.

Lisbeth war sich sicher, dass ihr Entführer auch die beiden Studentinnen auf dem Gewissen hatte. Vermutlich derselbe Kerl, der das Gedicht geschrieben hatte und sich lächerlicherweise als Frank Thiel ausgab. Aber was genau wollte er denn von ihr?

Sie entsprach weder dem Alter noch dem Aussehen der beiden Opfer. Bei dem Gedanken, dass auch sie erdrosselt werden könnte, schnürte es ihr die Kehle zu. Instinktiv wollte sie sich an den Hals greifen, was durch die Handschellen jedoch verhindert wurde. In diesem Augenblick gab es sicherlich wichtigere Probleme, aber sie hätte jetzt am liebsten eine Zigarette geraucht, um sich zu beruhigen und klar denken zu können.

»Scheiße.« Sie wollte in dieser Situation stark sein, hörte sich nun aber selbst schluchzen. Als sie sich vor elf Jahren nach dem Abitur bei der Polizei beworben hatte, tat sie es, um genau solche Arschlöcher, die sich an wehrlosen Frauen vergriffen, zu verfolgen und hinter Gitter zu bringen. Natürlich hatte man während ihrer Ausbildung und auf Seminaren versucht, sie auf die unterschiedlichsten Situationen vorzubereiten. Es wurde gesagt, dass man in Ausübung seiner Pflicht sogar sein Leben verlieren könnte. *Aber keiner hatte ihr von einem feuchten Kellerloch erzählt, verdammter Mist.*

Sie hatte früher als Kind bereits den Stubenarrest ihres strengen Vaters gehasst. Es bedeutete ihr unendlich viel, frei zu sein und jederzeit dorthin gehen zu können, wohin sie wollte. Als sie im Rahmen ihrer Ausbildung den Knast besuchte, wusste sie, dass sie als Häftling keine drei Monate durchgehalten hätte, sie wäre verrückt geworden durch das Eingesperrtsein und durch den engen Raum. Aber selbst die Knackis trugen keine Handschellen in ihrer Zelle. In ihrer jetzigen Situation rangierte sie also noch unterhalb von Mördern, Vergewaltigern und Kinderschändern, was die Bewegungsfreiheit anging. *Na toll, das hast du ja fein hingekriegt, Lisbeth.*

Als Paul sie nach der Blumen-und-Gedicht-Aktion bis zur Wohnungstür begleitete, hatte sie es noch als übervorsichtiges Machogehabe abgetan. Paul war aber gar kein Macho, er war einfach nur ernsthaft besorgt gewesen. Zu Recht!

Sie begann nach Leibeskräften um Hilfe zu schreien, bis ihre Stimme heiser wurde und ihre Kehle brannte. Plötzlich vernahm sie Geräusche von draußen. Als wenn jemand eine alte Holztreppe hinunter ginge. Sie war sich nicht mehr sicher, ob es eine gute Idee gewesen war, um Hilfe zu schreien. Vielleicht hatte sie jetzt jemand erst richtig wütend gemacht.

***

Ein böiger Wind pfiff durch Oldenburg, viel zu kalt für diese Jahreszeit. Sanne lief nervös auf und ab und kaute unbewusst an ihren Fingernägeln. Immer wieder vergewisserte sie sich, dass keine neuen Nachrichten auf ihrem Handy eingegangen waren, dass ihr kein Anruf entgangen war. Sie kannte den Chef von Lisbeth lediglich aus ihren Erzählungen und von dem einen Mal, bei dem sie einander kurz vorgestellt worden waren. Im Großen und Ganzen harmonierten die beiden als Team, und ihre beste Freundin schilderte ihn als besonnenen Typen, der überlegt handelte. Unausgesprochene Besorgnis in seiner Stimmte hatte sie alarmiert.

Die Bremsen quietschten laut, als sein Audi vor Lisbeths Haus zum Stehen kam. Er stieg aus und begrüßte Susanne Klein.

»Noch immer keine Nachricht von Lissi?« Sanne schüttelte ihren Kopf und kräuselte die Stirn.

»Ich verstehe das nicht, wo kann sie denn sein? Wir waren fest verabredet.«

»Lisbeth erzählte, dass du sie besuchen würdest und verließ so gegen 19.00 Uhr das Büro. Wann wart ihr denn verabredet?«

»Ich hatte ihr gesagt, dass ich frühestens um 20.00 Uhr da bin. Die A 1 war voller, als ich gedacht hatte. So gegen 20.20 Uhr hatte ich es dann geschafft.«

»Gib mir doch bitte den Autoschlüssel und das Handy von Lissi.« Sie holte die Gegenstände aus ihrem Mantel. Paul wickelte beide in zwei unterschiedliche Stofftaschentücher, nachdem er sich vergewissert hatte, dass es sich wirklich um Lisbeths Sachen handelte. Natürlich würden die Kollegen von der Spurensicherung die Fingerabdrücke von Sanne und Lissi auf dem Autoschlüssel und dem Smartphone finden. Er hatte auch wenig

Hoffnung, Spuren von dem mutmaßlichen Entführer darauf zu finden. Hätte er die Sachen angefasst, hätte er sie vermutlich mitgenommen. Paul hoffte inständig, dass sich noch eine harmlose Erklärung für Lisbeths Verschwinden finden würde, sie gleich um die Ecke käme und einfach sagen würde: 'Was ist denn hier los? Ich war doch nur kurz an der Tanke, Zigaretten ziehen'. Aber dass ihr sowohl ihr Autoschlüssel als auch ihr Smartphone gleichzeitig aus der Tasche fielen, schätzte Paul als recht unwahrscheinlich ein.

»Da steht Lissis Wagen«, Sanne deutete auf den alten blauen Golf, »sogar die Einkäufe sind noch auf der Rückbank. Sie ist zwar hin und wieder chaotisch, mitunter auch unordentlich, aber die Milch und den Schafskäse…solche Sachen würde sie immer zuerst in den Kühlschrank packen, bevor sie irgendetwas anderes macht.«

Paul nickte, zog sein Telefon aus der Tasche und verständigte zunächst die Spurensicherung. Sein zweiter Anruf galt Frank Albers, er wies ihn an, ins Büro zu fahren und weitere Kollegen zu alarmieren.

»So, jetzt werden wir erst einmal die Nachbarn befragen, ob die etwas mitbekommen haben. Soweit ich weiß, wohnt der Hausmeister im Erdgeschoss, und der hat sicher auch einen Generalschlüssel.«

***

Befriedigt lehnte er sich zurück. Er hatte wirklich an alles gedacht. Die beiden Webcams im Keller hatte er sorgsam installiert und mehrere Male auf ihre Funktionsfähigkeit geprüft. Jetzt sah er natürlich kaum etwas. Aber ein Tastendruck auf seinem Laptop und der Strom würde in die Lampen fließen und den Raum erhellen.

Die kecke Kommissarin zu entführen verlief problemlos. Nachdem sie noch heftig gezuckt hatte, um der drohenden Bewusstlosigkeit zu entfliehen, war sie innerhalb weniger Sekunden weggetreten. Ihre Angst direkt vor sich zu spüren, hatte ihn extrem erregt, es verschaffte ihm jetzt noch einen Ständer, wenn er nur daran dachte. Er glaubte, dass ihn niemand dabei beobachtet hatte. Wenn doch, würde man der Polizei kaum eine brauchbare Beschreibung liefern können. Ein Mann im dunklen Anorak, der die Kapuze über den Kopf gezogen hatte. Er lachte dreckig.

Gewiss, er ging ein hohes Risiko ein. Immer, wenn ein Polizist oder eine Polizistin entführt oder am Ende getötet wurde, entwickelte sich bei den Kollegen eine Verbundenheit, eine Kameradschaft, die mit kaum etwas anderem zu vergleichen war. Aber wie sollten diese allenfalls durchschnittlich begabten Ermittler nur dieses Haus finden? Es gehörte seiner Mutter, abgelegen, der nächste Nachbar wohnte drei Kilometer entfernt. Er selbst war nicht unter dieser Adresse gemeldet.

Noch hatte er sich nicht entschieden, was mit ihr geschehen sollte. Sie hatte ihn nicht gesehen. Somit würde sie nicht notwendigerweise sterben müssen, wenn er sich zurückhalten könnte und sich lediglich an ihrem Anblick ergötzen würde, könnte er sie später irgendwo aussetzen. Im Schlosspark zu Rastede vielleicht? Eine interessante Idee, wie er fand.

Er fühlte sich stark und mächtig, wie bei der jungen, blonden und schönen Annika. Wie sie mit ihren Reh-Augen vertrauensselig in sein Auto gestiegen war. Wie ein süßes Kitz, das vom Scheinwerferlicht geblendet war, so war es ihm vorgekommen. Er hatte diese Ausstrahlung allein durch die Kraft seiner Worte. Sie kannte ihn ja, aus dem Internet, er war so verständnisvoll, wusste sich auszudrücken, hörte ihr intensiv zu. Aber dann kam die Zeit, wo er nicht mehr zuhören wollte, nur noch zuschnüren.

Sobald er das Licht ferngesteuert anschalten würde, sähe er ihre Furcht, ihre Scham, hatte er allein Macht über sie. Das fühlte sich großartig an. Wie ein kleiner Junge zu Weihnachten, der endlich ein großes Geschenk auspacken würde, fühlte er sich.

Schließlich drückte er den Knopf, und der Kellerraum erstrahlte in hellem Licht. Lisbeth kniff als Reaktion die Augen zusammen. Obwohl sie den Kopf wegdrehte, sah er genau, wie sie errötete, genauso hatte er es vorhergesehen. Er zoomte mit der Kamera heran und tastete ihren gesamten Körper ab. Wahrscheinlich hörte sie den Elektromotor. Ja, jetzt realisierte sie, dass sie beobachtet wurde. Seine körperliche Erregung war kaum noch zu ertragen. Es dauerte nicht mehr lange, dann würde er zu ihr reden, über eine Sprechanlage, die seine Stimme grässlich verzerrte. Der Gedanke daran ließ ihn diabolisch grinsen.

***

Der Hausmeister öffnete Paul die Wohnung seiner Kollegin, nachdem er seinen Dienstausweis vorgezeigt hatte. In der Wohnung sah es so aus, als hätte Lisbeth sie nicht mehr betreten, ihre heutige Post lag noch im Briefkasten. Paul wusste, dass Lisbeth routinemäßig immer erst ihren Postkasten leerte, bevor sie in die Wohnung ging. Die Befragung der Nachbarn hatte nichts Neues ergeben. Ein Bewohner auf derselben Etage hatte Lisbeth zwar gesehen, allerdings war das morgens gewesen, als sie zur

Arbeit gefahren war. Eine mögliche Entführung oder Schreie hatte niemand bemerkt.

Er bat Sanne, hier in der Wohnung zu warten, falls Lisbeth versuchen würde, dort anzurufen oder von selbst in ihre eigenen vier Wände zurückkehrte. Er versicherte ihr, dass sie dadurch ihrer besten Freundin momentan am meisten helfen würde.

Als Paul das Fachkommissariat betrat, sah er, dass Frank Albers die gesamte Soko mobilisiert hatte. Er unterrichte die Kollegen über das, was vorgefallen war, und dass er fest von einer Entführung seiner Kollegin ausging.

»Frank, hast du das SEK aus Hannover angefordert?«

»Ja, sie sind bereits auf dem Weg und werden in etwa einer Stunde hier eintreffen.«

«Gut. Arne, ich habe hier zwei Laptops von Lisbeth mitgebracht, den einen kennst du ja, der andere ist ihr privater. Vielleicht findest du Hinweise, die uns weiterbringen. Fang sofort damit an.«

»Geht klar.«

»Sobald die Kollegen von der Spurensicherung fertig sind, möchte ich ihren Bericht sofort haben. Frank, gib denen am besten meine Mobilnummer durch, damit sie mich anrufen können, auch wenn sie nichts finden konnten, will ich das wissen.« Paul rieb sich die Stirn. Am liebsten hätte er das Spezialeinsatzkommando direkt zum Haus von ‚MrJudge', also Richter Gunnar Tjarks, beordert. Er würde außer sich sein und noch mehr toben als beim letzten Mal. Was aber, wenn er dem Falschen das SEK auf den Hals hetzte?

»Matthias, du fährst zum Haus von Richter Tjarks nach Wadenburg,« wies er den schlaksigen Partner von Frank Albers, der durch sein schütteres Haar älter wirkte als seine tatsächlichen 35 Jahre, «melde dich über Funk bei uns, wenn du etwas Verdächtiges siehst.« Matthias Reincke ließ sich die Adresse geben und machte sich auf den Weg.

Bevor das SEK eintraf, wollte Paul die Zeit nutzen, noch einmal mit dem sich inzwischen auf freiem Fuß befindlichen Kai Rentz zu sprechen. Der neue Staatsanwalt konnte beim Haftprüfungstermin keine neuen belastenden Beweise vorlegen. Kai Rentz war nach wie vor von den beiden aktuellen Fällen entbunden, obwohl er nicht mehr als Beschuldigter eingestuft war. Natürlich würde er Paul nicht mit offenen Armen empfangen, aber dessen miese Laune musste er ertragen, wenn er neue Hinweise erhalten wollte, wer ihm die verdächtigen Gegenstände untergeschoben haben könnte. Fände man denjenigen, hätte man mit großer Wahrscheinlichkeit auch Lisbeths Entführer gefunden.

***

Leicht angetrunken öffnete der suspendierte Oberstaatsanwalt seine prunkvolle Haustür. Er schien überrascht und fing hämisch an zu lachen.

»Na, Schweigert, haben Sie immer noch nicht genug?« Er machte eine einladende Handbewegung und fügte in sarkastischem Tonfall hinzu: «Aber bitte, treten Sie doch ein.«

»Herr, Rentz, ich kann verstehen…«

»Einen Scheiß können Sie!«, schrie er ihn empört an.

»Lisbeth Eicken ist entführt worden.« In Kais Gesicht zeichnete sich echte Verwunderung ab.

»Ach, und als Erstes kommen Sie da natürlich zu mir?«, wie von der Tarantel gestochen lief er zu seiner Kellertür, «darf ich Sie in meinen Weinkeller führen, okay, weil Sie so ein toller Ermittler sind, zeige ich Ihnen auch meine Folterinstrumente, na kommen Sie, nach Ihnen.«

»Jetzt hören Sie doch auf damit. Ich gehe nicht davon aus, dass Sie der Entführer sind.«

»Das wäre Ihr bisher erster richtiger Ermittlungsansatz, Herr Kriminalhauptkommissar.«

»Derjenige, der Ihnen das Seil und das Halstuch untergeschoben hat, ist vermutlich auch für Frau Eickens Entführung verantwortlich.«

»Sie können ja sogar logisch denken. Nur weiter so, beeindrucken Sie mich!« Bei dieser Aussage breitete er die Arme aus.

»Es muss jemand aus Ihrem Umfeld sein. Haben Sie mit jemandem gesprochen oder jemanden gesehen, als Sie Ihren Wagen vor dem Dienstgebäude abgestellt haben an jenem Tag?«

»Wenn Sie die Vernehmungsprotokolle gelesen hätten, wüssten Sie es. Die Antwort ist ‚Nein'. Ich habe, nachdem ich den Wagen abgestellt hatte, weder jemanden gesehen noch gesprochen.«

»Bei Gericht waren Sie nicht mit Ihrem eigenen Auto, oder?«

»Nein, Kollege Jensen hatte mich mitgenommen, auch das habe ich bereits ausgesagt.«

»Was haben Sie nach dem Gerichtstermin gemacht, sind Sie direkt nach Hause gefahren?« Kai Rentz kräuselte die Stirn und dachte nach.

»Das hat mich noch keiner gefragt. Nein, ich bin zunächst noch in den ‚Club Leonardos' in die Gartenstraße gefahren.«

»Mit Ihrem Auto, und Ihren Aktenkoffer hatten Sie auch dabei?«

»Ja.«

»Was haben Sie im Club genau gemacht, und mit wem haben Sie dort gesprochen?«

»Ich habe lediglich mit Henning Werdemann einen Termin besprochen.« Als Kai Rentz die verengten Augen von Paul sah, fügte er hastig hinzu: »Vergessen Sie es, Sie verrennen sich schon wieder in die falsche Person. Herr Werdemann ist eine völlig integre Persönlichkeit. Auf ihn lasse ich nichts kommen.«

»Haben Sie Ihren Aktenkoffer mit reingenommen?«

»Nein, er war die ganze Zeit im Auto, das ich mit Sicherheit abgeschlossen hatte, wie Sie merken, kann Henning…«, Kai stoppte mitten im Satz, und mit monotoner Stimme setzte er ihn fort, als würde nicht mehr er selbst, sondern eine leise Stimme von einem Band sprechen, «er hat mich nach dem Autoschlüssel gefragt, weil ich noch die beiden Kartons Flyer im Auto hatte, die er rausholen wollte. Oh mein Gott.«

Kapitel 19

Paul hatte gut daran getan, Kai Rentz in die Stadtwohnung von Henning Werdemann mitzunehmen. Für die Nachbarn musste der Zugriff des Spezialeinsatzkommandos um Mitternacht beängstigend und verstörend gewesen sein. Nachdem Kai den Einsatzleiter über den Grundriss der Wohnung informiert hatte, wurde die Tür ohne Vorwarnung mit einem Rammbock aufgebrochen, und die vermummten Beamten durchsuchten Raum für Raum, wie sie es tausendfach drillmäßig geübt hatten. Jeder von ihnen trug eine ballistische Weste, einen Helm mit Funkgerät, Gehörschutz, und war mit einer Maschinenpistole ausgestattet. Paul hörte genau, wie der Einsatzleiter nach kurzer Zeit die abschließende Meldung über Funk durchgab: «Alle Räume frei und gesichert.«

Also befanden sich weder Henning noch Lisbeth in der Wohnung. Auch im Keller und auf dem Dachboden wurden sie anschließend nicht fündig.

»Wohin könnte Werdemann meine Kollegin denn noch verschleppt haben?«, fragte Paul. Rentz fuhr sich mit Zeigefinger und Daumen übers Kinn und überlegte.

»Hennings Mutter hat ein alleinstehendes Haus, ich glaube, das steht in Bad Zwischenahn. Mir persönlich hat er nie von ihr erzählt. Vor einem Jahr rief sie mich mal im Büro an und wollte einen juristischen Rat. Ich sollte ihm auf keinen Fall erzählen, dass sie mich angerufen hatte, eine herrische Person, diese Elisabeth Werdemann. Ich kann mir aber ehrlich gesagt nicht vorstellen, dass er sie dorthin geschafft hat. Wie sollte er Frau Eicken im Beisein seiner Mutter dort verstecken?«

Rentz wusste zwar die Adresse nicht, aber es dauerte keine fünf Minuten, um diese herauszufinden.

***

In weniger als 20 Minuten hatten die Einsatzkräfte vor der imposanten Villa Stellung bezogen. Wäre es helllichter Tag gewesen und hätte es sich nicht um eine Aktion zur Rettung einer Kollegin gehandelt, hätten sie sehen können, dass das Anwesen zwar eine Menge Geld gekostet haben musste, aber seit Wochen nicht mehr gepflegt worden war.

Auch hier verschafften sich die SEK-Beamten gewaltsam Zutritt, nachdem sie den Befehl zum Zugriff erhalten hatten. Im mit massiven Eichenholzmöbeln und einer Bibliothek ausgestatteten Arbeitszimmer überraschten sie Henning Werdemann vor einem Laptop. Sie drückten ihn auf den Boden, legten ihm Handschellen an und führten ihn Paul Schweigert vor. Der ganze Vorgang dauerte nur wenige Sekunden.

»Wo ist Lisbeth Eicken? Was haben Sie mit ihr angestellt?«

Kreidebleich und mit Schweißperlen auf der Stirn sagte Henning Werdemann nichts. Aus dem Funkgerät hörte Paul zwei Sätze, die ihm das Blut in den Adern gefrieren ließ.

»Wir haben hier was gefunden. Es stinkt fürchterlich und sieht sehr unappetitlich aus.«

Schon beim Treppenaufgang kam ihm der beißende Verwesungsgestank entgegen. Paul hielt sich ein Taschentuch vor die Nase, als er das Schlafzimmer von Elisabeth Werdemann betrat. Er war zwar kein Rechtsmediziner, aber die mumifizierte Leiche musste schon seit Wochen, wenn nicht seit Monaten, dort liegen. Sofort kam Paul der Hitchcock-Klassiker 'Psycho' in den Sinn, in dem Norman Bates monatelang mit seiner verstorbenen Mutter zusammenlebte und sogar ihre Stimme imitierte. Während sich Paul noch fragte, ob die alte Dame eines natürlichen Todes oder durch Gewalteinwirkung gestorben war, kam die erlösende Nachricht aus dem knarzenden Funkgerät eines SEK-Beamten:

»Wir haben Frau Eicken im Keller gefunden, sie lebt.«

***

Das Zimmer in der Justizvollzugsanstalt in der ehemaligen Hindenburgkaserne im Stadtteil Kreyenbrück war kein Ort, an dem man sich wohlfühlen sollte. Es roch muffig nach einer Mischung aus abgestandener Luft und altem Schweiß. Der kärglich eingerichtete Vernehmungsraum hatte nicht mal ein Fenster. Vor dem Leiter ‚der Soko Schlosspark' saß ein erstaunlich gefasster Henning Werdemann. Paul wurde das Gefühl nicht los, dass Werdemann, wenn auch unbewusst, festgenommen werden wollte. Es schien fast so, als sei eine schwere Last von seinen Schultern abgefallen. Er sprach sehr viel über seine Mutter. Laut Obduktionsbericht war Elisabeth Werdemann an Herzversagen gestorben.

»Warum haben Sie keinen Arzt verständigt, als Sie merkten, dass Ihre Mutter tot war?«

»Für mich hat sie nur geschlafen. Ich konnte ihre Anwesenheit doch spüren. Ich gebe zu, sie ist ruhiger geworden in den letzten Monaten.« Paul wusste nicht, ob ihn sein Gegenüber nicht auf den Arm nehmen wollte. Werdemann musste als Chef eines mittelständischen und erfolgreichen IT-Unternehmens überdurchschnittlich intelligent sein. Kai Rentz hatte seiner Aussage nach in den letzten Monaten keine Änderungen im Verhalten seines Vizepräsidenten bemerkt.

»Herr Werdemann, Ihre Mutter hat seit mindestens acht Monaten tot dort gelegen, und es hat bestialisch gestunken. Das müssen Sie doch bemerkt haben?«

»Ich habe doch gut gelüftet, und sie hat mit mir geredet?«

»So? Was hat sie denn zu Ihnen gesagt?«

»Dass ich mich vernünftig anziehen und auch mal eine Freundin mit nach Hause bringen sollte. Eine, die unserem Stand entspricht und sich kultiviert unterhalten kann.« Sein Vater Klaus-Dieter Werdemann war vor 14 Jahren bei einem Autounfall gestorben und hatte seiner Frau und seinem einzigen Sohn als Beamter im höheren Dienst ein stattliches Erbe hinterlassen.

»War das Ihr Plan: Elena Wagner und Annika Eilers Ihrer Mutter vorzustellen?« Von einem Augenblick auf den anderen wechselte Werdemann den Gesichtsausdruck. Als über seine Mutter gesprochen wurde, sah Paul den Wahnsinn in seinen Augen. Sollte 'Psycho' neu verfilmt werden, hätte er spielend leicht die Hauptrolle ausfüllen können. Nun aber erkannte Paul eine völlig andere, eine devote und freundliche Seite an Henning Werdemann.

»Annika Eilers wollte ich doch zuerst einmal kennenlernen. Sie stieg in mein Auto, nachdem ich sie abgepasst hatte, und wir plauderten. Wir kannten uns ja schon ganz gut aus dem Chat. Sie mochte mich, und ich mochte sie. Das war etwas Besonderes zwischen uns.«

»Wo haben Sie Annika Eilers umgebracht?«

»In meiner Wohnung.«

»Sie kam freiwillig mit zu Ihnen, obwohl Sie sich an dem Abend zum ersten Mal gesehen hatten?«

»Wir waren uns sehr vertraut. Ich erzählte ihr, dass ich einen Pool in der Wohnung habe, was sie mir nicht glaubte. Dann sagte ich ihr, dass ich es ihr beweisen könnte. Ich bot ihr sogar eine Wette an, die sie annahm. Als wir dann in der Wohnung waren, zeigte ich ihr meine Badewanne. Sie hat so herrlich über diesen zugegebenermaßen billigen Witz gelacht.«

»Haben Sie die Tat alleine begangen?«

»Ja.«

»Warum haben Sie Frau Eilers umgebracht?«

»Wissen Sie, ich habe wenig Erfahrung mit Frauen und auch Hemmungen. Ich habe zwar die Sexpartys im ‚Club Leonardos' organisiert, mich dann aber immer schnell unter einem Vorwand zurückgezogen. Ich fühle mich unwohl, wenn starke und gut aussehende Frauen in der Nähe sind. Ich wollte Annika Eilers nicht umbringen, das müssen Sie mir glauben.«

»Warum haben Sie es dann getan?«

»Ich hatte alle meine Bedenken über Bord geworfen. Wir hatten uns ausgezogen, und als ich ihn dann nicht hochbekam, hat sie mich ausgelacht. Da habe ich dann das Seil genommen und sie erdrosselt, ich wollte doch nur, dass das höhnische Lachen aufhört.« Werdemann sah beschämt auf den Fußboden.

»War es bei Elena Wagner genauso?«

»Das war ich nicht, die kenne ich gar nicht. Ich habe Annika nur im Schlosspark in Rastede abgelegt, weil Rentz von dem Fall erzählte, und weil sie auch mit einem Seil umgebracht wurde.«

Vorsorglich hatte man Lisbeth ins katholische Pius-Hospital gebracht. Rein körperlich war sie unversehrt geblieben. Gegen die seelischen Leiden einer Entführung halfen keine Medikamente. Das erforderte Zeit und gute Gespräche. Paul ging zwar von keiner weiteren Gefahr aus, da Werdemann zumindest das Tötungsdelikt gestanden hatte und offensichtlich der Entführer von Lisbeth war. Dennoch hatte Paul angeordnet, dass ein Streifenpolizist vor dem Krankenzimmer Stellung beziehen sollte. Das gab sowohl seiner lieben Kollegin als auch nicht zuletzt ihm selbst ein gutes Gefühl der subjektiven Sicherheit. Susanne Klein betrachtete es als größtes Geburtstagsgeschenk, dass ihre beste Freundin relativ glimpflich davongekommen war, und beide schmiedeten Pläne, wie sie die Geburtstagsfeier am besten nachholen konnten. Ganz hoch im Kurs stand ein gemütlicher Mädchenfilmabend mit einem guten Rotwein.

Paul brütete über der Akte Elena Wagner. Nachdem er sich die Vernehmungsprotokolle durchgelesen hatte, griff er zum Telefonhörer und rief Alexander Hoffmann, den Ex-Freund von Elena Wagner, an.

»Moin, Herr Hoffmann, Schweigert, Kripo Oldenburg, ich habe bezüglich Ihrer Ex-Freundin noch ein paar Fragen an Sie.«

»Gut, dass Sie anrufen, Herr Kommissar, ich wollte mich in den nächsten Tagen sowieso bei der Polizei melden.«

»Wieso das denn?«

»Kann man eigentlich auch eine Frau wegen Stalkings anzeigen?«

»Ja, Stalking an sich ist nicht an ein Geschlecht gebunden. Warum fragen Sie?«

»Irina Stojkov lässt mich einfach nicht in Ruhe. Seit Elenas Tod ist es immer schlimmer geworden. Das hört sich jetzt vielleicht blöd an, aber sie belästigt mich unentwegt. Sie schickt mir SMS, bei Facebook habe ich sie schon blockiert, sie ruft mitten in der Nacht an, steht morgens vor meiner Tür. Ich habe ihr oft genug gesagt, dass ich das nicht will. Gestern kam ein Päckchen mit getragener Unterwäsche von ihr. Können Sie sich das vorstellen? Die Frau ist total krank im Kopf.«

»Das ist ja interessant. War das auch schon so, als sie noch mit Elena zusammen waren?«

»Ja, da war das aber noch nicht so massiv, und ehrlich gesagt ist sie auch der Grund, warum wir uns getrennt haben. Sie hat intrigiert, hat Elena erzählt, ich hätte was mit ihr gehabt. Dabei hat mich diese blöde Deutsch-Russin nie interessiert. Eine Woche vor ihrem Tod haben wir uns ausgesprochen, wir standen kurz davor, wieder zusammen zu kommen.«

***

Eifersucht war das älteste Mordmotiv der Welt. Dass der erste Mord von einer Frau verübt worden sein könnte, diesen Gedanken hatten sie in ihren Ermittlungen völlig vernachlässigt. Elena Wagner wog keine 50 kg und konnte leicht von Irina Stojkov getragen worden sein. Paul erinnerte sich daran, ein Werbeplakat für eine Karateschule in der Wohngemeinschaft gesehen zu haben.

Ohne Problem unterschrieb ihm ein Richter vom Amtsgericht einen Durchsuchungsbeschluss für die Wohnung. Die Kollegen von der Spurensicherung brauchten nicht lange, um einen schwarzen Schal im Nachtkästchen von Irina Stojkov zu finden. Sichergestellt in einer durchsichtigen Tüte, hielt Paul ihr das mutmaßliche Tatwerkzeug vor die Nase.

»Haben Sie damit Elena Wagner erdrosselt?« Irina spielte am silbernen Kreuz ihrer Halskette, sah nach draußen und antwortete nicht.

»Frau Stojkov, es ist besser für Sie, wenn Sie mit uns reden. Unsere Leute werden feststellen, dass Ihre Mitbewohnerin genau mit diesem Schal erdrosselt wurde, und wir werden vermutlich Ihre DNA an diesem Schal finden.«

»Sie hat ihn mir einmal ausgeliehen.«

»Ach, kommen Sie schon, und das Tatwerkzeug liegt zufällig in Ihrem Schlafzimmer? Sie stand einer Beziehung zwischen Ihnen und Alexander Hoffmann im Weg, musste sie deswegen sterben?« Irina ging in Richtung Fenster, schaute teilnahmslos nach draußen. Die Frühlingsonne hatte sich ihren Weg durch die Wolken freigekämpft. Paul stellte sich zwischen das Fenster und Irina.

»Dass Alexander Sie gar nicht will, auch jetzt nicht, wo Elena tot ist, damit haben Sie nicht gerechnet, oder?«

»Seien Sie still, Sie wissen gar nichts. Alexander liebt mich, und die blöde Schlampe war nichts für ihn.«

»Da hat er mir aber was ganz anderes erzählt. Davon haben Sie oft geträumt, nicht wahr? Ihr einfach den Hals umzudrehen. Wie haben Sie es genau gemacht?« Wie eine Marionette setzte sie sich auf einen Holzstuhl in der Küche.

»Ich habe ihr K.o.-Tropfen in die Cola getan. Alexander war so dämlich, dass er sich wieder mit ihr versöhnt hatte. Nach der Prüfung habe sie dann wieder Zeit für ihn. Das musste ich doch verhindern. Als die kleine grazile

Schlampe so dalag, habe ich den Schal genommen, ihren Schal, auf den sie immer so stolz gewesen war, und ihr das gegeben, was sie verdient hatte. Alexander wird das noch verstehen. Ich habe es doch für uns getan.« Irina fing an zu heulen.

Epilog

Endgültig hatte der Winter kapituliert, um dem Frühling den Weg freizumachen. Dieser zeigte sich missgelaunt und schenkte viel Regen, der aber zumindest warm war. Paul traf sich mit Arne im Büppeler Krug zum vorletzten Spieltag der Saison, bei dem Werder Bremen im Heimspiel auf Eintracht Frankfurt traf. Vorher spielte Paul mit Tom Fußball, wobei Tom natürlich Werder war.

Wiebke hatte darauf bestanden, Lissi endlich mal wieder zum Essen nach Hause einzuladen. Ohne groß zu zögern hatte die Kommissarin zugesagt, aber unter der Bedingung, bei der Zubereitung helfen zu dürfen. Während Wiebke das Hackfleisch mit den Zwiebeln scharf anbriet, schnippelte Lissi fröhlich pfeifend die Paprika und die Tomaten für den Nacho-Auflauf.

»Was meinst du, wie lange der Werdemann hinter Gitter muss?«

»Das kann man nie genau sagen. Er wird nur«, Lissi legte das Messer weg und malte Anführungszeichen für das »nur« in die Luft, »wegen Totschlags und der Entführung angeklagt.«

»Aber Rentz vertritt doch nicht die Anklage, oder?«

»Nee, das darf er gar nicht, wegen Befangenheit. Rentz und Werdemann waren ja die besten Kumpels, der Werdemann hat alles für ihn getan. Nach den Zeitungsberichten über die Sexpartys kann Rentz seine Karriere sowieso knicken, zumindest hier in Oldenburg. Ich habe gehört, der will sich nach Hannover versetzen lassen.« Wiebke verteilte das Hackfleisch auf die Nachos, die bereits auf dem mit Backpapier ausgelegten Backblech lagen.

»Was hast du denn gedacht, als du da in Handschellen auf dem alten Bett lagst?«

»Ehrlich?«

«Ja.« Lissi rührte die Pampe aus Salsa-Soße, Mais, Paprika und Tomaten an und trug sie über dem Hackfleisch auf.

»Ich habe mich dafür verflucht, dass mein Slip farblich nicht zu meinem BH passte.«

»Na, das war auch wirklich gedankenlos von dir.« Beide Frauen prusteten los.

Der Auflauf brutzelte bereits im Ofen, als Paul und Arne zur Tür hereinkamen. An ihren Gesichtern konnte man das Ergebnis nicht ablesen.

»Oh, das duftete ja schon echt lecker hier«, sagte Arne und fuhr sich über seinen dicken Bauch.

»Na, nun erzählt schon. Wer hat gewonnen?«, wollte Wiebke wissen.

»1:1«, brummte Paul, «bleibt Arnes Mannschaft erstklassig, hat er nochmal Glück gehabt.«

»Fein, dann müsst ihr euch auch nicht streiten. Paul, du kannst schon einmal den Tisch decken, es geht gleich los.«

Paul, Lisbeth und Arne machten sich über den würzigen Nacho-Auflauf her, während Wiebke Levke stillte. Lissi musste an das nächste Wochenende denken. Ansgar hatte sie zu einer kurzen Reise nach

Spiekeroog eingeladen. Ein tolles Hotel mit Wellnesslandschaft hatte der smarte Banker rausgesucht. Sie wurde das Bild einfach nicht los, wie Ansgar voller Vorfreude und ohne Unterhose frühzeitig in ihr Bett geschlüpft war, und grinste dabei offensichtlich vor sich hin, als Wiebke wieder ins Wohnzimmer kam.

»Was grinst denn du so?«, fragte Wiebe interessiert.

»Ach, das ist so lecker.«

ENDE

Danksagung

»Es ist unmöglich, ein Buch wie dieses alleine zu schreiben«, sagte mal ein schlauer Mensch, und egal, wer es war, er hatte recht. Mein Dank gilt drei besonderen Menschen: Zum einen meiner Plot-Lektorin K. Schrödter, die mich bei der Ideenentwicklung begleitete, eigene Vorschläge einbrachte und vor allem dafür, dass sich meine Figuren authentisch verhalten. Zum anderen danke ich meiner Lektorin und Korrektorin Elke Krüßmann für ihre Engelsgeduld und das Aufspüren von so vielen kleinen und großen Fehlern. Nicht zuletzt danke ich meiner Freundin, die mich während dieser Zeit ertragen musste, und die auch noch sachdienliche und wertvolle Hinweise zur Verbesserung der Geschichte gegeben hat.

Alle Fehler, die jetzt noch drin sind, gehen wie immer voll auf meine Kappe.

Vielen Dank Nadine Schäfer, du bist die gute Seele bei Facebook.

Natürlich gilt mein Dank auch Ihnen, liebe Leserinnen und Leser, die dieses e-book gekauft und bis hier hin gelesen haben. Wenn Ihnen die Geschichte nicht gefallen hat, schreiben Sie es mir:

andreas.adlon@gmail.com

Wenn Ihnen die Geschichte gefallen hat, dürfen Sie gerne eine Rezension bei amazon hinterlassen.

Zwei Hinweise auf weitere e-books von Andreas Adlon finden Sie auf den folgenden Seiten.

http://www.amazon.de/dp/B00A6AESDE

»Ausradiert – Nicht ohne meine Tochter«

Inhalt:

Mark Bornke möchte seine 16jährige Tochter nach ihrem Austauschjahr in Seattle abholen. Sie taucht nicht wie vereinbart am Flughafen auf. Die Gastfamilie will nie eine Austauschschülerin aus Deutschland aufgenommen haben und der Sheriff glaubt ihm nicht.

Hat sich die ganze Welt gegen ihn verschworen oder ist er tatsächlich verrückt geworden?

http://www.amazon.de/dp/B007JV9NS8

»Ausgehandelt« ein Wall Street Thriller

Inhalt

Thomas Behrends verwirklicht seinen Lebenstraum. Er arbeitet als Börsenmakler an der Wall Street. Das Glück an der Seite seiner Frau und seiner kleinen Tochter scheint vollkommen. Durch eine verhängnisvolle Order löst er einen Börsencrash aus.

Sein Leben gerät aus den Fugen. Drogen und Hacker übernehmen das Ruder. Als dann noch ein Freund unter ungeklärten Umständen ums Leben kommt, beginnt für den Deutschen ein schier aussichtsloser Kampf…

14698570R00152

Printed in Poland
by Amazon Fulfillment
Poland Sp. z o.o., Wrocław